Le Chaperon blanc

Tome 2

IMAGINAIRE

Mot de l'éditeur :

Evidence Editions a été créée dans le but de rendre accessible la lecture pour tous, à tout âge et partout. Nous accordons une grande importance à ce que chacun puisse accéder à la littérature actuelle sans barrière de handicap. C'est pourquoi nos ouvrages sont disponibles en format papier, numérique, dyslexique, malvoyant, braille et audio.

Tout notre professionnalisme est mis en œuvre pour que votre lecture soit des plus confortables.

En tant que lecteur, vous découvrirez dans nos différentes collections de la littérature jeunesse, de la littérature générale, des témoignages, des livres historiques, des livres sur la santé et le bien-être, du policier, du thriller, de la littérature de l'imaginaire, de la romance sous toutes ses formes et de la littérature érotique.

Nous proposons également des ouvrages de la vie pratique tels que : agendas, cahiers de dédicaces, Bullet journal, DIY (Do It Yourself).

Pour prolonger le plaisir de votre lecture, dans notre boutique vous trouverez des goodies à collectionner ainsi que des boxes livresques disponibles toute l'année.

Ouvrir un livre Evidence, c'est aller à la rencontre d'émotions exceptionnelles.

Pauline Lebrun

Le Chaperon blanc

Tome 2

L'armée des morts

Couverture : **Maïka**

Publié dans la **Collection Imaginaire,**
Dirigée par **Pauline Monsarrat**

Chapitre 1
Les Visions

Une jeune femme ressemblant trait pour trait à Alya lévitait au-dessus d'une immense table ovale. Vêtue d'un voile bleu azur, virevoltant sous la puissance de la magie présente. De nombreuses créatures s'étaient placées autour du tertre.

— Je vous en prie ! Non ! suppliait-elle.

Alya, dans le corps de la fille, regardait impuissante les visages froids qui l'entouraient. Elle reconnut Vidgis, Vladimir, Clarisse, et même Vargas d'après les peintures du château lycanthrope. D'autres espèces étaient également présentes.

— Je ne peux pas faire ça ! dit soudain Vladimir.

— Nous ne pouvons plus reculer, son sacrifice permettra à notre peuple de vivre libre, s'écria un homme à la musculature impressionnante.

— Ilona ne me pardonnera jamais, soupira Vladimir.

— Elle s'est alliée à nous. Son père n'hésitera pas une seconde avant de la détruire, affirma Clarisse.

— Il nous faut le sang de sa famille et la pureté de l'innocence pour que la brèche s'ouvre, c'est le seul moyen, confirma un homme chauve sur le côté gauche de la table.

— Je ne pourrai pas vivre chaque jour en la regardant avec ce poids sur la conscience, expliqua Vladimir.

— Je peux utiliser l'élixir d'oubli afin que l'on ne se souvienne plus de ce jour funeste et que nous commencions une nouvelle vie loin des hommes, répondit Vidgis sur un ton de guerrière qu'Alya ne lui connaissait pas.

Accompagnant le geste à la parole, elle sortit un flacon de sa sacoche.

— Qu'il en soit donc ainsi ! Verse la potion au centre de l'autel prévu pour le sacrifice et, une fois le portail ouvert, nous aurons tous oublié celui d'Aléone, prononça Vargas.

Quelques secondes plus tard, Vidgis s'exécuta.

— Pardonne-moi, Aléone, murmura Vladimir, pendant que Vargas commençait le rituel, entaillant légèrement sa main avec un couteau au manche doré, puis le lui tendit.

— Soyez tous maudits ! Monstres ! Vous payerez pour votre crime ! Vous vous croyez différents de mon père, mais vous ne valez pas mieux que lui, s'écria Alya, sans contrôler ses lèvres.

Elle sentait la peur grandir en elle. La vie s'échappait de son corps, réceptacle de beaucoup trop de puissance. Il s'illumina telle une étoile, éblouissant les créatures et disparut pour laisser apparaître un portail. Les continents du monde légendaire se trouvaient désormais de l'autre côté. Alya n'avait plus de corps physique, mais son âme était toujours présente et ressentait les événements.

— Répandez la nouvelle auprès de toutes les créatures. Le portail est ouvert. Il nous faut quitter ces terres où règnent la mort et la désolation. Il existe désormais une échappatoire à l'extermination des hommes, devenus beaucoup trop nombreux, exprima fièrement Vargas.

— Quand je pense que nous étions les seigneurs incontestés et immortels de ces terres. Mais nous avions oublié que ces mortels, ces êtres humains, pouvaient se reproduire et se multiplier, dit l'homme chauve.

— Comment avons-nous pu en arriver là, avec la fuite pour seule échappatoire ? demanda celui qui était très musclé, d'un ton désespéré.

— C'est vrai que le piège du roi Bornes a été bien plus intelligent que machiavélique cette fois, comme si la torture et le massacre des nôtres n'étaient pas assez atroces. Il a fallu qu'il concocte cet antidote qui nous empêche désormais de transformer les humains en créatures. Leur nombre est désormais trop élevé, nous nous sommes laissé envahir, mais à présent l'espoir renaît, nous serons séparés à jamais de ces humains. Nous avons enfin trouvé une solution grâce au portail, sourit Vargas victorieux.

— Alya ! Alya ! hurlait une voix qu'elle adorait, la ramenant doucement au moment présent.

La jeune femme reprit ses esprits et ouvrit les yeux. Elle lévitait au-dessus d'un précipice. Dastan criait son prénom de l'autre côté de la falaise, paniqué devant cette apparition. La jeune femme réalisa peu à peu qu'elle se trouvait au-dessus du vide. Terrifiée, elle perdit l'équilibre et menaça de s'écraser au fond de la gorge. Dastan, pris de terreur, s'élança sur elle à la vitesse de l'éclair, l'attrapa au vol d'un bras et s'agrippa de justesse à la paroi de l'autre. Il se hissa de toutes ses forces, déposant Alya en premier. Elle atteignit le bord et, à son tour, l'aida à remonter.

— Es-tu blessé ? demanda-t-elle, choquée.

— Ne t'inquiète pas, ce ne sont que des égratignures sur les bras.

— Je suis désolée, dit-elle en le soignant avec sa magie.

— N'utilise pas tes pouvoirs, s'énerva Dastan.

— Mais tu es blessé, rétorqua-t-elle doucement.

— Alya, je t'en prie, arrête de faire semblant de ne pas comprendre, souffla-t-il, fou d'inquiétude.

— D'accord, je reconnais que ces visions prennent des proportions de plus en plus... embêtantes.

— Embêtantes ? Tu as failli mourir cette fois, Alya, s'indigna son mari.

— C'est vrai.

— Tes pouvoirs sont de plus en plus puissants. Ils en appellent toujours plus.

— Tu n'as aucune preuve que ces visions sont liées à mes pouvoirs, ce sont tes conclusions. De plus, je pense savoir pourquoi Vladimir, Vidgis et Clarisse ne se souviennent pas de la création du portail. Mais également pourquoi un tel poids semble s'abattre sur les créatures. La malédiction n'est peut-être pas uniquement liée à la mort d'Ilona, émit Alya, pensive.

— Je ne plaisante pas, je suis très inquiet, tout ça n'est pas normal, déclara Dastan en la saisissant par les épaules et la forçant à le regarder.

— Je sais, Dastan, mais je n'ai aucune réponse à t'apporter et je dois accomplir ma mission, expliqua-t-elle doucement.

Malgré toutes ces années, elle était toujours sous le charme de ces yeux ténébreux. Alya savait que ses visions répétées inquiétaient au plus haut point Dastan. Mais elle sentait au fond d'elle qu'elles avaient un but. Toutes ces images étaient si fortes, ces émotions, Alya les ressentaient comme si elle les avait vécues. La première vision avait eu lieu après une assemblée et depuis elles la troublaient régulièrement, comme des flash-back du passé. Elle avait besoin de comprendre pourquoi cela lui arrivait. Leur secret, leur but, il devait y avoir une raison et elle voulait la découvrir.

Dastan était malheureux, Alya était tout pour lui, mais sa destinée semblait vouloir lui faire courir des risques démesurés. Cette dernière était persuadée qu'il n'avait pas confiance en elle, mais elle se trompait depuis le début. Ce n'était pas un manque de confiance en ses capacités qui l'inquiétait, mais la peur de la perdre. Cette angoisse lui tenaillait le ventre à chaque instant. Dastan savait que le destin d'Alya était extrêmement complexe, mais ce qui le rendait triste, c'était cette appréhension grandissante au fond de lui, cette question, allait-elle survivre à cette fatalité ? Elle l'enlaça afin de le rassurer.

— Nous pouvons seulement accepter notre sort, nous sommes qui nous sommes. On ne peut fuir notre destin. Mais il nous reste l'instant présent, celui de savourer les moments partagés, de s'imprégner de ces échanges pour qu'ils fassent partie de nous à tout jamais, lui susurra-t-elle amoureusement.

Pour toute réponse, Dastan l'embrassa tendrement.

Il était l'être qui l'avait fait se sentir entière pour la toute première fois. Le lien qui les unissait était indestructible, cette relation s'était emparée de leur âme et avait embrasé leur cœur.

Chapitre 2
Une nouvelle énigme

Alya, assise sur le lit à baldaquin des anciens appartements de Mila, tenait dans ses mains le miroir de Mélusine. Elle attendait la lumière orange et scintillante annonçant sa venue. Elle apparut au bout de quelques minutes.

— Alya ? interrogea Mila.

— Mila, répondit respectueusement la reine.

— Que puis-je faire pour toi aujourd'hui, Chaperon blanc ?

— Je suis dans une impasse. Les négociations avec les délégations du Sud ont échoué. Comment puis-je espérer lever la malédiction sans l'alliance des neuf royaumes ?

— La solution s'offrira à toi lorsque le moment sera venu. Ton destin est complexe, il est comme un puzzle, chaque pièce arrive à l'instant approprié.

— Comme vos explications, soupira Alya, quelque peu fatiguée de ces énigmes perpétuelles.

— Tout est en toi, tu as été choisie parce que tu es capable d'accomplir cette tâche. Tu as déjà unifié les royaumes du Nord malgré les discordes millénaires qui régnaient entre ces monarchies.

— Ceux-là font partie de moi. Cette fois, c'est différent, je n'ai aucun lien avec les autres.

— Tout, dans cette quête, a un lien avec toi et tu le découvriras en temps voulu. As-tu oublié celle que tu étais à ton arrivée ? Que crois-tu que tu souhaitais fuir dans ta course effrénée ?

— Peut-être ! Mais je ne vois pas comment ramener la connexion perdue entre le Nord et le Sud. Ils ont évolué différemment durant des décennies, plaçant soigneusement des murs invisibles entre eux. Ces remparts me semblent infranchissables.

— Rétablis leur lien. C'est ta destinée, tu ne peux échouer ! Qu'importe le prix à payer ou la fin de notre monde se révélera bientôt à tous. Tu n'as pas le choix ! Tu ne l'as jamais eu, Alya. Tu es le chaperon blanc, le changement, le chamboulement aussi fracassant qu'il puisse l'être. Tu es l'apaisement ou la destruction de ce monde.

— Vous attendez beaucoup trop de moi. Ce fardeau est si lourd...

— Être l'élue est un honneur, pas une chance, ne l'oublie jamais. Je sais ce que tu désires si ardemment, mais je ne peux te promettre qu'il sera possible. Mon fils est ton protecteur, le plus vaillant guerrier de ce monde, mais cela aura du mal à suffire, aussi courageux soit-il, il ne peut vaincre la mort.

— Il va encore souffrir, n'est-ce pas ? demanda Alya, les larmes aux yeux, plus pour la peine qu'elle risquait de lui infliger sans le vouloir, que pour le risque planant sur sa tête.

— Crois bien que je suis la première à le déplorer. Malheureusement, aucun bouleversement n'arrive sans dégâts.

— Nous sommes d'accord sur un point. Être le chaperon blanc n'est pas une aubaine.

— Le nombre de pertes chez les créatures dépendra avant tout de ton habileté à résoudre les conflits entre les royaumes. Une menace grandit, bien plus sombre et noire que le conseil, elle pourrait anéantir le monde légendaire et toute vie sur ces terres. Tu le sais, tu l'as senti, la peur, la souffrance, la mort des peuples du Sud. Tes ressentis te terrorisent et t'empêchent de faire la seule chose qu'il convient. Affronte-les, Alya. Tu es capable de dépasser toutes ces horreurs, sauve-les, il te faut les unir avant qu'il ne soit trop tard.

— Je ferai de mon mieux...

— Je n'en doute pas. Je vais t'éclairer un peu. Une partie des réponses que tu cherches se trouve dans une promesse qui te tient à cœur. Les prochaines clés des portes vers la fin de la malédiction se trouvent auprès des Basherts, ils sont le salut de ce monde. Bonne chance, Alya ! Du fond du cœur, je souhaite te voir réussir, conclut Mila avant de disparaître, laissant le miroir retrouver sa première fonction.

Alya regardait cette femme dans la glace. Bien sûr, elle n'avait pas pris une ride, mais son visage était las. Elle se surprit à penser que l'immortalité était peut-être finalement une punition. Elle rejoignit les jardins. Cet endroit était magique, en pleine floraison, il lui rappelait son monde d'origine. Elle réfléchit longuement au nouveau mystère que Mila lui avait soumis, mais rien ne vint éclairer son esprit.

— Vous êtes bien pensive, Alya, la surprit le magicien au détour d'une allée.

— Herold, sourit-elle.

— Vous êtes songeuse à cause de la prochaine assemblée, n'est-ce pas ?

— Effectivement. Je ne vois pas d'issue positive à cette énième entrevue.

— Il est vrai que le résultat n'est guère probant, depuis maintenant deux ans que la première assemblée a vu le jour. Les discussions n'ont pas apporté l'effet escompté.

— Oui, soupira Alya.

— Peut-être que cela indique que la méthode n'est pas adéquate ? supposa Herold sans vraiment réfléchir à ce qu'il disait.

La jeune femme stoppa net sa promenade. Il n'avait pas tort, cette approche n'avait rien apporté depuis deux ans. Une esquisse de chemin commençait à se dessiner dans la brume de ses pensées.

— J'ai encore une question, Herold, demanda-t-elle.

— Je vous écoute.

— Mila m'a dit que les prochaines clés des portes menant à la fin de la malédiction sont les Basherts. Savez-vous de qui ou quoi il s'agit ?

— Cela ressemble à de l'ancien hébreu, me semble-t-il, la toute première langue utilisée par les hommes. Quant à la signification exacte du mot, je ne peux vous éclairer malheureusement.

— Ce n'est pas bien grave, assura doucement Alya.

Elle était attendue, n'ayant plus le temps de penser à tout ça pour le moment, elle partit rejoindre la meute et les émissaires.

Alya, tout en marchant sur ce chemin qu'elle avait traversé de nombreuses années auparavant, courant aussi vite que ses chaussures de mariée ivoire pouvaient la porter, se rappela sa fuite désespérée face à cette vie, ce destin qu'on avait écrit et choisi pour elle. Elle sourit à ce souvenir, au regard ténébreux de Dastan, celui-ci l'avait complètement bouleversé sans qu'elle comprenne, à cet instant, la force et la puissance des sentiments qu'elle avait ressentis. Il lui avait fallu un long moment avant de comprendre ce qu'elle avait éprouvé ce jour-là, ce lien unique établi en un regard avec le futur roi lycanthrope. Mais au fil des mois, Alya avait découvert cet univers et s'était rendu compte qu'il était le sien depuis toujours. Elle aimait ces créatures nobles, courageuses et fières, elle se sentait plus proche d'eux que des êtres humains de son monde dans lequel elle n'avait jamais réussi à trouver sa place. Ce royaume, tout comme son roi, avait gagné son cœur depuis déjà de nombreuses années.

Toujours plongée dans ses pensées, elle se souvint d'un des enseignements qu'elle avait apportés à ses enfants. Elsa était alors tout juste âgée de cinq ans et Ezeikiel de huit ans. Elle leur avait appris comment, dans le monde réel, elle devait cacher ses sentiments si difficiles à supporter et à contenir, devant feindre l'indifférence, alors qu'elle était détruite intérieurement devant certaines scènes qui étaient perçues comme banales pour le reste de l'humanité. Ainsi, la douleur, l'angoisse, la terreur, la tristesse ressenties par une araignée écrasée par peur ou simplement par dégoût, par un rongeur torturé par un chat domestique, par un insecte agonisant en se noyant dans un verre à proximité du sien. Tous ces sentiments de mal-être devaient être cachés, enfouis au plus profond d'elle et surtout rester secrets, pour éviter de finir internée dans un hôpital psychiatrique. Les personnes voyant les choses différemment étaient toujours perçues comme des fous, des excentriques, aux yeux des humains. Ainsi, ce monde n'autorisait qu'une seule et unique façon de penser. Chaque vie plus petite en taille ou pensant autrement était perçue comme inférieure par ce que les hommes appelaient humanité.

Les enfants restaient sans voix chaque fois que leur mère leur parlait du monde réel, ce monde où être miséricordieux, clément ou magnanime était une faiblesse. Un empathique était vu comme anormal. Elsa et Ezeikiel étaient tous deux comme elle, ils ressentaient les douleurs et autres sentiments des créatures vivantes. Les enfants avaient appris tout petits, grâce à leur magie, à respecter toute vie, aussi minuscule soit-elle. La valeur d'une âme se mesurait au respect qu'elle avait pour la vie d'autrui. Ils avaient également appris que la peur n'est pas une excuse à un acte mauvais, qu'il fallait écouter sa conscience qui nous indiquait ce qui est bien ou mal. Le monde réel avait totalement oublié d'écouter sa voix intérieure, il préférait faire confiance à ce qu'Alya appelait les médias, faits par des inconnus plutôt que d'écouter leur propre cœur. Leur âme était souillée par le mal « normalisé ». La peur, à l'origine, n'était pas censée être là pour détruire, au contraire, elle devait avoir un rôle de protection, mais le monde moderne avait détourné beaucoup de sentiments ancestraux. Longtemps, Alya s'était crue défaillante, mais finalement c'est cette caractéristique si unique, qu'elle prenait pour une faiblesse, une malformation, qui avait fait d'elle, un lien, un chaperon blanc, une reine prête à gouverner dans la compassion et le respect de tout être vivant.

Elsa et Ezeikiel avaient appris à utiliser leurs sens et leur magie à la manière des créatures, ils n'avaient pas connu le monde réel et ses souffrances, pour le plus grand plaisir de leur mère. Ils étaient destinés à celui des légendes.

— Alya, ça va ? demanda la voix douce et virile de Dastan la ramenant au moment présent.

Elle acquiesça, il l'enlaça tendrement, en embrassant ses cheveux. La meute les rappela soudain à leur devoir, ils durent les rejoindre jusqu'à la grande salle.

Chapitre 3
La poésie des Fées

Viago était perché sur l'arbre bordant l'allée centrale du domaine lycanthrope. C'est là qu'il l'avait vue pour la première fois. Le visage angélique de cette Fée ne quittait plus ses pensées, cela faisait maintenant seize années qu'il avait perdu sa douce Méline. Il était tombé amoureux d'elle bien avant qu'elle ne devienne la ravissante jeune femme qui ne laissait personne indifférent. La douleur de sa perte avait laissé son cœur meurtri durant une longue période, Viago avait consenti à ce que cette peine le consume entièrement. Mais le destin en avait décidé autrement, ce visage s'imposait à son esprit, « Aurore », c'était le prénom qui lui avait été donné, comme l'aurore du matin, apportant le soleil et la douce chaleur après une longue nuit noire et froide.

Au-delà de l'attirance que Viago ressentait pour cette Fée, il était très inquiet, il avait senti une malfaisance chez Agos. Cet homme étrange semblait avoir un pouvoir imperceptible sur son espèce, il leur imposait sa volonté sans la moindre résistance. Le peuple des Fées avait pourtant toujours été libre et enjoué, mais depuis l'apparition d'Agos, c'était comme si toute joie avait disparu. Celles qui partageaient depuis toujours leur magie s'étaient repliées sur elles-mêmes, s'isolant de tous. Depuis des décennies, les royaumes du monde n'entretenaient presque plus de relations entre eux, les Lycanthropes avaient été les seuls à continuer de recevoir occasionnellement les délégations venant d'autres royaumes. Ce semblant de lien permettait autrefois au conseil de garder un contrôle sur ses anciens alliés, mais depuis la disparition de celui-ci, le chaos et les reproches fusaient entre les royaumes du Nord et du Sud.

Malgré les tentatives répétées du chaperon blanc pour discuter d'un traité, l'échec pour rétablir une entente durable entre les royaumes avait dû être reconnu par la meute. Le dialogue était très tendu désormais et le maintien des discussions ne tenait qu'à une petite femme au caractère fort. Même si Viago bénéficiait de la protection totale de la reine des Loups, il existait des lois implicites strictes depuis la formation du monde légendaire. L'union entre les créatures de deux royaumes différents ne s'était jamais vue encore. L'éloignement des peuples avait encore accentué l'interdiction informulée d'une relation entre deux êtres de deux espèces. Il était conscient de ce fait, et ne voulait pas attirer les foudres sur sa reine bien-aimée et sur les Lycanthropes. Même si le droit d'aimer librement Aurore ne lui serait jamais accordé, il voulait au moins la délivrer de ce personnage qui semblait l'asservir. Pourquoi Viago sentait-il une émanation mauvaise chez cet Agos ? Le regard terrorisé d'Aurore, suivant sans la moindre résistance cet homme, le glaçait depuis déjà bien des lunes.

Viago décida de rejoindre celle auprès de qui il pouvait parler librement d'Aurore. Il arpenta une succession interminable de couloirs et d'escaliers menant à une immense salle. C'est dans celle-ci que les monarchies des neuf royaumes se réunissaient depuis déjà plus d'un an pour rédiger un traité, mais la rédaction des accords devenait de plus en plus complexe. Alya était assise aux côtés de Dastan. Caleb, Arcos, Farissa, Liloa, Herold, et d'autres membres de l'élite étaient répartis autour de la grande table ovale. La meute se réunissait de façon hebdomadaire, pour s'entendre sur la politique lycanthrope, mais aussi préparer les prochaines assemblées des neuf royaumes. Son siège était vide, comme à son habitude. Viago s'y assit en s'excusant pour son entrée tardive, il ne participait que très rarement aux réunions, mais ce jour-là une décision l'amenait.

— Mon frère ! Nous sommes heureux que tu nous honores de ta présence, l'accueillit Dastan, provoquant les sourires d'Alya et de la meute.

Viago se pencha en avant dans un salut respectueux et prit place silencieusement. Les émissaires en charge depuis des centaines et des centaines d'années des différents postes de gérance dans le château prirent tour à tour la parole. En premier, une dame aux longs cheveux noirs, fins et lisses s'adressa aux membres présents, pour évoquer des problématiques concernant les soins apportés aux animaux peuplant le royaume, notamment les chevaux, principaux alliés des guerriers lycanthropes. Tous parlèrent tour à tour des forges, de la justice, des armées et de tous les points essentiels au bon fonctionnement du territoire. La parole était prise librement, on sentait bien que l'ombre et la menace du conseil avaient disparu, cela avait permis d'ouvrir les esprits et aux émissaires de prendre toute la mesure de leur fonction. Ils avaient dû déléguer aux Loups méritants des tâches importantes, créant de nouveaux postes au sein de la communauté et avaient délivré ce peuple si longtemps soumis aux décisions du conseil.

Après plusieurs heures de discussions, ils quittèrent la pièce, afin de laisser place aux préparatifs de la prochaine assemblée. La meute avait un rôle primordial dans la réalisation de la destinée du chaperon blanc, qui devait détruire la malédiction et réparer le monde légendaire. Les louves Farissa et Liloa étaient les intermédiaires des royaumes du Sud-Ouest ; Caleb et Arcos, ceux des domaines du Sud-Est. Viago était jusqu'à présent le seul à ne pas avoir joué un rôle dans les négociations d'une convention.

Alya était toujours aux prises avec ses pensées, elle savait, après sa discussion avec Mila, que les Basherts étaient les clés des portes menant à la fin de la malédiction. Cependant, elle ignorait ce qu'ils étaient et comment les utiliser pour accomplir son destin. Mila avait également parlé d'une promesse. Soudain, Viago prit la parole et tout devint clair pour elle.

— Je veux me rendre au royaume des Fées ! affirma-t-il avec ferveur.

— Mais enfin, tu sais bien que l'assemblée a refusé les délégations lycanthropes dans leur royaume ! s'énerva Caleb.

— Si toutes les discussions finissent par des désaccords et s'ils refusent notre présence dans leur royaume, c'est qu'ils ont quelque chose à cacher ! Parmi les cinq monarchies du Sud, les Fées sont les plus près géographiquement du nôtre, cela a toujours créé des liens particuliers avec les Lycanthropes ! Même le conseil le savait ! déclara Viago.

— Mais enfin, tu n'écoutes pas ce que je te dis ! Les Fées ne veulent pas de nous chez elles ! Si tu venais plus souvent aux rencontres, tu te rendrais compte que les discussions sont loin d'avoir abouti ! hurla Caleb, perdant son sang-froid.

Ce dernier s'était énormément investi dans ce projet d'assemblée et avait l'impression que Viago ne se souciait pas du tout de cette mission, cela était pourtant faux, parfois, on emprunte des chemins différents qui ont pourtant le même point d'arrivée. En effet, Viago avait plus de raisons que tous les membres de la meute de souhaiter le rétablissement du lien entre le Sud et le Nord. Les discussions allaient bon train autour de la table. Alya, totalement silencieuse, avait enfin compris ce qu'elle devait faire. Son ami lui avait confié son coup de cœur pour la princesse Aurore et il y avait forcément une raison pour que cela se produise. Le plus étonnant, c'est que cet amour naissant avait d'autant plus d'importance pour elle, car il s'agissait de la dernière volonté de sa sœur louve et meilleure amie Méline, envers qui elle avait une dette immense. Si elle avait appris une chose depuis son arrivée dans le monde légendaire, c'est que rien n'arrivait par hasard dans sa vie, tout avait toujours un rapport avec son destin de chaperon blanc.

Alya se leva, mettant fin à tout le brouhaha provoqué par la meute en plein débat.

— J'accompagnerai Viago au royaume des Fées, déclara-t-elle, sûre d'elle.

— Mais enfin, Alya ? lâcha Dastan, paniqué.

— Nous n'allons pas avoir une fois de plus cette discussion, il s'agit de mon rôle de chaperon blanc. De plus, Méline souhaitait que

Viago retrouve la paix, finit-elle, provoquant le silence et la tristesse dans l'assemblée.

— Nous t'écoutons, déclara Liloa.

— Je sais que Viago trouvera la paix parmi les Fées. Aucune discussion depuis maintenant deux ans n'a abouti. Il faut utiliser une autre méthode. Le temps est venu pour l'action, précisa Alya doucement.

— Soit, je t'accompagne, dit Dastan.

— Non, notre peuple a besoin de toi. Cette tâche m'incombe, insista-t-elle.

— Alors je l'accompagnerai et la protégerai pour toi, mon frère, objecta Caleb, ayant soudain compris.

— Tu n'es pas obligé, dit Alya.

— Je n'avais pas compris l'importance de cette mission pour Viago. C'est cette princesse fée, n'est-ce pas, mon frère ? demanda-t-il.

Viago acquiesça de la tête sans un mot. Caleb se souvenait clairement de cet entretien avec lui, Agos, Aurore et Alya. Il se souvenait du regard désemparé de son frère devant le départ de la Fée. Depuis la mort de Méline, Caleb aurait donné n'importe quoi pour voir Viago de nouveau près de la meute. Mais il s'était complètement isolé durant de très longues années, il se sentait impuissant et cette impuissance le rendait maladroit envers lui. Caleb, sous ses airs de guerrier dur et froid, était un homme plein de compassion, sa meute était tout à ses yeux. Il était en colère d'avoir laissé sa sœur périr, de ne pas l'avoir protégée. Il comprenait parfaitement le combat qu'Alya voulait mener pour lui et la soutiendrait.

— Tu es amoureux ? demanda Dastan, incrédule.

— Je suis conscient que cette union est impossible. D'ailleurs, je suis sûrement le seul à la désirer. Je ne souhaite pas provoquer d'incident, je garderai pour moi ce que je ressens, ne t'inquiète pas. Je veux simplement qu'elle soit en sécurité, tu comprends ? expliqua Viago.

— Bien sûr, répondit simplement le roi.

— Mais tu ne peux pas garder secrets tes sentiments, s'inquiéta Liloa, chamboulée par cette révélation.

— Je ferai mon devoir. Je fais partie de la meute royale, affirma Viago.

— Mais si ton attachement est partagé ? se demanda Farissa.

— Il n'y a pas d'avenir pour cette relation, tout ce qui m'importe, c'est qu'elle soit libre et heureuse et ce n'est pas ce que j'ai ressenti, répondit-il.

— As-tu eu des nouvelles d'elle ? le questionna Caleb.

— À chaque fois que la délégation des Fées participe à une assemblée, nous nous retrouvons en secret. Mais Agos a dû s'en rendre compte, car elle n'est pas venue lors du dernier rassemblement, avoua Viago, inquiet.

— Elle t'a parlé de lui ? insista son souverain.

— Non, c'est un sujet qui la rend nerveuse et silencieuse.

— Mais de quoi parlez-vous ? demanda Liloa, incrédule.

Viago s'empourpra.

— Nous parlons de tout, de la nature le plus souvent, elle a toujours aimé les Loups, une chance pour moi, dit-il en souriant, un peu gêné.

— Tu ne lui as jamais avoué tes sentiments ? s'étonna Arcos.

— Non, nous ne parlons pas de ce genre de choses. J'ignore ce qu'elle peut ressentir à mon égard.

Son visage était soudain triste.

— Elle n'est pas venue à toi sans raison, le rassura Alya.

— Depuis combien de temps cela dure-t-il ? se renseigna Liloa.

— Depuis notre première rencontre, cela fait un peu moins de deux ans.

— Nous nous rendrons en terre fée dès demain, affirma la reine.

— Bien, qu'il en soit ainsi ! marmonna Dastan, résigné devant la détermination de sa femme.

Chapitre 4
Géographie du monde légendaire

Le monde légendaire était vaste, constitué de beaucoup de régions. Le climat et la végétation pouvaient se modifier sur seulement quelques mètres. C'était très étrange, on pouvait y voir des palmiers à côté de sapins, un peu comme si les créatures avaient emporté avec eux leur territoire dans la brèche. Cela offrait une terre adaptée à chaque peuple. La présence des animaux peuplant ces terres s'expliquait facilement, ils avaient été téléportés en même temps que les écoumènes et sauvés de la main peu soigneuse de l'homme. Une majorité d'entre eux, légendaire et sans royaume qui peuplait autrefois le monde réel, y avait également trouvé refuge. Ils pouvaient enfin vivre sans être poursuivis et massacrés. Les autres avaient été exterminés lors du génocide des créatures magiques par les humains.

Le monde légendaire était constitué de deux continents. Le plus grand des deux, situé au nord, contenait l'ensemble des royaumes nordiques des Lycanthropes, Corsaires, Nornes et Appeleurs et les deux monarchies du Sud-Est, à savoir ceux des Fées et des Elfes. Celui des Lycanthropes avait été nommé Dorinord, il était au centre, et regroupait les premières créatures à avoir proposé le rassemblement, afin de sauver son peuple de l'extermination. Les Loups souhaitaient l'union des êtres magiques afin de protéger leur patrimoine et leur culture de la peur des hommes. Leur domaine était constitué en grande partie de forêts immenses où s'écoulaient de nombreuses rivières et cascades ainsi que de montagnes. Il bordait le domaine des Appeleurs par ces frontières est, celui des Nornes par le nord et celui des Fées par le sud. La monarchie corsaire se situait sur les frontières ouest du royaume Norne. Les Elfes avaient établi leur civilisation en dessous du territoire des Fées.

Les Appeleurs étaient le deuxième groupe de créatures à avoir rejoint le rassemblement. Leur territoire se nommait Vamord, il était recouvert en grande partie de plaines, de lacs et de quelques montagnes. Les Nornes étaient les troisièmes à avoir intégré le rassemblement, leur domaine était appelé Espéria, il se composait de plages au climat tropical, les Nornes avaient établi leur civilisation dans la jungle au centre du domaine. Elles pouvaient ainsi aisément piéger les indésirables. Les Corsaires avaient énormément souffert de la grande chasse aux créatures, ils étaient la quatrième race à avoir rallié les rangs. Leur royaume, appelé Dakmard, alliait terre et mer à merveille, ports gigantesques et plages à couper le souffle. Les Fées étaient les cinquièmes créatures, leur domaine ancestral nommé Fédicia, fait de forêts baignées de nombreuses lumières naturelles, possédant des fleuraisons grandioses. Les Elfes, le sixième peuple, étaient de loin les plus sauvages du monde légendaire. Ils entretenaient des rapports assez forts avec les Fées. Leur royaume était appelé

Logalven, il était lui aussi recouvert d'immenses forêts, aux multiples lumières et à la végétation luxuriante.

Les Corsaires et les Lycanthropes étaient séparés par des côtes aux multiples plages. Mais on pouvait également traverser beaucoup plus rapidement, en passant par la mer. Cependant, il fallait impérativement longer les bords afin d'éviter d'entrer dans le territoire des dangereuses et indomptables Filles de Calliope au chant et au regard ensorcelant. On appelait leur royaume Denosta, en hommage à la déesse des eaux. L'espace des femmes-poissons était immense, il séparait les deux continents par la rive ouest du royaume des Lycanthropes et la rive nord du domaine de Kentoroy, peuplé par les Centaures. La présence de créatures hostiles peuplant une grande partie des océans du monde légendaire aggravait encore le fossé entre les différents royaumes. Heureusement, elles n'approchaient pas, comme si elles étaient prisonnières de leur propre empire, ce qui permettait tout de même la traversée.

Les frontières est du royaume des chevaux bordaient l'héritage des Satyres. Leur territoire appelé Fauniraëlla était au centre du deuxième continent, leur frontière est voyait apparaître le neuvième et dernier royaume du monde légendaire, celui des Cyclopes. Les Centaures étaient les septièmes à avoir rejoint le rassemblement, leur domaine était sublimé de plaines à perte de vue, des collines, des vergers aux mille saveurs paradis des animaux légendaires, des lacs d'un bleu transparent. Les Satyres représentaient la huitième race, leur territoire, à l'image de celui des Centaures, était vallonné, alliant rivières et cascades d'eau douces, mais aussi végétation luxuriante. Le dernier peuple de créatures à avoir rejoint le rassemblement était les

Cyclopes, leur territoire était appelé Visiodem et fait de montagnes et de collines, sa surface était recouverte principalement de cailloux de toutes formes et d'innombrables grottes.

Le monde légendaire comptait désormais huit liens s'étant unis aux monarques. Les Lycanthropes avaient leur chaperon rouge, Alya. La Vierge des Appeleurs, Elsa, née le 1er septembre, gouvernait désormais le peuple de Vamord. Les Nornes possédaient leur Guerrier, Ezeikiel, et les Corsaires avaient retrouvé leur Alizée, Rosa. Les liens des royaumes du Nord étaient connus de partout, ils avaient été mis en avant ces dernières années, notamment durant la guerre contre le conseil des Lycanthropes, les tout premiers Loups humanoïdes.

Mais il existait d'autres liens, tout aussi magiques et prometteurs. Lors des différentes assemblées, Alya avait eu l'honneur de les rencontrer, chacun était unique. Celui des rois centaures était appelé Néphélé, la dernière humaine à avoir foulé le royaume kentoroy s'appelait Naomie, magnifique, métissée aux couleurs des îles du monde réel, ses cheveux étaient épais et frisés, ses yeux étaient d'un noir profond. Elle avait une forte personnalité et beaucoup d'humour, une force tranquille en soi. Elle régnait aux côtés d'Adam, l'héritier du trône, grand et musclé, brun aux yeux noisette, il avait un tempérament impétueux, fier et d'une force colossale, il disposait aussi de beaucoup de qualités, telles que le courage.

Lise était une Nymphe, nom octroyé au lien des Satyres. Elle était blonde aux yeux bleu pâle, de longs cheveux, lisses, un visage aux traits fins, d'une douceur, une naïveté et une gentillesse imparables. Lise était toujours accompagnée de trois suivantes, comme les autres liens des rois satyres avant elle. Elles étaient toutes plus belles les unes que les autres, des créatures angéliques, avec un tempérament gai, aimant par-dessus tout la danse, les chants et la nature. Elles répondaient aux doux prénoms de Jade, Ambre et Aude. Les quatre jeunes femmes formaient la communauté nymphe, toujours vêtue de vert, leurs longs cheveux laissés au vent avec des couronnes de fleurs symbolisant leur lien avec la nature et leur royauté. Lise gouvernait en harmonie avec Arthur, de taille moyenne brun, une barbe moyenne, des yeux bleus, il était jovial et plein de vie, un caractère positif.

Le royaume cyclope était dirigé par Gabriel, un homme immense à la musculature impressionnante, chauve et plutôt beau garçon, un fort caractère, il était courageux et généreux, et possédait un esprit logique qui lui permettait d'être un fin stratège. Il s'était épris de Gayane, les liens des Cyclopes étant appelés Gaia. Cette dernière était une jolie brune aux reflets acajou, les yeux noisette et un charmant sourire, très douce et discrète.

Éva était le huitième et dernier lien établi avec un monarque du monde légendaire. Blonde, elle avait un tempérament fougueux, aimait la compétition et était indépendante. Elle était une Enetary, lien des rois elfes. Elle conduisait son peuple aux côtés de Lolyan, tout dernier roi couronné. Il était gracieux et avait le don d'apaiser les esprits. Les quatre liens du Sud étaient toutes arrivés plus ou moins récemment dans le monde légendaire. Naomie était là depuis quatre ans à peu près avant Alya. Lise et Gayane à peine un an avant. Éva était là depuis environ dix-huit mois.

Les monarchies étaient établies depuis leur création. Les rois répétaient l'héritage des toutes premières créatures magiques, c'est dans leurs veines que coulait une partie de la magie de leur race, sang royal signifiait sang magique. Chaque groupe était capable de se transformer en animal ou encore de contrôler un ou plusieurs éléments originels tels que l'eau ou le vent, par exemple. C'est avec ce sang que la brèche avait été créée. Les héritiers possédant dans leurs veines ce sang royal avaient le devoir de respect et de protection sur l'ensemble du peuple. L'importance de ce sang était capitale, sans lui, une communauté entière ne pouvait se métamorphoser ou utiliser la magie de sa caste. Ce privilège était exclusivement réservé aux créatures ayant participé à l'ouverture de cette brèche.

Un seul peuple s'était mutiné contre son roi, les Flibustiers, divisant le peuple en deux branches, les Flibustiers royalistes, autrement appelés Corsaires, et les Flibustiers anarchistes manipulés pour la plupart par le capitaine Gentius, secret allié du conseil. C'était un fait rarissime, car les rois étaient glorifiés par leurs sujets. Ils avaient beaucoup plus de devoirs envers leur peuple que de droits. Ces hommes et femmes n'étaient pas des dirigeants, mais des leaders, en cas de combat, ils étaient toujours en première ligne, s'entraînant plus durement que les autres. D'ailleurs, c'étaient les seuls à offrir leur vie pour donner un héritier au royaume, à cette règle d'or, il n'existait que deux exceptions : la meute royale et les trois suivantes nymphes. Les monarques avaient également une connexion avec le monde réel, un lien unique décuplé par la magie contenue dans ce monde particulier, celle avec l'humaine qui leur était envoyée. La seule exception était Elsa, qui était seulement à moitié humaine. Elle était unique, à la fois héritière et lien. On avait appelé ce phénomène « Nantem ».

Alya avait trouvé des alliées dans chacun des quatre liens. Cependant, dans les royaumes du Sud, les reines devaient rester à leur place et n'avaient pas le droit à la parole. Il y avait également à chaque réunion une ombre qui planait au-dessus de la salle, échaudant les esprits, les rendant méfiants, colériques et créant des discordes. Aucun traité n'avait pu voir le jour à cause de cet échauffement incompréhensible.

Chapitre 5
Le mauvais accueil

Viago, Alya et Caleb se préparèrent pour le départ.

— Il te faut rester prudente, Alya. Le royaume des Fées était autrefois sous la protection de Médina, leur magicienne. Désormais, c'est le territoire du gardien Agos, il a été envoyé par les astres tout comme nous. Cependant, il a un comportement étonnant, qui ne ressemble en rien à celui des magiciens traditionnels.

— Mais pourquoi envoyer deux magiciens pour un même royaume ? Où est Médina à présent ? demanda la reine.

— Elle a disparu il y a une centaine d'années, un peuple ne peut rester sans gardien pour les guider. Médina a été cherchée sans relâche par la royauté des Fées durant des mois, expliqua Herold.

— C'est là qu'Agos est entré en jeu ? supposa Alya, perplexe.

— Deux ans plus tard, Agos a pris sa place, sans plus d'explication, et nous n'avons jamais retrouvé Médina.

— Tout cela est étrange.

— Sûrement, je dois avouer que, jusque très récemment, nous étions trop occupés à nous quereller entre royaumes du Nord pour nous occuper de ceux du Sud. Mais un chaperon blanc est apparu, tu connais la suite. Aujourd'hui, toutes les lumières se sont tournées vers eux. Je ne pense pas que ce soit au goût d'Agos. Et c'est la raison pour laquelle il s'oppose à recevoir les délégations en territoire fée.

— Si tu dis vrai, alors c'est que Viago a raison à son sujet et il nous faut découvrir ce qu'il cache, dit Alya.

Herold acquiesça.

— Tu dois faire attention, Alya, je sens une malfaisance chez les Fées. Lorsque nous vivions encore dans les astres, nous, les premiers magiciens, avons pu observer ton destin prometteur dans les étoiles. Nous voulons voir la fin de la malédiction, ta destinée doit s'accomplir, Chaperon blanc, il faut que tu réunifies les royaumes et ouvres une porte vers l'avenir.

— Pourquoi je sens que vous ne me dites pas tout ?

— Tu auras l'ensemble des réponses que tu convoites une fois la malédiction rompue. En attendant, il est important que tu saches reconnaître tes ennemis, le Sud est bien différent du Nord, les règles le sont aussi. Les choses ne sont pas toujours ce qu'elles paraissent. Amonis, le magicien des Centaures, est sage, mais possède également un tempérament impétueux. Erades est le gardien du peuple des Satyres, c'est un homme humble au caractère fougueux. Libem est le magicien des Elfes, il est l'aîné, il est apaisant et prudent. Enfin Camino à la charge de protéger et de guider le peuple cyclope, c'est un personnage excentrique aux grandes qualités de cœur.

— Je me souviendrai de vos conseils, Herold, mais je ne compte pas me rendre aussi loin sur les terres du Sud.

— Quelque chose m'indique que ton voyage ou le prochain t'amènera au-delà du royaume des Fées, lui sourit Herold.

— Ce destin, soupira Alya.

Le chaperon blanc n'avait jamais eu l'occasion de rencontrer les magiciens du Sud, ils étaient chargés de veiller sur leur communauté durant l'absence de la royauté. La délégation n'était formée que de l'élite royale, le roi et la reine, pour la plupart des royaumes et leurs plus fidèles guerriers chargés de leur protection hors de leur frontière. Il n'y avait que deux exceptions ; la reine fée, étant seule, venait accompagnée de son magicien et de plusieurs de ses sœurs cadettes, et la reine nymphe ne se séparait jamais de ses suivantes.

Pendant ce temps, Dastan ruminait, il détestait cette idée. Il ne parvenait pas à se raisonner et à laisser Alya seule dans la réalisation de son destin. Elle était indépendante et libre, il savait que s'il s'acharnait à vouloir la protéger contre sa volonté, il finirait par la perdre. Il en avait déjà fait les frais, il ne voulait plus revivre cette situation, qui aurait pu être définitive. Malgré tout, une question le tourmentait et grandissait chaque jour un peu plus en lui, ce destin spécial ne lui coûterait-il pas la vie ? Il se ressaisit, cette option lui transperçait le cœur, mais il devait la laisser accomplir sa destinée. Caleb la protégerait, il était son meilleur ami, son frère le plus proche depuis toujours. Il ne laisserait rien lui arriver. Dastan avait une confiance aveugle en lui.

Viago, Caleb et Alya partirent au petit matin pour le royaume de Fédicia. Leurs chevaux étaient peu chargés, les trois cavaliers ne comptaient pas rester longtemps en voyage. Dastan devait rester au château au côté de Liloa, Farissa et Argos, mais ils vinrent tous à la rencontre des voyageurs aux écuries.

— Prends bien soin d'elle, chuchota Dastan à l'oreille de Caleb.

— Je veux bien, mais tu sais qu'elle est désormais plus forte que nous tous réunis, déclara-t-il en souriant pour le rassurer.

— Je sais bien, mais j'ai un très mauvais pressentiment cette fois, je compte sur toi, ajouta le souverain sous le poids d'une étrange intuition.

Son frère hocha de la tête en signe d'accord.

— Prêt pour de nouvelles aventures ? scanda Caleb joyeusement comme à son habitude.

Le voyage fut calme. Viago, toujours silencieux, ne put s'empêcher de sourire, en passant qu'il allait enfin revoir le doux visage de sa jolie Fée. Alya ne parla pas non plus, elle sentait au fond d'elle que sa mission avait repris et était de la plus haute importance. Créer une harmonie totale avec les royaumes du Sud s'était révélé une tâche encore plus complexe que d'unir les domaines du Nord.

Tous trois, en bons cavaliers, parcoururent rapidement la distance les séparant de la frontière des Fées. La traversée étant trop silencieuse à son goût, Caleb détendit l'atmosphère avec ses histoires drôles et son rire communicatif. Les choses se corsèrent rapidement une fois qu'ils pénétrèrent sur le territoire fée. Une escorte armée les accueillit sans sourire, les sommant de les suivre. Leur présence n'était pas souhaitée et les Fées le leur firent clairement comprendre. Les gardes étaient peu habitués à voir des individus sur leur terre.

Ils étaient une dizaine, un nombre impressionnant pour trois alliés en visite. Une chose était sûre, les Fées n'avaient pas envie que les Lycanthropes se perdent dans leur domaine. Alya sentait une ambiance pesante et peu rassurante autour d'elle, mais était habituée aux endroits peu recommandables. Si elle avait su adoucir le cœur de Vladimir, elle pourrait sûrement faire des Fées, créatures douces et sensibles, ses alliées.

Alya s'émerveilla devant ce royaume magique, des fleurs aussi hautes qu'un homme s'élevaient partout autour d'elle, une multitude de papillons de toutes les couleurs, de toutes les formes et tailles virevoltaient, se posant sur les nouveaux hôtes. Ce domaine était absolument unique et plein de beauté. Il y avait également des libellules qui tournoyaient. Certains des plus gros insectes transportaient des Fées, rétrécies à leur état de créatures enchantées. Alya avait rarement eu l'occasion d'observer des choses aussi belles, même dans le monde légendaire.

Lorsqu'elle découvrit le château, elle resta bouche bée devant la magnificence de ce bâtiment. Il semblait fait de glace dure ou de verre. Une tourelle centrale s'élevait tellement haut qu'on avait l'impression qu'elle etait la continuité du ciel azuré. Au loin, on distinguait une autre tour, noire et sombre, elle venait faire de l'ombre au château, la privant un peu de sa lumière, comme un présage.

Voyant qu'elle le regardait avec insistance, un des gardes répondit à son interrogation.

— Ce sont les appartements du gardien, déclara-t-il, un peu gêné que l'émerveillement se lisant sur le visage d'Alya finisse sur une note négative

Les quatre gardes conduisirent le petit groupe jusqu'à la salle du trône, au cœur de la forteresse de glace. La reine Clarisse était assise sur son siège, le visage fermé et livide. Les sœurs de la Fée étaient également présentes, l'heure semblait grave, tant leur regard montrait une grande tristesse. Agos, caché dans un coin de la salle, sortit soudain, le regard froid, la colère déformait ses traits. Viago cherchait désespérément Aurore parmi les sœurs de la reine, mais elle n'était définitivement pas parmi elles.

— Que venez-vous faire dans le royaume sans y avoir été invité, un jour de deuil ? demanda Agos de façon virulente.

Lorsqu'il finit ses mots, la reine et ses sœurs laissèrent échapper des cris d'effroi.

— Nous sommes la première délégation lycanthrope, et nous souhaitions rencontrer nos alliés dans leur demeure. Nous ignorions votre situation de deuil, dit doucement Alya.

— Agos parle avec trop de hâte, notre sœur Aurore a disparu. Un éclaireur nous a prévenus ce matin. Elle est partie sur les terres elfes, afin de leur apporter son aide avec ses précieux pouvoirs de la terre. Le roi a dû faire face à des disparitions répétées subies par son peuple, expliqua Clarisse.

Viago devient livide et Caleb dut le soutenir pour qu'il ne s'effondre pas.

— Pas encore, non par pitié, chuchota-t-il.

— Je sais que cela vous est difficile à accepter, Votre Majesté, mais il faut se rendre à l'évidence, les Elfes disparus n'ont jamais été retrouvés, dit Agos, provoquant une nouvelle vague d'émotion chez les Fées.

— Je ne peux pas me résoudre à cela, soupira Clarisse, anéantie.

— J'ignore si Aurore est encore en vie, mais s'il y a un espoir, je m'engage à la retrouver, déclara Viago, sûr de lui, s'attirant la sympathie des Fées.

— Qui êtes-vous, Lycanthrope, pour oser vous occuper des affaires des Fées ? bondit Agos de colère.

Alya regarda Caleb qui comprit et hocha la tête pour donner son accord.

— Il se trouve que la princesse Aurore et Viago ont tous deux tissé des liens d'amitié durant les assemblées, Majesté, nous l'accompagnerons dans sa quête, déclara doucement Alya.

Viago sourit, il avait toujours pu compter sur le soutien sans faille d'Alya. Une des Fées, beaucoup plus calme que les autres, s'approcha de la reine et chuchota à son oreille, elle lança un bref regard à Agos qui ne répondit rien.

— Bien, qu'il en soit ainsi ! décida Clarisse.

— Mais enfin... Reine Clarisse... Ce n'est pas..., fut coupé Agos.

— Silence ! Agos, il s'agit de ma sœur, je ne peux tout de même pas rester là sans rien faire, ajouta doucement, mais fermement Clarisse.

— Merci, dit Viago, s'inclinant respectueusement.

— Venos vous conduira à la frontière fée, bordant l'entrée du territoire des Elfes, puisse Eléanor, la déesse fée, veiller sur vous et vous protéger, dit la reine.

Caleb et Alya s'inclinèrent à leur tour.

Chapitre 6
La traversée mouvementée

Les trois compagnons suivirent Vanos, sortirent du château et commencèrent leur périple. Il n'y avait pas de temps à perdre, Aurore était peut-être déjà morte. Viago semblait concentré sur sa mission, le visage fermé. Alya comprenait qu'il ne puisse pas se résigner, elle aurait réagi de la même façon. Pourvu qu'il ne soit pas trop tard ! pensa-t-elle de tout son cœur.

Alors qu'ils étaient partis depuis à peine une heure, une Fée royale vient à leur rencontre. Elle atterrit juste devant Viago, elle portait une longue robe rouge. Vanos était figé et ne bougeait plus un sourcil.

— Bonjour, je suis Tania, Fée du feu et sœur d'Aurore. Je viens vers vous, Lycanthrope, car vous courez un grave danger. Votre présence dans le monde elfe n'est pas souhaitée par Agos, il possède une immense magie, il vous faudra être extrêmement prudents.

Alya reconnut la Fée ayant parlé à la reine afin de la convaincre d'accepter leur requête.

— Mais les magiciens sont pacifistes, normalement, déclara cette dernière.

— Agos est différent, il ne vous aime pas beaucoup, Chaperon blanc, il a amené la crainte et le doute chez le peuple des Fées, je vous supplie d'être prudente, lui répondit Tania, puis elle se tourna vers Viago, qu'elle observa avec insistance.

— Vous connaissez ce Loup, n'est-ce pas ? demanda Alya.

Tania hocha la tête.

— Ma sœur Aurore nous a beaucoup parlé de lui, dit-elle, un peu gênée.

Un sourire se dessina sur le visage de Viago.

— Vous êtes notre dernier espoir de la revoir, nous comptons toutes sur vous, jeune Lycan.

— Je ferai tout ce qui est en mon pouvoir pour la ramener, lui promit-il.

— Je n'en doute pas, faites bien attention, méfiez-vous des rochers, suggéra-t-elle, avant de s'envoler.

En une fraction de seconde, Tania disparut et Vanos finit sa phrase tout en avançant comme si rien ne s'était passé. La traversée du royaume des Fées dura seulement une journée et demie, Viago, inquiet, pressait l'allure. Ils venaient d'entamer la dernière plaine les séparant du domaine elfe. Les cavaliers descendirent pour abreuver leur monture dans le dernier point d'eau du domaine, après cette longue course, les bêtes étaient exténuées. Afin qu'ils profitent sans gêne, les mors et les selles furent enlevés.

Alya remarqua d'immenses amas de pierres fumant sur le sol. Caleb mit quelques minutes avant de réaliser qu'ils étaient tombés dans un piège. Les pierres commencèrent à se relever, quatre immenses créatures avec une seule raison d'exister, la destruction, leur faisaient face. Les chevaux furent pris d'une panique étrange, inexplicable, et s'enfuirent au triple galop, laissant leurs maîtres sans moyen de transport.

— Des Golems ! hurla Vanos complètement paniqué.

— C'est un piège, quelqu'un ne souhaite pas que nous atteignions la frontière elfique, déclara Caleb en sortant son immense épée de son fourreau.

— Il va y avoir de la bagarre, constata Viago, disparaissant et réapparaissant derrière un Golem en train de se construire.

— Je m'occupe du quatrième et je vous protège, cria Alya ayant déjà commencé à attaquer le géant de pierre sur sa gauche.

Vanos était complètement perdu, habitué depuis toujours à protéger la reine, il n'avait jamais vraiment connu de bataille. Les terres du Sud, contrairement au Nord, étaient en paix depuis des milliers d'années, chacun vivait dans son territoire évitant soigneusement de se mêler aux autres, mais sans conflit majeur ou aucune guerre. Il tremblait un peu devant la grandeur de l'ennemi à combattre, mais en brave soldat, il fit face avec courage. Malheureusement, son manque d'expérience fut rapidement problématique. Alya devait maintenir une puissance importante sur lui afin d'éviter qu'il ne meure, ce qui le handicapait pour combattre son propre adversaire. La protection de Caleb et Viago en était également affaiblie, mais heureusement, ils étaient tous deux de redoutables guerriers. Chaque ennemi se régénérait, aucune blessure ne parvenait à les terrasser. Ils se relevaient toujours.

Caleb trancha la tête du Golem, qui tomba au sol, pour quelques minutes.

— Il nous faut battre en retraite. Le seul moyen de détruire un Golem est de tuer son propriétaire, il peut être à des centaines de kilomètres et nous ignorons de qui il s'agit.

— Je pense que nous avons tous un coupable en tête, lança Viago agacé, en plantant ses poignards dans le dos de la créature, séparant ses bras de son corps.

— Nous ne pouvons pas accuser Agos sans preuve, ajouta Alya en regardant les yeux de feu du Golem.

Elle avala toute sa puissance pour lui recracher un jet de flammes, qui rougit ses pierres brûlantes.

— En tout cas, il nous faut trouver une solution, car nous ne tiendrons pas éternellement, affirma Viago.

— Que proposes-tu, l'ami ? sourit Caleb se jetant sur le sol pour esquiver la masse énorme de son adversaire, l'herbe de la prairie brûla.

— Une diversion.

— Je suis tout ouïe ?

— Ce sont des Golems de feu et Vanos est une Fée de l'eau, sourit Viago.

— Alya peut alors absorber et décupler sa magie avec ses pouvoirs d'empathie, comprit Caleb.

— Cette diversion nous offrira quelques minutes précieuses qui nous permettront d'accéder à la lisière de la forêt elfique.

— Mais comment parcourir une si grande distance sans nos chevaux ? Je peux aisément voler jusque-là, mais vous ? dit Vanos provoquant les rires des deux Loups.

Alya regarda Vanos.

— Ça va chatouiller un peu.

Elle absorba une partie de sa magie et forma devant elle une immense bulle d'eau s'élevant dans le ciel et grossissant encore et encore. Viago et Caleb tranchaient avec énergie les quatre monstres afin de gagner assez de temps pour que la magie d'Alya opère. Les Golems de feu possédaient une seule faiblesse, l'eau, elle détruisait leur feu intérieur et leur magie avec elle. Mais ils étaient identiques à des phénix, ils renaissaient de leurs cendres. Néanmoins, cette petite parade allait permettre à la petite compagnie de s'enfuir avant d'être brûlée et dépecée vivante. Viago entoura à la vitesse de l'éclair les Golems, les obligeant à se rapprocher. Caleb leur trancha la tête en un coup d'épée grandiose. Alya laissa tomber l'immense bulle d'eau gelée sur leurs corps fumants.

Les Loups se transformèrent en un éclair. Caleb s'arrêta devant Alya, avec un regard indiquant, « vous montez mademoiselle ? » Vanos se miniaturisa, ses ailes battant le plus vite possible. Les Lycans galopaient encore et encore à une vitesse folle et accédèrent au bout de très longues minutes à la frontière elfe. Lorsque le groupe eut enfin atteint la forêt, ils continuèrent leur course folle sur une longue distance, enfin d'être sûrs de ne pas être suivis. Le bois des Elfes était étrangement calme et froid, comme si un mal le rongeait. Ils parcoururent une petite partie du territoire sans rencontrer le moindre garde. Cet endroit de leur contrée n'était absolument pas surveillé, et ce qui était le plus inquiétant, c'est que les Elfes très organisés avaient habituellement des frontières impénétrables.

Chapitre 7
Les Elfes

La compagnie arriva au bout de deux jours aux portes du domaine principal, en plein milieu de la forêt, les Golems avaient dû abandonner, car ils n'avaient plus donné signe de vie. La forteresse elfe était taillée au cœur d'un arbre énorme, représentant un building immense autant en longueur qu'en largeur, il s'élevait dans les airs. L'arbre était creusé en son sein pour accueillir une bonne partie du peuple. Le centre du royaume était extrêmement bien surveillé, contrairement à la lisière de la forêt, c'était comme si l'ensemble de la garde était ici. Ils s'étaient de toute évidence rassemblés, afin d'éviter le sort funeste qui avait touché certains d'entre eux. Les gardes reconnurent l'altesse lycanthrope à son chaperon rouge et les escortèrent jusqu'au jeune roi, Lolyan avait été récemment couronné.

Le petit groupe arriva jusqu'au centre du tronc agrémenté de multiples petits compartiments de toutes formes et tailles, servant d'appartements aux Elfes. Alya salua Lolyan, qui lui rendit son salut.

— Alya ? Que venez-vous faire en lieu elfe et avec une Fée ?

— Bonjour, Lolyan, nous recherchons une Fée royale venue vous apporter son aide, elle se nomme Aurore.

— Bien que cela me dérange de parler des affaires du royaume en présence de créatures extérieures, je vous répète le message que j'ai fait parvenir à la reine. Nous sommes sans aucune nouvelle de la Fée de la terre, elle était sur une piste au sud-est de Logalven avec quatre de mes meilleurs guerriers et nous avons perdu leur trace.

— Nous avons eu connaissance que ces disparitions sont de plus en plus nombreuses dans votre royaume. C'est pour cette raison qu'Aurore s'est rendue sur vos terres, son pouvoir des sols lui a permis de ressentir une souffrance.

— Comment pouvez-vous connaître autant de détails alors que vous vivez au nord du continent ? demanda le souverain quelque peu agacé.

— Lolyan, je ne suis pas votre ennemi, je comprends votre réticence à mon égard, mais je suis venue jusqu'à vous afin de vous proposer mon aide. Je ne crois pas aux coïncidences, je ne me suis pas retrouvée ici sans raison. En recherchant Aurore, je trouverai peut-être une réponse à toutes ces mystérieuses disparitions.

— Effectivement, je ne crois pas non plus aux coïncidences ! D'ailleurs, ma venue au pouvoir semble maudite, ajouta-t-il en s'asseyant sur son trône, complètement perdu, les disparitions ayant débuté peu de temps après son couronnement.

— Roi Lolyan, vous êtes l'héritier d'un peuple noble et fier, protecteur et adorateur de la nature, ne laissez pas un démêlé dont vous n'êtes pas responsable détruire votre foi en vous-même. Je vous en prie, ne rejetez pas l'aide apportée, vous êtes sage, je sais que vous prendrez la bonne décision.

— Alya, le légendaire chaperon blanc, on a vanté votre essence à travers les neuf royaumes. Je vous ai rencontrée à l'occasion des assemblées, vous trouvant effectivement différente, mais c'est aujourd'hui que votre aura spéciale brille le plus devant moi. J'accède à votre demande, aidez mon peuple ! lui dit le roi elfe en souriant.

Alya lui apportait enfin l'espoir qui lui manquait.

Depuis des mois, Lolyan avait envoyé ses meilleurs guerriers, malheureusement aucun n'était revenu. Les Elfes étaient très superstitieux, ils avaient peur de cette menace sans nom, invisible, qui décimait son peuple comme un fantôme sans visage. Il savait que l'arrivée du chaperon blanc en ces temps troublés n'était pas pour rien. Une jolie jeune femme entra dans la salle et s'approcha rapidement d'Alya avant de l'enlacer.

— Alya, j'ai entendu le peuple parler de la venue du chaperon blanc et j'ai couru vérifier, je n'en reviens pas que tu sois là, s'écria Éva.

— Éva ! sourit Alya, ravie de la retrouver.

— Que viens-tu faire chez nous ? demanda la jeune femme.

— Nous sommes venus pour retrouver une amie, dit-elle tristement.

— C'est vrai ? Les Loups vont aider les Elfes ? interrogea Éva, impressionnée.

— Nous avons tellement de points communs, nous aimons les forêts, nous vivons en harmonie avec la nature. Nos peuples ont beaucoup à s'apporter l'un l'autre, expliqua Alya avec sincérité.

— Vous restez ce soir, c'est une décision sans appel. Vous êtes nos invités, un bal sera donné en votre honneur, dit le roi Lolyan.

La nouvelle fut accueillie joyeusement par Caleb et Vanos, jusque-là silencieux.

Durant la soirée, les deux jeunes femmes s'isolèrent dans les appartements d'Éva. Alya s'émerveillait toujours devant la beauté du monde légendaire, encore au bout de toutes ces années, ce monde continuait de la surprendre. Quelque chose avait uni l'ensemble des liens dès la première assemblée, peut-être leur enfance dans le monde réel où elles avaient toutes dû cacher leur magie comme une honte, peut-être leur grande empathie, peut-être leur magie unique ou l'ensemble de ces ressemblances, les liens en avaient tellement. Alya avait établi des connexions uniques et privilégiées avec l'ensemble des liens du Nord, deux d'entre eux étaient une partie d'elle. Toutefois, lors des assemblées, elle avait appris à découvrir les reines du Sud, elles avaient toutes des caractères attachants et des auras attractives. Éva était celle avec qui Alya avait établi l'attache la plus forte. La dernière arrivée dans le monde légendaire avait tout particulièrement apprécié les assemblées lui permettant de rencontrer d'autres liens comme elle originaires du monde réel, comprenant ce qu'elle pouvait ressentir.

— J'ai parfois encore l'impression d'être dans un rêve et que je vais m'éveiller dans ma chambre comme si de rien n'était. Tu comprends ? demanda Éva.

— Je le comprends même très bien. Cela va passer, je t'assure avec les années et les relations que tu tisseras avec Lolyan et ton peuple. C'est le monde réel qui finira par te sembler n'avoir été qu'un rêve.

— Pour toi, c'est si simple, tu es entourée de ta meute. Mais moi, j'ai tout à prouver à mon peuple et, malgré mon caractère indépendant, je me sens parfois seule.

— Éva, si le destin de lien m'a appris une seule chose, c'est que nous ne sommes pas choisies au hasard. Il faut que tu aies confiance en toi, peu importe le temps que cela prendra, tu es un lien et ta destinée sera forcément exceptionnelle. C'est toi qui as été amenée ici, parce que c'est ta place et celle de personne d'autre. Au fond de toi, malgré ton manque de confiance, tu le sens, tu le sais, d'ailleurs tu l'as senti bien avant de franchir ce portail.

— C'est vrai, dit simplement Éva.

— Tu te trompes sur mon arrivée dans ce monde, je peux même t'affirmer qu'aucun lien n'a connu une arrivée aussi mouvementée, éclata de rire Alya.

— C'est vrai ? demanda Éva rassurée, même le chaperon blanc n'avait pas trouvé sa place dans le monde légendaire facilement.

— Crois simplement en toi et tout le monde verra de quoi l'Enetary est capable. N'oublie pas qui tu es, Éva, reine des Elfes.

— Merci, Alya, tu n'imagines pas à quel point tes mots apaisent mon cœur.

Les deux reines s'enlacèrent. Il était difficile pour les liens d'arriver dans ce monde tellement différent. Néanmoins, aucun d'entre eux n'aurait souhaité retourner dans le monde réel une fois le portail franchi. Ce sentiment de vide provoqué par le manque de son âme sœur aurait détruit n'importe quel lien, qui était conçu pour vivre dans le monde légendaire. Leur don ne pouvait que s'épanouir ici. Ces êtres humains si spéciaux étaient uniques, rares et pleins de promesses pour les peuples de créatures. Elles entendaient l'appel de l'autre côté du portail, c'est leur attachement unique avec leur moitié qui permettait l'ouverture de celui-ci.

Après de longues heures passées à discuter avec Éva, Alya s'isola. Elle était très pensive ces derniers temps, elle souhaitait résoudre l'énigme des Basherts, comment aider les nouvelles clés sans connaître leur identité ? Au lieu de se torturer l'esprit, elle décida de laisser son destin la porter, après tout, c'est ainsi qu'elle était parvenue à unir de nouveau les royaumes du Nord. Elle songea à Dastan, son regard profond, la douceur de ses lèvres. Ils ne s'étaient pas quittés aussi longtemps depuis de longues années. Il lui manquait terriblement, elle se sentait épanouie à ses côtés. Ils étaient en harmonie totale, malgré les discordes inévitables de chaque couple, leur relation était pleine de tendresse, de douceur et de complicité. Malgré deux tempéraments forts, ils savaient s'apaiser et s'apprivoiser l'un l'autre. La beauté de leur passion était dans la sincérité et la simplicité. Néanmoins, une ombre planait sur ce tableau ensoleillé, la destinée d'Alya emmenant sans le vouloir le roi des Loups et son peuple dans ce tumulte. Dastan avait parfois du mal à trouver sa place, il lui arrivait même de se sentir inutile. Le roi des Lycanthropes ignorait à quel point son rôle était essentiel, mais il le comprendrait bien assez tôt.

Chapitre 8
De précieux conseils

Le soir venu, les Elfes, vêtus de leurs plus beaux atours, donnèrent une réception à la fois étrange et splendide. Au sommet des arbres, au-dessus de toutes les branches, une immense plate-forme, servant notamment de piste de danse, était illuminée par la douce clarté de la lune et celles des étoiles qui se reflétaient dans de petits réceptacles ronds qui flottaient au-dessus de la scène de bal sans aucune attache, volant dans les airs et formant des traits de lumière. Une musique mélodieuse et unique émanait des arbres, de doux chants s'élevaient. Les Elfes avaient l'habitude de tresser leurs longs cheveux lors des cérémonies, laissant apparaître les pointes au-dessus de leurs oreilles. Leurs tenues étaient faites uniquement de tissu souple et fin, virevoltant avec grâce comme leurs propriétaires. Ils semblaient se déplacer sans marcher sur le sol, tant leur pas était léger et harmonieux. Les voir danser était une pure poésie.

Quel beau spectacle ! pensa Alya. Ses yeux se posèrent sur Caleb, qui riait et chahutait de bon cœur avec les guerriers elfes et Vanos. Ensuite elle regarda Viago, il était sur une branche, perché, observant en silence, le regard triste. Il était encore plus secret depuis la mort de Méline, Viago avait toujours été quelqu'un de discret, toutefois, depuis son départ, il avait comme perdu son chant intérieur, sa peine l'empêchait de retrouver la paix. L'arrivée d'Aurore, comme une douce caresse, semblait avoir apaisé son âme. Cependant, elle avait disparu, elle était même peut-être morte, car aucun des disparus n'était jusqu'alors réapparu. La crainte emplit encore le cœur d'Alya, son frère allait-il devoir supporter la douleur de la perte une nouvelle fois ?

— Vous m'avez l'air bien pensive, jeune Chaperon rouge, ou devrais-je dire, Chaperon blanc. Vous semblez coupable même et portez le poids du monde sur vos épaules, sourit Libem, le magicien des Elfes.

— Enchantée de vous rencontrer, s'inclina Alya.

— De même, répondit-il en se courbant à son tour.

— Vous êtes le plus ancien de tous les magiciens, le premier à avoir foulé la terre légendaire. Herold vante votre infinie sagesse. Je suis vraiment heureuse de cette rencontre due à la providence.

— Mais la providence mène toujours vers le bon chemin, par ailleurs, rencontrer enfin l'élue des liens reste un immense privilège pour nous les magiciens des étoiles, ajouta doucement Libem.

— Tout le plaisir est pour moi !

— Vous avez trop de questions en vous, Alya, expliqua Libem.

— J'avoue que le poids sur mes épaules me semble lourd parfois...

— Puis-je vous poser quelques questions à mon tour ?

— Je vous écoute.

— Depuis le début de votre aventure parmi les créatures, avez-vous l'impression d'avoir vécu vos décisions, votre destinée ?

— Effectivement, je reconnais qu'aucun questionnement n'a été nécessaire pour rétablir l'entente des rois du Nord. Je dirais même que chaque événement vécu, du plus magique au plus déplaisant, a permis la réalisation de cet exploit. Herold avait raison à votre sujet, Libem, votre sagesse éclaire déjà ma route. Il est temps que j'apprenne à faire confiance au chaperon blanc, dit Alya en riant, provoquant la même émotion chez lui.

— Puis-je connaître toute l'histoire de cette réunification du Nord ? demanda le magicien.

Alya lui expliqua alors les nombreuses aventures vécues.

— Vous devriez continuer l'apprentissage des différents arts. Il y a forcément une raison à votre capacité de cumuler ces dons, déclara Libem.

— C'est vrai, je n'y avais pas songé en ce sens, déclara-t-elle, se souvenant des inquiétudes de Dastan.

— Il est clair que cette énigme, tout comme les autres, trouvera une réponse en suivant votre voie, elle vous mènera vers votre destin.

Le lendemain au lever du jour, Alya fut conduite seule jusqu'à la salle de trône. Le couple royal se disputait à propos d'une requête de la reine.

— Aucun des disparus n'est jamais revenu ! dit posément, mais fermement Lolyan.

— Je dois écouter le chant de mon cœur, c'est toi qui me l'as enseigné, il me demande de partir avec eux. Lolyan, je t'en prie, j'ai encore tout à prouver à mon peuple. Je ne serai pas seule et mes dons sont devenus puissants.

— Tu n'as rien à prouver à quiconque, tu es la reine, notre souveraine et le peuple est fier de t'avoir pour dame protectrice, objecta le roi d'une voix douce et énergique.

— Mon roi, Éva a raison, quelque chose appelle les liens à s'unir, cela ne fait aucun doute. Ayez confiance en elle, c'est une Enetary qui a besoin de briller. Même le plus flamboyant des trésors n'est rien sans lumière. Éva doit accomplir son destin, vous ne pouvez pas l'empêcher de voler, telle l'étoile du soir, argumenta Alya, au risque de se mettre le roi à dos.

— Elle a été choisie pour être notre représentante, soupira Libem.

— Il est dur de laisser la personne que l'on aime accomplir sa destinée. Mon époux a éprouvé les mêmes difficultés et notre couple a failli voir la fin de son histoire s'écrire. Le déchirement a été douloureux pour nous, ne faites pas la même erreur. Faites confiance à votre épouse, Éva est vouée à un grand destin. La déesse des forêts Hémara ne l'abandonnera pas, insista doucement Alya.

Le roi elfe baissa la tête, il savait ce qu'il convenait de faire, mais c'était tellement dur. Au bout de longues minutes, que chacun respecta en silence, il hocha la tête en signe d'accord. Alya aurait juré avoir vu une larme tomber sur la joue de ce jeune roi plein de sagesse. Éva porta à ses lèvres un sourire triomphant, mais ne laissa sortir aucun son.

Logalis, un redoutable guerrier, s'était porté volontaire pour accompagner la troupe à l'endroit où avaient eu lieu les premières disparitions. Éva prépara soigneusement son paquetage, ainsi que son arc et ses flèches. La compagnie peu orthodoxe quitta au petit matin la protection de l'arbre mère. Une troupe formée de Lycanthropes, d'une Fée, d'Elfes et de deux liens prit la route vers le sud du royaume.

Chapitre 9
Terrible découverte

Durant les premiers jours de marche, la compagnie en petit nombre fit plus ample connaissance. Logalis était discret, mais il observait tout, le comportement et le caractère de chacun. Il ressemblait un peu à Caleb, chevalier joyeux au cœur courageux. Viago, comme à son habitude, était un peu en retrait, mais avait pris sous sa coupe Vanos et s'entraînait beaucoup avec lui, cela lui permettait sûrement d'oublier le risque de ne jamais revoir Aurore. Les deux femmes du groupe étaient très complices, Alya avait l'impression de retrouver son amie disparue dans le tempérament d'Éva. Méline était douce, mais disait toujours ce qu'elle pensait de façon diplomate. Elle était charmeuse et douce. Malgré beaucoup de différences dans leur personnalité, Alya retrouvait un peu de sa sœur dans les yeux d'Éva.

En marchant vers leur destination, Alya avait raconté l'aventure de son arrivée dans le monde légendaire. Éva écoutait ses histoires avec le même regard qu'un enfant du monde réel, le matin de Noël. Une nuit où le groupe s'était brièvement arrêté pour se réchauffer auprès d'un feu, cette dernière eut une idée. Lorsqu'ils reprirent la route, elle se rapprocha de la reine des Loups et lui proposa de lui enseigner l'art des emphatiques Elfes. Un peu gênée au début, sachant que Dastan désapprouverait, Alya finit tout de même par accepter. Éva était fière d'enseigner au chaperon blanc, devenue une légende dans tous les royaumes. Ma jeune femme apprit plus difficilement que les autres arts, la finesse et le doigté des Elfes étaient totalement différents de ce qu'elle avait connu avec les créatures du Nord. Elle dut apprendre à aborder ses pouvoirs différemment. Lorsque le groupe arriva au lieu des premières disparitions, elle avait tout juste fini son apprentissage.

Une émanation froide, sombre et puante se dessinait partout sur cette région dévastée. Il n'y avait pas âme qui vive, même les animaux étaient absents de ce tableau. Une brume s'élevait au-dessus des arbres. Les habitations étaient restées telles quelles, rien n'avait bougé, aucune trace des disparus, tout était parfaitement désert. Alya ressentit une violente douleur dans le cœur de Logalis, une tristesse immense soigneusement cachée, qui ressortait soudain face au spectacle du néant.

— Comment les Elfes de tout un village ont-ils pu disparaître sans laisser la moindre trace ? déclara Viago cherchant après d'éventuels indices.

— Ce village borde la côte, il n'y avait ici que des villageoises, aucun soldat pour les protéger. Les Elfes présents n'ont pas dû faire preuve de beaucoup de résistance, elles ne possédaient que des paniers qu'elles tressaient de leurs douces mains, c'était leur art, elles offraient un abri, de la nourriture aux animaux de la forêt. La baie Fongive était un havre de paix et de quiétude avant que la brume n'apparaisse, la beauté de ces terres était immense, expliqua Logalis un genou à terre, tenant dans sa main un panier joliment tressé, le cœur serré.

— Votre compagne fait partie des disparus, n'est-ce pas ? C'est pour cette raison que vous vous êtes porté volontaire, alors que personne d'autre ne le souhaitait, devina Alya, provoquant une vague de stupeur chez Caleb et Viago.

— Effectivement, elle se prénommait Athénis, je vois encore l'éclat de son sourire lorsque je ferme les yeux. Mais l'image se brouille peu à peu, vais-je finir par l'oublier définitivement ? murmura-t-il avec une tristesse touchante.

Caleb s'approcha, plaçant une main réconfortante sur son épaule. Logalis commença à chanter, remettant l'âme de sa douce Athénis sous la protection de la déesse des forêts. Les Elfes étaient des créatures douces et calmes, leur chant transperçait les cœurs par leur beauté. Viago était incapable de bouger, de parler, il resta longtemps sans la moindre réaction, seul face à ces propres démons.

Alors qu'ils se recueillaient depuis quelques heures, un bruit sourd, comme un crissement, retentit dans toute la vallée. Alya avait déjà entendu ce bruit agaçant, mais où ?

— Il faut nous mettre à couvert, hurla Caleb.

— Mais comment ont-ils su que nous étions là ?

— L'odeur, supposa Viago.

—Je ne vois effectivement que cette option, confirma Caleb quelque peu inquiet.

— Cela signifie donc que ce qui arrive est carnivore ? comprit Alya.

— Effectivement, surenchérit Logalis, anéanti.

— Il n'y a qu'une seule créature qui se nourrit d'autres créatures, dit Caleb.

— Les morts-vivants, ils absorbent la magie pour offrir de la puissance à leur maître et en créer d'autres, affirma Viago.

— Mais ils ont été enfermés dans l'arène il y a des milliers de lunes et nous les avons vaincus, précisa Alya, ne comprenant plus.

— Seul un maître de la magie noire est capable de décimer sans la moindre trace tout un village, déclara Viago.

— Mais il n'y en a plus depuis que Véranem a été enseveli vivant dans l'arène par les premiers rois du Nord pour protéger leur peuple, dit Vanos, complètement paniqué par l'ampleur de la menace.

— Il semble que le monde légendaire doive faire face à un nouveau maître du mal pourtant, termina Logalis, déterminé à le combattre et le détruire, peu importe le prix.

— Nous ne sommes pas préparés à combattre une telle menace, contra Caleb.

— Nous avons un avantage important, notre meute a réussi à détruire les morts-vivants. Souviens-toi de l'arène, il faut détruire leur maître, expliqua Viago.

— Mais la meute est loin et nous ne sommes même plus au complet de toute façon, dit-il en regrettant déjà ces mots.

— C'est vrai, mais nous devons au moins essayer de retrouver Aurore, je t'en prie, il faut qu'on essaie, dit Viago, dévasté, posant un genou à terre.

— Bien sûr, nous ferons tout notre possible, intervint Alya avec une main réconfortante sur son épaule.

Elle savait qu'il n'y avait désormais aucun espoir de retrouver Aurore vivante, les morts-vivants se nourrissaient de la force vitale et de la magie des créatures. Caleb voulait lui éviter la souffrance de la découverte macabre du corps d'Aurore. Il aimait son frère et le voir souffrir lui était pénible malgré son aspect brusque et sa manière d'aborder les choses, heureusement, Alya parvenait à adoucir ses maux. Il lui confiait régulièrement ses inquiétudes concernant Viago depuis leur départ, il souhaitait vraiment l'aider dans sa quête, et était d'ailleurs présent pour lui prêter main-forte dans cette nouvelle mission. Les Lycanthropes avaient parfois beaucoup de mal à exprimer leurs émotions, les liens avaient un tempérament différent qui leur permettait parfois d'établir un dialogue, leur importance dans les meutes était donc primordiale. Le temps était compté, les morts-vivants suivaient les odeurs de chair fraîche, qui les guidaient vers leur pitance. Le petit groupe était à la merci de ces cannibales.

— Au vu du nombre de victimes qu'ils ont dû dévorer, leur magie doit être surpuissante, dit Caleb.

— Que veux-tu dire par là ? demanda Alya.

— Ils sont capables de vider un corps de toute la magie qu'il renferme, expliqua Viago.

— Donc plus ils absorbent de victimes, plus ils sont puissants et se multiplient, c'est bien cela ?

— Exactement et le maître peut rappeler les morts, répondit Caleb.

— Ils sont donc beaucoup plus puissants que ceux que nous avons combattus dans l'arène, déglutit Alya alors que le groupe avançait sous les hurlements, qui se rapprochaient toujours un peu plus.

— Beaucoup est un euphémisme. Les âmes damnées que nous avons combattues n'avaient plus de nourriture magique depuis des décennies, ils étaient devenus cannibales et puisaient leur faible force dans les morts ensevelis sous terre. Leur maître n'était qu'un résidu, un fragment de Véranem. Alors que ces morts-vivants ont réussi à faire disparaître des centaines d'Elfes sans aucune fuite, leur nombre doit être affolant. Leur maître doit posséder une magie très puissante, s'inquiéta Caleb.

— Il nous faut trouver une solution, avancer ne sert à rien, nous sommes piégés. Ils nous encerclent déjà, notre odeur nous trahit, ce territoire entier est devenu le leur, s'énerva Viago.

Chapitre 10
La fuite

Alya réfléchit, si Dastan était là, il aurait trouvé une solution pour les sauver. Il fallait qu'elle agisse, c'est elle qui les avait conduits dans ce guet-apens. Elle chercha durant plusieurs minutes dans sa mémoire.

— Je sais ! hurla-t-elle.

— Nous t'écoutons, s'enquit Caleb, soulagé qu'Alya soit si ingénieuse durant les temps de crise.

— Il nous faut changer notre odeur.

— Mais comment ? s'énerva Vanos.

— Mais oui ! Tu as raison, c'est notre meilleure option, dit Éva, qui visualisait le film qui lui avait insufflé l'idée.

— Quoi ? s'inquiéta Vanos, devant ces deux reines semblant avoir perdu la raison.

— Logalis, non loin du village des panistes, on trouve des champs de poluneuses, n'est-ce pas ? demanda Éva.

— Oui, ma reine, c'est à quelques centaines de mètres, je vous y conduis, répondit l'Elfe.

— Qu'est-ce que des poluneuses ? l'interrogea Alya.

— Une espèce de champignons bleus particulièrement odorants, dont la poudre est inoffensive, mais colore et odore chaque individu s'en approchant, j'ai appris à utiliser ma magie pour éviter leur crachat, mais aujourd'hui, si cela m'empêche de finir dévorée, je l'accepte avec joie, dit-elle en courant jusqu'à Logalis.

La troupe se mit à courir rapidement dans les plaines bordant la forêt. Des bruits horrifiants se rapprochaient dangereusement. Lorsqu'ils parvinrent à atteindre leur but, un petit groupe de morts-vivants d'une force incroyable leur fit face. Caleb courut le premier, suivi par Viago, Logalis et Vanos. Éva et Alya, restèrent en retrait derrière afin de guérir leurs précieux alliés. Alors que Caleb finissait de tuer le dernier ennemi, Viago jeta son poignard ensanglanté juste à deux centimètres du visage d'Alya. Éva laissa échapper un cri. Alya se retourna, et vit l'éclaireur d'un plus gros groupe de morts-vivants s'écraser sur le sol.

— Merci, mon frère, sourit-elle.

— Toujours là pour assurer tes arrières, belle demoiselle, dit Viago avec un clin d'œil.

Des bruits assourdissants retentirent.

— Vite ! Au champ de poluneuses ! hurla Logalis.

— On n'y arrivera jamais à temps, s'inquiéta Vanos.

— Cours, cours plus vite ! s'époumona Éva.

Ils coururent tous à en perdre haleine entre les arbres, évitant les bruits inquiétants. Au loin, une couleur bleu indigo foncé devenait de plus en plus visible.

— Le champ, s'écria Éva.

— Oui, il n'y a plus que quelques mètres qui nous séparent, ajouta Viago en continuant sa course folle.

— Elles vont vous attaquer, pour être entrés dans leur territoire, surtout... laissez-les faire, termina Éva, essoufflée.

— Vous êtes certaine que cela n'est pas mortel ? demanda Vanos.

— Normalement, leur poudre ne donne pas la mort, mais je ne leur ai jamais laissé l'occasion de me cracher dessus, dit Logalis, provoquant la peur de Vanos.

Un bruit intense se fit entendre.

— Nous n'avons pas d'autre choix, dit Caleb, se jetant le premier dans le champ bleu, rempli de milliers de champignons de toutes formes, à la senteur très particulière.

Les champignons en colère lancèrent rapidement leur poudre bleue sur les intrus. La peau des hôtes indésirables fut colorée, reflétant la couleur indigo naturelle des poluneuses. La vision d'Alya se brouilla soudain, lentement, elle sentit ses jambes se dérober et son corps tomber vers l'avant jusqu'à toucher le sol, elle ne ressentait rien, aucune douleur, mais plutôt comme une hystérie. Elle avait envie de rire aux éclats, mais aucun son ne parvenait à sortir de sa bouche. Elle ne voyait pas les autres autour d'elle, et parvint à se retourner, remarquant que la nuit était tombée. Elle regarda les étoiles danser.

Alya ferma les yeux et s'éveilla sous les traits d'Aléone, elle était cachée derrière un rideau, dans une immense salle, au centre se trouvait un siège colossal, dans lequel un homme blond, barbu, assez corpulent était assis. Autour de lui, d'autres personnes en armure se tenaient, chacun d'eux portait un dessin différent sur son poitrail. Les discussions semblaient tendues.

— Calmez-vous ! dit l'homme sur le trône.

— Le village de Damrone est en feu, à cause de l'incompétence de ces Grifbones ! hurla celui avec un cerf dessiné au milieu de son poitrail sur un immense bouclier.

Il pointa son doigt avec l'air menaçant.

— Tais-toi, espèce d'imbécile ! Cette commune était remplie de convertis ! La moitié d'entre eux avait été mordu ! Des impurs, des démons dès la prochaine nuit ! Il fallait agir avant la transformation ! s'énerva l'homme pointé du doigt.

— En tant que garde de la citadelle maîtresse, vous deviez éviter la propagation de ces créatures dans le royaume ! hurla le souverain dans son fauteuil.

— Les créatures ont une alliée qui les protège. Une espionne puissante de notre royaume...

— J'ai dit silence ! se leva et rugit l'homme présidant sur son siège, provoquant le calme des chevaliers présents.

Il resta muet durant quelques longues minutes, puis posa enfin une question semblant craindre la réponse.

— Comment un village entier a-t-il pu être transformé en seulement une journée ?

— Votre fille, roi Bornes. Elle s'est alliée aux créatures, répondit le garde de la citadelle maîtresse.

Des bruits d'effrois s'échappèrent de la tribune.

Alya, incapable de contrôler son corps, lança un cri de détresse derrière le rideau. Tous les individus présents dans la pièce se retournèrent. L'un d'eux approcha l'épée à la main. Elle sortit timidement, plaça ses bras devant son visage pour se protéger. Elle se rendit compte que ses mains et ses pieds étaient tout petits, ceux d'une enfant d'une dizaine d'années à peu près.

— Que fais-tu là ! hurla le roi Bornes.

— Je… je… je…, balbutia Alya sans réussir à finir une phrase.

— Enfermez-la ! ordonna-t-il froidement.

— Non ! Père ! Non ! cria-t-elle avant d'être emmenée par deux individus.

Alya se retrouva dans un cachot miteux, une puanteur émanait des égouts ouverts par une bouche dans le mur, d'où l'eau croupie s'échappait. Des rats s'abreuvaient et cherchaient de la nourriture dans la cellule. Elle portait une sorte de chemise de nuit, et était pieds nus. Elle s'accroupit, il n'y avait aucun meuble dans la pièce, elle pleura encore et encore, devant les barreaux. Alya ne pouvait pas s'en empêcher, mais ses pleurs n'étaient pas les siens, c'était ceux d'une petite fille terrorisée. Tout cela était tellement réel, son esprit était comme prisonnier dans le corps d'Aléone, cette femme au destin tragique. Alya revivait des événements, prisonnière du temps et de l'espace, dans des époques et des lieux inconnus. Elle resta dans cet endroit lugubre, pendant des heures, lorsqu'une voix familière l'appela à retrouver son corps.

— Alya ! Alya ! Tu m'entends ? demanda Caleb.

Elle ouvrit doucement les yeux, la peau de ce dernier était entièrement bleue et l'odeur qui émanait de lui étrange. Un de ses bras était placé sous son cou, il avait l'air inquiet. Viago, à cinq centimètres d'eux, était lui aussi bleu et anxieux, il fixait Alya en se mordant les lèvres et en bougeant la tête nerveusement.

Caleb la serra dans ses bras.

— Tu es en vie ! Tu es en vie ! répétait-il, joyeux.

— Tu t'inquiétais pour moi ? lui sourit-elle.

— Moi, m'inquiéter, j'ai donné ma parole à Dastan, dit-il en se redressant, gêné.

— Alya, revoir ton sourire est un vrai bonheur, dit Viago soulagé.

Chapitre 11
Les poluneuses

Alya se releva doucement et remarqua la présence d'Éva, Logalis et Vancs, également bleus. Les champignons autour d'eux avaient disparu sur un rayon de deux mètres de diamètre.

— Mais que s'est-il passé ? demanda-t-elle.

— Tu ne te souviens de rien ? dit Caleb, surpris.

— Non.

— C'est toi, Alya, tu nous as sauvés. Les champignons attaquaient avec des tas de jets de poudre, qui provoquaient une euphorie, et même des hallucinations, l'air était devenu irrespirable, ils allaient finir par nous tuer. C'est à ce moment-là que tu t'es mise à léviter, tu as créé un cercle magnétique qui les a détruits aux alentours. Tu t'es ensuite évanouie, plongée dans un profond sommeil. Nous avons eu beaucoup de mal à te ramener parmi nous, expliqua Caleb très inquiet.

— Tu ne te souviens vraiment de rien ? s'inquiéta Viago.

— Non, soupira la reine des Loups.

— Alya ! Je dois te parler de mes absences, déclara Éva.

— Tu as vécu des événements similaires ? demanda Alya.

— Lorsque vous léviticz, Alya, les yeux d'Éva étaient fixés sur vous, ils sont devenus brillants, et vous vous êtes élevée encore, plus haut. Vous étiez comme connectées, expliqua Logalis.

— C'est la première fois que ça se produisait ?

— Non, la première fois s'est produite au château des Lycanthropes, lors de la première assemblée des neuf royaumes, dit simplement Éva, comprenant que tout ça n'était pas aussi anodin qu'elle l'avait pensé.

— Les illusions affectent-elles tous les liens ? questionna Alya.

— Tu penses que les autres reines et Ezeikiel ont également fait l'expérience des visions ? l'interrogea Caleb.

— Il n'y a qu'en leur posant la question que nous serons fixés, déclara-t-elle.

— Effectivement, il nous faut des réponses, tous ces événements sont troublants, c'est comme si quelque chose se préparait comme si une machine était en place, cela m'inquiète, répondit Caleb.

— Dès mon retour, il me faudra parler à mes enfants. Éva ! Que vois-tu lors de ces rêves ?

— Une jeune femme nommée Aléone, elle m'appelle à la rejoindre, elle te ressemble beaucoup, dit Éva.

— Tu n'es pas elle ? Tu n'es pas prisonnière de son corps ? se renseigna Alya, déconcertée.

— Non, mon esprit est présent, je suis libre de mes mouvements, mais je suis irrésistiblement attirée par cette voix. C'est vraiment étrange, elle me parle du sang sacré, l'attraction est un peu plus forte à chaque rêve, j'ai du mal à revenir vers la réalité, avoua Éva, mal à l'aise.

— C'est tellement étrange, répondit Alya, se demandant pourquoi ses visions étaient différentes des siennes.

— Nous n'avons pas le temps pour le moment, les morts-vivants sont à notre recherche. Il nous faut rebrousser chemin, dit Vanos.

— C'est impossible, le flanc nord grouille désormais de ces créatures depuis notre passage, ils nous cherchent, précisa Logalis.

— Nous n'avons pas d'autre choix, il nous faut descendre vers le sud, soupira Caleb.

— Mais leur repaire doit se trouver dans les montagnes bordant les mers de l'Ouest ! s'inquiéta Vanos.

— Justement, nous devons connaître leur nombre, cette menace est trop grande pour l'ignorer, nous devons savoir ce que nous allons combattre, ajouta Alya.

— Nous allons mourir si nous entrons dans leur territoire, s'indigna Vanos.

— Pas s'ils ignorent notre présence. Je peux camoufler notre passage avec mes dons et maintenant notre odeur ne pourra plus nous trahir, dit Logalis.

— Combien de temps dure l'effet de la poudre de poluneuses ? demanda Caleb.

— Trois jours, c'est le temps que j'ai mis la première fois qu'elles m'ont attaquée pour retirer cette odeur étrange, expliqua Éva.

— Bien, il serait sage d'emporter avec nous un peu de poudre, proposa Viago en sortant une sacoche de sa veste.

Il sauta derrière les poluneuses, qui attaquèrent, mais sa vitesse était impressionnante et aucune ne parvenait à l'atteindre. Viago attrapa au vol la poudre avec sa sacoche, avant de rejoindre le petit groupe. Éva et Alya appliquèrent un bouclier autour de leur hôte, afin de traverser et quitter le champ sans encombre. Il fallait avancer très vite, le groupe était en mauvaise posture et avait peu de chance de sortir vivant de cette aventure. Comment auraient-ils pu savoir ce qui les attendait ? Logalis n'avait plus rien à perdre. Viago ne pouvait pas imaginer revivre cette douleur de la perte déchirant le creux de ces entrailles, mais il savait que les chances de retrouver Aurore en vie étaient presque nulles, chaque minute comptait, il ne pouvait pas se résoudre à cette option, tellement elle lui faisait mal. Pourquoi lui rendre enfin le goût d'aimer pour le faire souffrir à nouveau ?

Vanos avait du mal à contenir ses angoisses. Il n'avait pas l'habitude du terrain, il avait peur de la mort et regrettait d'avoir été embarqué dans cette fantaisie qui risquait de lui coûter cher. Alya et Caleb étaient de ceux que la peur révèle, elle les rendait inventifs et combatifs, comme leur roi Dastan. Il aurait pu être un grand monarque, c'était d'ailleurs le plus grand chevalier du royaume.

Le groupe descendit rapidement vers le sud, profitant de la luxuriante forêt, peuplée d'innombrables arbres, pour passer inaperçu. Ils s'arrêtèrent à l'orée du bois, devant eux une montagne, sur le côté droit, une immense ouverture donnant sur une grotte qui semblait profonde.

— Cette montagne n'a jamais porté d'ouverture, s'inquiéta Logalis.

— Le plus inquiétant, c'est sa taille, dit Caleb.

— Mais comment avons-nous pu être aveugles à ce point, pour ne pas voir leur invasion sur nos terres ? se morfondit-il.

— Ne te flagelle pas, Logalis. Une invasion d'une telle ampleur n'a été possible qu'avec la protection d'une puissante magie, affirma Alya.

— Mais qui a pu faire une chose pareille ? C'est la fin du monde légendaire, les morts-vivants vont se multiplier et se nourrir de toute la magie, il n'y aura plus rien.

— L'heure est grave, nous n'avons plus le choix, nous devons découvrir ce que cette grotte cache, déclara Alya.

— Mais..., s'alarma Vanos.

— C'est la seule solution, il faut comprendre ce qui se passe si nous souhaitons la stopper, s'exprima Caleb.

— Qu'il en soit ainsi, dit Logalis.

— Il doit y avoir des milliers de tunnels, nous risquons de nous perdre, s'inquiéta Vanos.

— Nous n'avons pas le choix, nous devons savoir ce qui nous attend, l'ampleur de ce que nous devrons combattre, expliqua Éva, désemparée.

Viago, en éclaireur averti, entra le premier, il détruisit les quelques morts-vivants à l'intérieur de la gigantesque entrée. Il était, comme à son habitude, impressionnant, apparaissant et disparaissant derrière ses ennemis, les frappant mortellement, sans qu'ils puissent même réaliser sa présence. Le fait que la meute ait déjà combattu ce type d'ennemis dans l'arène allait être un atout considérable. Décidément, rien de ce qu'Alya pouvait vivre n'était le fruit du hasard. Viago invita le groupe à le suivre. Ils quittèrent discrètement la forêt pour le rejoindre. Après seulement quelques mètres, le groupe bifurqua dans un petit tunnel vers la gauche, afin d'éviter des rencontres indésirables. Viago, toujours en tête, éclairait la route et la rendait sûre. Sa reine veillait sur lui à distance afin de le préserver de toute blessure.

Chapitre 12
Sous terre

Les tunnels devenaient de plus en plus étroits à mesure que le groupe avançait, ils se divisaient sans arrêt, laissant de moins en moins d'espoir de retrouver une sortie. La mission de sauvetage était de plus en plus compromise. Viago dut faire face à un nombre plus important d'ennemis. Caleb le rejoignit avec Logalis pour l'aider. Un seul mort-vivant pouvait sonner l'alarme et signer leur arrêt de mort. Vanos surveillait leurs arrières, pendant qu'Alya et Éva s'occupaient de protéger les chevaliers. La traversée dura plusieurs heures, l'endroit était sombre et lugubre. Le groupe se retrouva soudain à descendre un large escalier, pour atteindre une salle beaucoup plus grande, d'où émanait une puanteur immonde, sur les murs et le sol des crânes étaient empilés. Dans des cages se trouvaient les derniers capturés récemment décédés. Logalis se mit à courir lorsqu'il vit sa douce Athénis agonisant dans une cage faite de métal dans le fond de la pièce. Il démolit les barreaux, aidé de Caleb et Viago. Il entra et souleva doucement sa bien-aimée. Caleb et Viago constatèrent avec tristesse qu'il n'y avait aucun survivant. Éva s'approcha en courant d'Athénis, utilisant sa magie pour la soigner.

— Ma reine, dit-elle, la voix à peine audible.

— Ne parlez pas, vous êtes si faible, constata Éva, impuissante.

— Ils nous prennent et se nourrissent de notre magie, ils aspirent notre force vitale pour l'offrir au maître des morts, ajouta Athénis, dans un murmure.

— Économisez vos forces, Athénis, souffla doucement Éva.

— Oui, ma reine...

Elle agonisait.

— Je peux maintenir sa vie pour un dernier au revoir, expliqua Éva les larmes aux yeux à Logalis.

— Non, pitié, non..., murmura Logalis, complètement détruit.

— Je savais que tu me retrouverais. Je t'attendais, je voulais revoir ton visage. Je suis heureuse d'avoir pu te voir une dernière fois, soupira Athénis dans un dernier souffle, laissant tomber sa main alors posée sur la joue de Logalis, désormais sans vie.

Un silence pesant s'empara de la salle, laissant les sanglots silencieux de Logalis déchirer le cœur du groupe. Éva s'approcha de lui pour le réconforter.

Viago, incapable de la moindre réaction, se rappela cette douleur incommensurable au fond de ses entrailles. Il n'avait même pas pu lui dire au revoir.

— Méline, murmura-t-il.

Il posa un genou à terre, en pensant à Aurore, comment pourrait-il encore supporter cette épreuve ? Alya s'approcha et s'agenouilla auprès de lui.

— Je ferai tout ce qui est en mon pouvoir pour la sauver, promit Alya.

— Je sais. Combien de reines quitteraient leur royaume, leur peuple et leurs liens pour un ami ? demanda Viago.

— Tu es plus qu'un ami, tu es mon frère, sourit-elle.

— Tu es le meilleur espoir de ce monde, dit-il avec sincérité avant de l'enlacer.

S'il savait à quel point ce destin peut me peser parfois ! songea-t-elle.

Dastan lui manquait tellement, elle ne le reverrait peut-être jamais. Logalis était détruit, mais des morts-vivants veillant sur le garde-manger descendirent jusqu'à la salle en grand nombre. Le combat fut violent, d'autant que Logalis n'était pas en état de combattre et que Vanos était novice dans les corps à corps.

— Il faut quitter cette pièce, cria Caleb en coupant la tête d'un mort-vivant avec la lame de son épée.

— Au fond à droite, un escalier, il descend encore, déclara Viago.

Éva protégeait Logalis à genoux, Athénis toujours dans ses bras. Alya devait donc gérer la protection de Viago, Caleb et Vanos seule, heureusement, ses pouvoirs étaient terrifiants désormais. L'art elfe avait encore décuplé un peu plus sa puissance. Elle offrait un énorme avantage à ses alliés. Alya enlevait la voix des ennemis, les rendait sourds, aveugles, les endormait, rien ne semblait impossible pour ses pouvoirs et sa magie protectrice.

— D'autres ne vont pas tarder, il faut partir vite, hurla Caleb.

— Je ne la laisserai pas dans cette puanteur ! se morfondit Logalis.

— Nous t'aiderons à la porter, dit doucement Caleb, une main amicale sur son épaule.

Incapable de répondre, celui-ci acquiesça.

Une fois le dernier ennemi abattu, ils se dirigèrent donc vers l'escalier, reprenant le mode de traversée du départ, afin de survivre à ce voyage souterrain. Pendant des heures, le groupe arpenta des couloirs, et encore des couloirs, de toutes formes et de toutes tailles. Ils avaient récupéré des informations essentielles, notamment le nombre plus qu'alarmant de morts-vivants, cent fois plus grand que le nid qu'ils avaient dû affronter dans l'arène, sur leur manière de gérer les prisonniers. Ils absorbaient toute la magie dans des diamants blancs, se teintant en rouge après le méfait accompli. Les morts-vivants les transportaient sur des bâtons en or. Les cristaux ne pouvaient pas être touchés directement, ils désintégraient les corps, le maître devait donc forcément convertir l'énergie avant de l'ingérer. Le groupe avait également pu comprendre le mode opératoire des morts-vivants, comment ils se déplaçaient, comment ils procédaient pour envahir par cohortes un village à la fois. Les sans défense en premier, pour augmenter leur puissance et leur pouvoir d'attaque, avant l'invasion du domaine principal concentrant tous les chevaliers du royaume. Ils envoyaient une brume semant la mort de la vie, animaux, végétaux, la plupart ne résistaient pas.

— Mais comment allons-nous pouvoir survivre à une telle armée dévastatrice ? Il ne restera plus rien de mon peuple, dit Éva, désemparée, les larmes aux yeux.

— C'est la menace dont parlait Mila. Éva, regarde-moi, je ferai tout ce qui est en mon pouvoir pour sauver ton peuple, promit Alya en plaçant ses mains sur ses épaules.

— Je sais que je peux compter sur toi. Tu sais, je n'ai jamais vraiment eu d'amie, jamais pu me fier à quelqu'un, lui apprit Éva la serrant dans ses bras.

— Nous avons déjà combattu les morts-vivants, ils ont besoin d'un maître pour naître, c'est de sa magie qu'ils tiennent l'ensemble de leur pouvoir. On le détruit et on anéantit toute son armée, les réconforta Caleb.

— Nous ignorons qui il est et même si nous pourrons l'identifier, il s'est nourri de toutes ses âmes, de leur pouvoir de créatures, il doit être indestructible, déclara Alya de plus en plus inquiète.

— Il te faut monter tes capacités au maximum et apprendre tous les arts, Alya, expliqua Éva.

— Même avec tous les arts, la personne qui a créé tout ceci l'a fait à la barbe des Elfes et des Fées, créatures particulièrement sensibles à leur environnement, le pouvoir de ce maître noir doit être monumental, déclara Alya, désespérée.

— Tu ne seras pas seule à te battre, lui révéla-t-elle en prenant sa main dans la sienne.

Un regard fort et sincère s'établit entre les deux reines.

— Il nous faut sortir de cet endroit et prévenir le peuple des Elfes, que personne ne connaisse plus le sort funeste de ma douce Athénis, s'alarma Logalis.

— Oui, nous devons réussir à trouver notre chemin, il nous faut absolument sortir, dit Caleb.

Viago ne parlait plus, il n'avait désormais plus aucun espoir de retrouver Aurore en vie. Le groupe avança durant presque une journée dans des tunnels ne ressemblant pas à ceux déjà traversés. Ils ne comprenaient pas comment cette partie du territoire des Elfes pouvait être si grande et comment les morts-vivants pouvaient être si nombreux. Alors que le groupe désespérait de sortir un jour de cet enfer et commençait à se laisser déborder par les doutes et la peur, les ennemis se faisant plus nombreux, ils se retrouvèrent face à des escaliers s'élevant sur des hauteurs impressionnantes. Cela semblait être un bon présage, mais au lieu de retrouver enfin la surface, le groupe atterrit de nouveau dans une immense salle, qui n'avait rien de lugubre cette fois. La roche était brute, mais tout était propre autour, une lumière émanait de trois espèces de cocons transparents. S'approchant précautionneusement, Viago laissa soudain échapper un cri d'émotion. Aurore était là, elle semblait profondément endormie, mais était en vie, deux autres contenaient une dame blonde aux longs cheveux et un jeune homme brun, le visage angélique. Alya ressentit une sensation étrange en voyant ce dernier.

Chapitre 13
Sauvetage

— Il faut les libérer ! s'énerva Viago.

— Ne t'inquiète pas, nous allons les délivrer de leur isolement, dit calmement Alya.

— Mais comment les sortir de là ? demanda Caleb.

— Regardez, on dirait une espèce de console, les appela Éva, qui avait rejoint le centre de la pièce, sur le côté gauche des espèces de carapaces contenaient Aurore et les autres personnes.

— Les cocons sont alimentés, regardez les éclairs tout autour. Ils viennent de ce tuyau, ils conduisent à la console centrale, constata Alya.

— Tous ces boutons doivent les contrôler, supposa Éva.

— Là, regardez, d'autres personnes sont emprisonnées ! dit Vanos ayant avancé sur la gauche de la pièce.

— Ce sont les Nymphes, reconnut Alya.

— Effectivement, ce sont les trois Nymphes, mais la reine n'est pas présente. Elles ne se quittent pourtant jamais, s'inquiéta Caleb.

Un bruit retentit, venant de la console, une électricité vint recouvrir les cocons de gauche et les illuminer, avant de rejoindre l'objet d'où provenait le vacarme. L'un d'eux se mit alors à clignoter. Une des Nymphes semblait en difficulté.

— Les trois cocons des Nymphes semblent absorber leur énergie, regardez au sommet, des diamants semblables à ceux absorbant celle du peuple elfe, dit Caleb, provoquant des larmes chez Logalis, qui transportait toujours le corps de sa douce Athénis et n'avait pas dit un mot depuis sa disparition.

— Oui, je les vois, les premiers à droite sont différents. D'ailleurs, il n'y a pas de cristaux au sommet, fit remarquer Alya.

— La Nymphe a l'air mal en point, nous devons la sortir de là. Elle est en train de mourir ! hurla Éva.

— Mais comment ? s'énerva Viago, de plus en plus inquiet pour Aurore.

— Il n'y a pas cinquante solutions, nous ne savons pas comment manipuler la console, mais tout vient d'elle ! dit Alya.

— J'opte pour ta solution, ma sœur, déclara Caleb, en levant son immense épée et en la plantant de toutes ces forces dans la console centrale, qui implosa.

Les cocons transparents disparurent, de l'eau se déversa sur le sol en grande quantité, libérant les prisonniers. Viago se précipita sur Aurore, Caleb et Vanos sur le garçon et la dame à côté d'elle. Tandis qu'Alya et Éva tentèrent de sauver les jeunes Nymphes avec leur magie.

Il leur fallut une quantité impressionnante d'énergie pour sauver la vie de Jade et d'Ambre. Éva était vidée, c'est grâce à la puissance d'Alya qu'elles réussirent à terminer la guérison, malheureusement Aude ne put pas être sauvée. Alya pleurait, s'acharnant sur le corps désormais sans vie de la Nymphe, qui ressemblait tant à Méline par ses cheveux blond très clair, sa peau pâle et ses yeux d'un bleu clair magnifique.

— Reviens ! Je t'en prie, reviens ! Méline, reviens ! hurla-t-elle en larmes.

— Alya, il n'y a plus rien à faire ! dit doucement Éva, elle-même aux prises avec ses émotions.

Caleb, qui avait confié ses protégés à Vanos, enlaça sa reine, et la laissa pleurer de longues minutes. Éva regarda Logalis, complètement détruit par la perte de sa partenaire et se laissa aller à son tour à son chagrin. Caleb, voyant le visage d'Aude, fut également troublé par sa ressemblance avec Méline, quelle douleur de perdre un membre de sa meute ! Les Nymphes étaient très unies, elles aussi, cette perte allait être un véritable déchirement pour elles. Il serra un peu plus Alya contre lui, en se promettant de veiller sur elle.

— Alya ! Aide-moi ! Aurore a des convulsions ! cria Viago.

Elle bondit sur ses jambes, courut pour rejoindre la jeune femme et activa sa magie autour d'elle.

— C'est la plus faible des trois, dit Alya en parlant de l'homme et de la femme.

— Je reconnais notre magicienne Médina, déclara Vanos, provoquant la stupéfaction.

— Il se réveille ! annonça Caleb en parlant du jeune homme.

Celui-ci bougea et ouvrit doucement les yeux en toussant, il cracha du liquide contenu dans les cocons.

— Où suis-je ? Qui êtes-vous ? demanda-t-il, totalement perdu.

— Je suis Alya, voici Caleb et Vanos. Quel est ton nom ?

— Je… je… je ne sais pas, répondit enfin le jeune homme.

— Alya ! Alya ! Les Nymphes se réveillent ! cria Éva.

— Où sommes-nous ? questionna Jade.

— L'Enetary et le Chaperon blanc ? Vous nous avez sorties de cet enfer, moi et mes sœurs, n'est-ce pas ? interrogea Ambre.

Éva et Alya ne purent répondre.

— Savez-vous ce qu'il vous est arrivé ? finit par demander Caleb.

— Nous nous baladions près du lac Émeraude, pour nous occuper, pendant que Lise et Arthur effectuaient la traditionnelle visite des villages de Pagnes. Soudain, nous avons entendu des bruits, des crissements effroyables. Une brume épaisse est descendue sur toute la plaine. Des créatures immondes sont sorties de la grotte du lac. Nous avons fui vers l'est pour rejoindre le domaine royal, mais nous ne sommes jamais arrivées, déclara Jade.

— Vous avez dû perdre connaissance à cause de la brume, expliqua Caleb.

Ambre se mit à hurler de douleur.

— Aude ! Aude ! Aude ! Réveille-toi, douce pluie de printemps.

— Non ! Non ! Aude ! Mais qu'est-ce qu'il s'est passé ? murmura Jade, anéantie.

— On a absorbé son énergie vitale, dit tristement Alya.

— Mais quelle créature peut faire une chose aussi atroce ?

— Des morts-vivants, soupira-t-elle.

Elle lança un regard à Caleb, qui acquiesça, comprenant son inquiétude au regard des dires nymphes.

Les morts-vivants avaient capturé les Nymphes sur leur territoire. Comment avaient-ils traversé la mer ? Leur territoire ne pouvait tout de même pas s'étendre sous la mer Denosta. Ces tunnels semblaient interminables. Aurore s'éveilla sans aucun souvenir de ce qui s'était passé, ne se souvenant même pas de son identité, au plus grand désespoir de Viago, qui avait mis des mois à créer une intimité entre eux. La magicienne n'avait pas plus de souvenirs, contrairement aux Nymphes. Les caissons de droite ne semblaient pas avoir les mêmes fonctions que ceux de gauche. D'ailleurs, les Nymphes soignées par Alya et Éva retrouvèrent rapidement l'usage de leurs membres, contrairement à Aurore, Médina et le jeune homme. Le groupe était présent depuis presque une heure, lorsque les premiers gardes arrivèrent dans la pièce.

Chapitre 14
La fuite

Des crissements retentirent dans l'escalier, glaçant d'effroi la petite compagnie.

— Ils arrivent, dit Caleb.

— Nous devons partir, s'inquiéta Alya.

Elle ne voulait pas finir là, dans cet immonde tombeau, rempli de tristesse et de douleur, sans revoir une dernière fois Dastan. Il lui manquait tant.

— Ici ! Un escalier, il monte encore, cria Éva.

— Vite, il nous faut quitter cet endroit, affirma Vanos, également inquiet, voulant sortir de cet enfer.

— Aurore a du mal à marcher, constata Viago en soulevant la jolie Fée.

— Ils ont tous des difficultés à tenir debout, déclara Caleb, paniqué, nous n'atteindrons jamais la sortie.

— Il faut essayer, le motiva Alya en soulevant une des Nymphes.

—Je ne laisserai pas notre rosée du printemps dans ce lugubre endroit, hurla Jade en larmes.

— Je la porterai, promit Vanos, attristé par la mort de la Nymphe.

Alya soutenait Jade, tandis qu'Éva soulevait Ambre, elles commencèrent leur ascension dans l'interminable escalier. Viago portait Aurore, incapable de mettre un pied sur le sol. Caleb souleva la magicienne fée, pendant que Vanos le suivait avec le corps sans vie d'Aude. Le jeune garçon s'appuyait sur Caleb et Viago. Logalis derrière eux n'avait pas posé Athénis. Ils montèrent encore et encore, aussi vite que cela était possible vu les circonstances. Les bruits sourds devinrent de plus en plus forts derrière eux. Caleb accéléra dans l'escalier pour rejoindre Alya, en tête du groupe.

— Ils se rapprochent, lui dit-il, gardant la tête froide comme à son habitude.

— Nous n'y arriverons pas, Caleb, soupira Alya.

— Alya ? Tu pleures ? Ce n'est pas ton genre de crier défaite ou d'avoir peur de la mort.

— Ce n'est pas la mort. C'est Dastan, sanglota-t-elle.

— Je comprends mieux. Mais si je te demande de partir, tu n'accepteras jamais, je me trompe ? lui dit-il en souriant.

Elle hocha la tête signifiant clairement un non.

Caleb laissa quelques secondes à Alya pour reprendre ses esprits. Il ne l'avait jamais vue réagir ainsi face au danger. Néanmoins, elle et Dastan étaient comme connectés, un lien unique les unissait, l'amour entre eux était une évidence. Caleb se souvenait d'ailleurs de l'état de ce dernier, lorsque durant plusieurs mois, il croyait Alya repartie dans son monde natal. Il ne reconnaissait pas non plus son frère, cette colère, cette tristesse en lui, Dastan était complètement détruit par cette perte, comme si une partie de son âme lui avait été arrachée. Il était logique que l'absence prolongée du roi des Loups dans la vie du chaperon blanc soit difficile à supporter.

— J'ai besoin de toi, Alya, dit doucement Caleb au bout d'une minute.

— Il faut que nous les empêchions de nous rejoindre, déclara Alya, sûre d'elle, reprenant ses esprits.

— Je te retrouve enfin, Chaperon blanc, dit-il en souriant.

— Le temps presse, utilise ton épée pour fragiliser le sol et les murs. Tu entends derrière cette paroi du mur ? demanda-t-elle, en approchant l'oreille.

— De l'eau ! Vanos ! s'exclama Caleb.

— Quoi ? demanda-t-il, complètement paniqué.

— Dès que Caleb aura déstabilisé la roche, appelle l'eau à toi devant nous et l'escalier s'effondrera. Ils ne pourront plus nous rejoindre, expliqua Alya.

— Bien, approuva Vanos.

Caleb descendit vers les bruits sourds, il sentait leur odeur putride, appliqua des coups de toutes ses forces sur l'escalier et les murs.

— Accrochez-vous ! hurla-t-il.

Vanos tendit les bras vers les murs, en fermant les yeux, des bruits d'écoulement s'amplifièrent jusqu'à ce que l'eau jaillisse en trombe, formant des brèches dans le mur et séparant l'escalier en deux. Le sol tremblait avec force. Les Nymphes poussèrent des cris, tous s'accrochaient les uns aux autres. Les secousses finirent par se calmer. Le groupe soupira, ils étaient tous sains et saufs, le plus important étant qu'ils n'étaient plus poursuivis.

Le petit groupe progressa lentement dans les interminables escaliers. Une lueur vint soudain caresser le visage d'Alya. L'air pur commençait à être plus fort que celui putride des tunnels. La clarté était de plus en plus forte, rendant l'espoir aux membres de la compagnie. Les Nymphes et Logalis étaient dévastés devant les corps sans vie d'Aude et d'Athénis. Cette douleur, cette affreuse sensation devenue réalité les avait tous les trois profondément meurtris. Lorsqu'ils arrivèrent enfin à la surface, les membres valides déposèrent les infirmes sur le sol.

Chapitre 15
Le maître des morts

Le groupe était essoufflé de sa course folle dans les escaliers interminables et, surtout, complètement démoralisé de son voyage et de ses découvertes souterraines macabres. Aucun membre ne put prononcer un seul mot face à cette aventure des plus lugubres. Alya ignorait si le monde légendaire pourrait survivre. Comment allait-elle pouvoir éradiquer une si grande menace ?

— Alya, regarde ces grottes ! s'inquiéta Caleb.

— Non ! Comment est-ce possible ? dit-elle, incrédule.

— Nous sommes à Visiodem ! s'exclama Vanos.

— Les galeries souterraines traversent la mer Denosta ? Mais c'est impossible, non ? s'enquit Viago.

— Le territoire des Cyclopes regorge de grottes, de montagnes, ils peuvent s'infiltrer partout sur ces terres, ajouta Caleb.

— Il nous faut prévenir le roi Gabriel et la reine Gayane, au plus vite ! déclara Alya.

Alors que la compagnie se pensait enfin à l'abri à l'air libre, une fumée noire sortit de la terre, tournoya et s'arrêta devant elle.

— Tu as osé pénétrer mon domaine et le saccager, Chaperon blanc ! dit une voix organique.

— Vous êtes le maître des morts, n'est-ce pas ? demanda Alya.

— Ces prisonniers sont à moi ! hurla la voix, folle de rage.

— Ils sont libres désormais et tu n'y peux rien, déclara-t-elle très calmement.

— Tant qu'ils sont en vie, c'est vrai, mais une fois morts, ils seront à moi ! railla la voix.

— Meurs, monstre ! cria Logalis en sortant son épée de son fourreau et lacérant l'ombre immatérielle, Alya et Caleb durent se pousser de justesse.

— C'est une matérialisation, Logalis, il n'est pas vraiment présent, expliqua Alya.

La fumée se recentra et s'adressa à Logalis.

— Tu crois que tu souffres, petit Elfe insignifiant. Je suis le maître de la mort, je la contrôle et elle m'obéit. Tu n'es rien et je vais t'achever pour ton affront, dit la voix machiavélique.

Une partie de la fumée noire se détacha du reste, vola jusqu'au corps inerte d'Athénis et entra en elle. Sous le regard impuissant de Logalis.

— Non ! Non ! hurla-t-il, s'effondrant sur le sol.

Les yeux d'Athénis devinrent rouges et lumineux, elle se leva, le teint blafard. Une partie de la fumée se détacha de nouveau et entra dans le corps d'Aude, dans les bras des Nymphes, qui poussèrent un cri effroyable à transpercer le cœur. La Nymphe inerte se leva à son tour, les yeux rougeoyants, le teint livide elle aussi.

— Vous serez bientôt tous mes pantins, déclara la voix.

— Pourquoi ? demanda Alya.

— À cause de vous, Chaperon blanc ! Vous avez détruit ce que je chérissais le plus et vous allez le payer, vous et votre petite meute pathétique ! dit la voix, perdant son sang-froid.

— Je ne comprends pas ! déclara-t-elle.

— Les rois de ce monde vont payer pour leur traîtrise ! Bientôt, vous serez à moi ! s'indigna la voix, avant de s'envoler, traversant Alya de part en part comme un sombre présage.

Des bruits de crissements atroces retentirent des deux grottes en contrebas. Un nombre incalculable d'ennemis finit par sortir, le groupe était piégé sur les hauteurs. Les morts-vivants sortaient toujours plus nombreux et menaçants, montant lentement mais sûrement vers leur position. Athénis attaquait Logalis, incapable de se défendre, et Aude, les Nymphes. Caleb s'interposa entre Logalis et sa défunte compagne et Alya et Éva entre Aude et les Nymphes. Viago, quant à lui, plaça Aurore, la magicienne et le jeune garçon au centre de la plate-forme et commença à combattre les premiers ennemis, aidé de Vanos. Logalis, fou de chagrin, s'opposa au coup fatal que Caleb s'apprêtait à administrer au corps d'Athénis.

— Athénis n'est plus, Logalis. Je comprends ta douleur, mais si tu persistes, nous allons tous périr ! lui dit Caleb.

Les yeux rougis par les larmes et le chagrin, il regarda Athénis puis Aude, avant de se tourner vers lui.

— Combattre à tes côtés fut un honneur, Caleb, grand guerrier de la meute royale des Lycanthropes, dit-il avant de s'élancer à toute allure vers Athénis, qu'il attrapa et plaça contre lui, en la maintenant fermement avec son bras droit.

Il continua ensuite sa course folle vers Aude, qu'il saisit par le bout des doigts avec sa main gauche et sauta dans le vide, les entraînant avec lui.

— NON ! Logalis ! cria Caleb, désemparé et impuissant.

Des larmes emplissant ses yeux, il posa un genou à terre, heurté par ce spectacle affligeant. Les Nymphes hurlèrent à leur tour, voyant Aude tomber dans le vide.

— Nous sommes perdus ! paniqua Vanos, essayant de repousser le nombre d'assaillants, toujours plus élevé.

Alya resta sans voix, incapable de bouger et de parler, devant ce drame contre lequel elle était totalement impuissante. Elle contemplait les pleurs des Nymphes agenouillées sur le sol, le combat de Vanos et Viago essayant de lutter désespérément pour protéger les prisonniers délivrés, le regard dépité de Caleb semblant chercher comment les événements avaient pu si mal tourner. Les visages d'Aurore, de Médina et du jeune homme, à qui on avait volé l'identité, étaient apeurés. Pourquoi encore tant d'épreuves ?

Alors que tout semblait perdu, un hurlement familier vint dessiner un sourire sur son visage.

— Dastan, murmura-t-elle.

Elle se leva et aperçut au loin le majestueux Loup blanc, qui commençait à gravir la montagne pour la rejoindre, à ses côtés, Ezeikiel en imposant guerrier sur le cheval de Dastan, des Cyclopes et un grand Loup noir. Un crissement connu vint chatouiller l'oreille du chaperon blanc.

— Vladimir ! s'exclama Alya de plus en plus souriante, le charmant Appeleur vint se placer à ses côtés.

— Alya, comme au bon vieux temps, s'inclina respectueusement celui-ci, avant de commencer à combattre.

Elle chercha sa fille, qu'elle trouva juste derrière son père et son frère, les protégeant. Elle montait Elimir, Alya sourit, quelle puissance ! Les ennemis étaient nombreux, toutefois les alliés aussi, et leur force était grande. Les morts-vivants furent repoussés en un peu moins d'une heure, l'entrée la plus grande fut bouchée. Alya et ses compagnons furent secourus. Il ne resterait plus longtemps avant que la seconde grotte soit scellée elle aussi. Dastan reprit forme humaine derrière un rocher, Ezeikiel, totalement habitué aux métamorphoses de son père, sortit de sa sacoche un pantalon et le jeta à son père.

— Rejoins Maman, je sais à quel point tu es inquiet. Je vais aider Arcos et les Cyclopes à terminer le travail. Elsa veillera sur nous, dit Ezeikiel en souriant à son père.

Dastan enfila le vêtement et se dirigea vers Alya. Au bout de quelques minutes, il la retrouva enfin.

— Ne sois pas en colère. Je sais bien que je dois te laisser accomplir ton destin, mais j'avais un très mauvais pressentiment, lui dit-il en la fixant avec son regard envoûtant.

Pour toute réponse, elle s'engouffra dans ses bras, en guise de remerciement. Dastan, surpris, la regarda, touché, il plaça sa main sur son visage. Une larme coulait sur la joue de sa bien-aimée, son regard était à la fois triste et épuisé, elle semblait avoir traversé l'enfer. Décidément, rien ne lui sera épargné, pensa-t-il en imaginant ce qu'elle avait pu traverser. Il la serra contre lui avec douceur.

— Comment es-tu arrivé jusqu'à moi ? demanda-t-elle.

— Mila ! Je sentais que quelque chose n'allait pas, je me suis rendu dans ses quartiers pour demander de l'aide au miroir et elle m'a dit que tu courais un grand danger et m'a indiqué où te trouver, expliqua Dastan.

— Et tu as traversé la mer à la nage ?

— Il avait avec lui le plus grand de tous les capitaines, jolie demoiselle, apparut Aidan, occupé jusque-là avec le deuxième groupe de Cyclopes.

— Aidan, quel plaisir de te voir ! déclara Alya.

— Comment va ma tante préférée ? demanda un jeune homme derrière Aidan.

— Liam ! Tu es venu aussi, sourit-elle.

Un an après la première fête de la liberté. Rosa avait donné naissance à Liam.

— Oui, je ne voulais pas manquer la fête. Je vais retrouver Ezeikiel et Elsa, déclara le jeune homme avec un clin d'œil.

Les trois enfants étaient les seuls du monde légendaire. Ils avaient grandi ensemble, tissant des liens d'amitié uniques comme leurs parents avant eux.

Chapitre 16
Destinée

Un Cyclope affolé vint troubler ce moment de joie.

— La reine Gayane est inconsciente, nous avons besoin de votre magie, déclara le guerrier affolé.

— Mais la reine n'était pas avec nous ? déclara Dastan, surpris.

— Elle se cache parfois dans les troupes pour combattre, mais le roi désapprouve, déclara le guerrier très gêné.

— Bien, amenez-moi à elle, demanda Alya.

Elle fit signe à Éva de la suivre.

Le drap dans lequel Gayane avait été enveloppé était taché de sang, elle avait perdu connaissance, il était presque trop tard, il n'y avait plus une seconde à perdre.

— La blessure est très grave, constata Dastan.

— Éva ! Peux-tu m'aider ? demanda Alya.

—Je n'ai plus de force, mon corps réclame du repos et de la nourriture, expliqua Éva, sincèrement désolée.

—Ne t'inquiète pas, je pense que mes dons ont encore assez de puissance pour supporter sa guérison, mentit Alya.

— Tu es sûre que tu as encore assez de force, se renseigna Dastan.

Elle acquiesça, contrainte et forcée de lui mentir.

— Faites quérir mes enfants au plus vite ! ordonna Alya, provoquant l'inquiétude de Dastan.

Elle utilisa les forces qui lui restaient pour panser les plaies de Gayane. La reine cyclope avait déjà commencé à rejoindre le monde des esprits. Alya fit rentrer le sang à l'intérieur de son corps et la plaie profonde commença à se refermer. Lorsqu'elle fut pratiquement cicatrisée, elle s'évanouit, complètement épuisée. Elle entendit Dastan l'appeler, le pauvre, encore une fois, allait maudire son destin de chaperon blanc. Elle avait l'impression d'être un poids pour lui parfois. L'esprit d'Alya dériva durant un long moment, elle essayait de comprendre désespérément ces événements, de les emboîter comme un puzzle. Son esprit finit par s'arrêter dans une immense salle avec de grands miroirs. La salle du trône de Vidgis, sourit Alya devant cet endroit familier.

Des lumières de toutes les couleurs apparurent, laissant apparaître le visage de tous les anciens chaperons rouges. L'assemblée était de nouveau réunie, mais dans l'esprit d'Alya, cette fois, c'était très étrange. Elle s'approcha pas à pas et salua les anciennes reines des Lycanthropes.

— Alya, l'heure est grave, soupira Mya.

— Oui, je l'ai constaté, dit-elle, amère.

— Tu dois agir rapidement, constata Lina.

— Mais je ne suis que la reine des Loups, un simple chaperon rouge, s'exprima Alya en montrant d'un geste de la main l'assemblée.

— Je comprends ta lassitude, mais ton combat, personne d'autre ne pourra le mener à ta place, dit doucement Mila.

— C'est aux rois et aux reines natives de ce monde qu'incombe la lourde tâche de détruire cette armée, déclara Alya.

— Les négociations entre les rois et reines de ce monde vont échouer. Leurs orgueils vont détruire la moindre chance d'établir un accord. Le monde légendaire sera dévasté avant qu'une alliance entre eux se dessine. De plus, quelqu'un possédant une magie puissante ne souhaite pas cette union. Tu le sais, tu l'as senti lors des assemblées des neuf royaumes, expliqua Mya.

— Tu n'es pas un chaperon rouge ordinaire. D'ailleurs à chaque fois que tu essaies de te comporter autrement, ton destin te rattrape. Accepte qui tu es, Alya. Tu es le chaperon blanc, demanda Lina.

— Souviens-toi que tu as des alliés, ajouta Mila.

— Crois-tu vraiment que vous ayez été baptisé lien par hasard ? Cela n'exprime pas uniquement la relation particulière unissant un roi et une reine. Connais-tu la définition du mot lien ? Il signifie tant de choses, et tu le découvriras dans l'avenir. Mais aujourd'hui, ce qui compte, c'est que tu comprennes que tu dois l'établir entre ces peuples, riposta Mya. Le temps presse, tu dois rapidement trouver le moyen de communiquer avec les Basherts.

— Mais qui sont ces Basherts ! hurla Alya.

— Tu le sais, Alya. Tu viens tout juste de le comprendre. Seulement, tu as peur, car ils sont tous très chers à ton cœur, certains en particulier. Néanmoins, tout comme toi, ils devront affronter leur destinée, et tu ne pourras rien y changer. Tu te sens seule et perdue parce que tu as oublié que tu fais partie d'une communauté, aie confiance en leur puissance. Tu dois unifier les Basherts et créer une alliance. Ils t'écouteront tous, Alya, toi seule as le pouvoir de les unir, car tu es leur élue, ils ont besoin que tu les guides, l'éclaira Mila.

— Tu dois faire vite, Alya, le temps est désormais compté, dit Mya.

La salle disparut totalement, laissant place au noir. Laissant son âme voguer, elle se retrouva devant un précipice. Elle sursauta et recula avec énergie, Alya sentit une main saisir son bras et la ramener à lui. Dastan, son regard ténébreux se posa sur elle, l'envoûtant totalement. Il l'embrassa tendrement, ses lèvres étaient froides, comme la mort.

— Je ne savais pas que c'était toi, j'ai cru que tu allais me pousser, dit Alya en souriant.

— Tu es si belle, comme une ensorceleuse qui me mènera au trépas. Tu n'as pas peur que je te pousse, puisque c'est toi qui vas finir par me détruire, déclara-t-il froidement.

Alya, surprise par ses propos, eut un mouvement de recul. Dastan avait un couteau planté dans le thorax, il saignait énormément.

— Non ! Non ! Non ! Qu'est-ce qui a pu se passer ! pleura Alya, paniquée.

— C'est toi ! déclara-t-il.

— Moi ?

— Regarde toi-même, dit-il en pointant ses mains du bout des doigts.

Alya s'exécuta, le poignard ensanglanté était désormais entre ses propres mains, maculées de son sang.

— Non ! C'est impossible ! Non ! Pitié, non ! Je n'ai pas pu faire ça ! sanglota-t-elle, anéantie.

— Ne me dis pas que tu ignores que c'est toi qui causeras ma perte, s'exclama froidement Dastan avant de s'écrouler sur le sol.

— Non ! Reviens, je t'en prie ! Je t'en supplie ! Ce n'est pas moi ! Non ! Au secours ! Aidez-moi ! Caleb ! Viago ! Arcos ! Liloa ! Farissa ! hurla-t-elle à en perdre haleine.

Les membres de la meute apparurent autour d'Alya.

— Qu'as-tu fait à mon frère ? demanda Caleb, le regard assassin.

— Tu es un monstre, pas une sauveuse, déclara Liloa.

— Tu causeras notre perte, Chaperon blanc ! ajouta Viago.

Le groupe disparut, Agos apparut, provoquant un mouvement de recul chez Alya, complètement renversée.

— Les magiciens refusent de voir le danger que tu représentes. Tu voudrais que je sois l'ennemi, mais c'est toi. Tu apporteras la destruction à notre monde !

Il disparut, laissant Alya en larmes, elle se laissa tomber sur le sol, hurla de douleur, pleura et répéta le nom de Dastan encore et encore.

— Alya ! Alya !

Cette voix douce et virile à la fois, elle la reconnaîtrait entre mille, elle ouvrit les yeux.

— Dastan ! s'exprima-t-elle.

Il était assis à côté d'elle, penché. Elle le serra dans ses bras avec une force impressionnante. Surpris une nouvelle fois de ce nouveau tempérament, il l'étreignit à son tour. Il avait eu tellement peur de la perdre.

Au bout d'un long moment, il lui demanda si elle était sûre d'aller bien. Il était tellement heureux de la retrouver. Dastan avait veillé

Alya durant trois jours, il n'avait pas quitté une minute son chevet. Camino, le magicien du peuple cyclope, avait dû utiliser toute sa magie pour la ramener, elle était tombée dans le coma. Alya se releva difficilement.

Ezeikiel et Elsa entrèrent en trombe dans la chambre.

— Maman ! Tu nous as fait une de ces peurs ! lui dit Ezeikiel, tandis qu'Elsa sauta dans ses bras.

Liam, Aidan, Vladimir et Arcos arrivèrent dans la chambre également.

— Alya ! Quel bonheur de te voir éveillée ! sourit Vladimir.

— En espérant que tu ne vas pas encore t'évanouir, ricana Aidan.

— Tu avais une tête affreuse ! s'exclama Arcos, avec son franc-parler naturel.

— Désolée de vous avoir inquiétés, mais c'était une question de vie ou de mort, expliqua Alya, un peu coupable devant le visage livide de Dastan. J'ai manqué quelque chose d'important ? demanda-t-elle.

— En début d'après-midi, un rassemblement a été organisé, expliqua Ezeikiel en s'asseyant à côté de sa mère.

— Qui était présent ?

— Nous, Lolyan et Éva..., commença Dastan.

— Lolyan est ici ? s'enquit Alya.

— Oui, il est venu retrouver Éva dès qu'il a été prévenu, tout comme Clarisse et les Fées royales venues pour leur sœur et Lise et Arthur ont rejoint les trois Nym... Jade et Ambre, termina-t-il tristement.

— Où sont Viago et Caleb ? le questionna Alya.

— Viago est avec Aurore, elle a totalement perdu la mémoire et n'était pas en forme, répondit Arcos.

— Quant à Caleb, il a souhaité s'entretenir avec Lolyan et Éva, il s'était lié d'amitié avec Logalis et a été très affecté par sa mort, dit Dastan.

— Je le comprends très bien, Logalis était un chevalier valeureux et sa douce Athénis ne méritait pas un tel châtiment. Il s'est sacrifié pour nous empêcher de devoir détruire le corps terrestre de deux alliées, sa douleur et sa tristesse nous ont tous touchés. Moi-même, j'ai été profondément accablée par ce que j'ai pu voir ou ressentir dans ces souterrains, d'ailleurs, si je m'écoutais, je sombrerais dans le chagrin. Mais je ne peux pas, car je ne veux pas que la mort de toutes ces créatures innocentes soit vaine. Nous devons unir les rois du Sud, nous devons nous battre, afin que plus jamais quelqu'un n'ait à vivre ce que Logalis, Athénis et Aude ont vécu, déclara Alya avec beaucoup d'émotion et des larmes plein les yeux.

Personne ne put répondre, son émotion palpable en disait long sur l'horreur vécue dans ces profondeurs portant l'odeur de la mort. Dastan s'approcha pour la serrer contre lui, suivi d'Ezeikiel et Elsa, très touchés de voir leur mère à ce point choquée.

Chapitre 17
Les Cyclopes

Alya expliqua qu'elle avait besoin de s'aérer un peu. Elle se leva et sortit quelques minutes. L'odeur putride des grottes semblait encore accrochée à ses narines. Elle marcha parmi les rochers encore et encore, monta, escalada, grimpa, jusqu'à atteindre le sommet de l'immense colline. La vue était époustouflante, la mer s'étendait sur des kilomètres. Les vagues venaient mourir sur le rivage, le vent frais s'éleva dans les airs et vint caresser le visage d'Alya, faisant virevolter les mèches de ses longs cheveux. Elle regarda le large et fondit en larmes, finissant par s'agenouiller, elle avait besoin d'évacuer, ces morts, cette odeur de cadavres et d'horreur. Alya finit par se calmer après un long moment, toutefois, elle ne bougea pas, continuant d'observer l'eau.

— Cette aventure a laissé une douloureuse marque en toi ? N'est-ce pas ? demanda Vladimir juste derrière elle.

— Je ne peux pas le nier, dit Alya.

— J'ai fait des erreurs, moi aussi, et tu as été la première étrangère à voir en moi l'homme que je suis aujourd'hui. Tu m'as fait confiance, tu as cru en moi et pour finir, tu m'as rendu le bonheur, déclara-t-il.

Lui, toujours si convenable, semblait avoir été rattrapé par ses émotions.

— Vladimir..., commença-t-elle.

— Je ne t'ai jamais remerciée, Alya. Je sais que tu doutes de toi, de ton rôle, de tes capacités. Moi, j'ai vu de quoi tu étais capable. Je t'ai vue devenir le chaperon blanc. Je me fiche de ce que les gens disent ou pensent, je sais que tu es le meilleur espoir de ce monde. Alors si tu n'arrives pas à avoir confiance en toi, aie foi en moi, déclara Vladimir plus sincère que jamais.

Alya se leva et sauta dans les bras de l'Appeleur.

— Merci ! Vladimir.

— De rien, dit-il, sentant à quel point ces mots avaient apaisé le cœur tourmenté d'Alya.

Tous deux rejoignirent la grotte principale. Le royaume cyclope était bâti dans la roche, taillé à même la montagne. Même si l'habitat des Cyclopes se trouvait être gigantesque, celle-ci n'avait rien de froid ou de lugubre. Les pièces étaient immenses, les couloirs larges et chaleureux, remplis de statues monumentales, où des feux éclairaient les tunnels et réchauffaient l'ambiance, des essences parfumées embaumaient l'air ambiant, un pur délice. L'intimité n'était pas oubliée, dans la salle principale du trône, des couloirs se divisaient en multiples autres salles excentrées. La décoration des Cyclopes était faite en grande partie de peintures des royaumes du monde légendaire, confectionnées à même les murs. Il y avait aussi énormément de bougies, de fleurs et de végétation qui venaient recouvrir les sols avec beauté, donnant un aspect doux à la pierre brute.

Alya rejoignit Dastan, ses enfants, Aidan, Liam, Arcos, Caleb, Viago et Vladimir. Ils attendirent ensemble le rassemblement dans la salle du trône. Aurore avait rejoint sa sœur Clarisse, la reine des Fées, qui arborait une mine soulagée et reconnaissante. En entrant, elle lança un regard affectueux à Viago, puis se tourna vers Alya en s'inclinant très légèrement. Arthur et Lise étaient également présents avec Jace et Ambre, leur chagrin se lisait sur leur visage. Naomie et Adam, le roi et la reine des Centaures, avaient apparemment été conviés. Éva s'approcha avec hâte d'Alya et l'enlaça, provoquant la gêne de Lolyan, qui s'inclina tout de même devant le groupe qui lui avait ramené son aimée. Ce long voyage avait rapproché les deux reines et fait grandir leur amitié naissante. Alya remarqua le regard complice de Gayane et Naomie, elles étaient proches et avaient beaucoup d'affection l'une pour l'autre, elle pouvait le ressentir. Gayane eut un sourire reconnaissant et gêné pour Alya, elle se sentait mal à l'aise, sûrement à cause des événements à leur arrivée sur Visiodem. Gabriel invita ses hôtes à le rejoindre au centre de la pièce. Il monta sur une petite estrade, pour être entendu de tous.

Alya remarqua soudain Agos, il parlait à l'oreille de Clarisse, qui sembla complètement décontenancée. Dans l'aile médicale, elle avait souhaité rencontrer Médina, qui était subitement tombé dans le coma, sans aucune explication. La reine Clarisse ne s'était pas montrée à son chevet ni aucune de ses sœurs, sauf Tania qui semblait plus bouleversée par le sort de l'ancienne magicienne fée. Aurore était toujours amnésique, elle avait oublié jusqu'à son nom. Viago passait tout son temps libre à l'aider en lui rappelant tout ce qu'il avait appris d'elle lors de leurs nombreux échanges. La reine Clarisse, pleine de gratitude, accueillait Viago dans les salles réservées aux Fées, durant leur séjour.

Gabriel commença par remercier le chaperon blanc et ses compagnons d'avoir sauvé la vie de la reine. Gayane semblait à la fois reconnaissante, mais aussi en colère. Naomie lui lança un regard compatissant. Il est clair que les deux reines se sentaient prisonnières dans leur rôle et les coutumes de leur peuple. Alya ressentit un besoin de liberté et d'aventure chez ces femmes au caractère fort. Naomie la regarda avec beaucoup de respect, elle avait risqué sa vie pour sauver celle de son amie.

— Nous devons aborder le sujet qui nous a tous amenés ici, en ce jour funeste, déclara Gabriel. Derrière lui, des stèles étaient dédiées à Logalis, Athénis, Aude et aux centaines d'Elfes morts.

— Je vous demanderai de respecter la parole de chacun et de rester calme, demanda-t-il.

— Il faut combattre ce maléfice, avant qu'il nous ronge ! s'exclama avec fureur Adam.

— Évidemment, avec toi, tout se règle toujours par la guerre, répondit Lolyan.

— Je ne laisse pas mourir mon peuple tout comme toi ! le contra férocement Adam.

— Tu me traites de lâche ? le questionna, l'Elfe, écœuré.

— S'il vous plaît, n'oubliez pas qu'il y a eu des pertes inestimables pour les Elfes et les Satyres, déclara Arthur.

— Elle n'a qu'à trouver une solution ! C'est elle ou ce n'est pas elle, le chaperon blanc, dit Adam de plus en plus agacé en montrant Alya.

— Je ne vous permets pas de parler sur ce ton à ma mère ! s'énerva Ezeikiel.

— Alya est le chaperon blanc, mais ce n'est pas à elle de réparer tous les maux de notre monde, dit Vladimir.

— Tiens ! Tiens ! Vladimir ! Vous ne parlez désormais qu'en accord avec ceux qui ont été vos ennemis durant des décennies. Est-ce toujours vous qui décidez pour les Appeleurs ou Dastan gère à présent vos affaires ? Suis-je bête, vous avez fait de sa fille votre reine, dit Agos, échauffant un peu plus les esprits.

— Je ne vous permets pas de parler à mon gendre et à ma fille de cette manière ! Les liens sont inéluctables ! Personne n'est en droit de les contester ! Pas même vous ! dit Dastan d'une voix autoritaire, provoquant le silence.

— Allons, calmez-vous tous ! Je vous rappelle que ce rassemblement a pour but notre survie, s'exprima Gabriel.

— Nous sommes venus jusqu'ici parce qu'un terrible danger nous menace tous, déclara Elsa fortement agacée.

— Vous pensez être la solution à tous ces problèmes, pourtant ils semblent coïncider à peu de chose près avec votre avènement et celui de votre frère, déclara Agos provoquant une vague d'exclamation.

— Qu'insinuez-vous, Agos ? Vous devriez prendre garde à vos paroles ! dit sèchement Dastan, motivant une déglutition chez Agos.

— Alya et ses enfants sont le salut de notre monde et vous êtes le seul à penser le contraire, objecta Camino.

Le magicien était apparu juste derrière Gabriel.

— Qu'est-ce que nous devons faire selon vous ? Confier nos armées, nos meilleurs chevaliers à ce chaperon ? Non merci, je ne suis pas un Appeleur et encore moins un Norne, affirma Adam.

— Mais qu'est-ce qu'il vous prend à la fin, il s'agit de s'unir, de combattre ensemble pour notre survie à tous ! hurla soudain Liam.

— Tu parles en roi, mon fils. Malheureusement, les oreilles de ces monarques semblent bouchées ! souligna Aidan.

— Les Flibustiers n'ont aucun honneur, il n'y a qu'à voir ce qu'ils ont fait à votre père, dit Gabriel.

— C'est n'importe quoi ! Comment pouvez-vous parler de notre peuple de cette façon ? s'énerva Liam.

— Les Corsaires ont été des alliés redoutables contre le conseil, dit Ezeikiel.

— Vous êtes tous là, à vous défendre les uns, les autres, vous, les Loups, vous avez combattu les vôtres avec d'autres créatures. Les Corsaires ont attaqué à vos côtés leur propre territoire. Comment avoir confiance en vous ? s'emporta Adam.

— Je suis d'accord avec lui, affirma Gabriel, soutenant son ami.

— Le chaperon blanc ne dit rien ! Pourquoi ? dit sournoisement Agos.

— Vous n'êtes que des imbéciles et je ne m'abaisserai pas à votre niveau. Je vous prenais pour de grands rois, mais vous êtes des ignorants incapables de contrôler leur tempérament. Vous critiquez les rois et reines du Nord, parce que vous êtes dans l'incapacité de faire ce que nous sommes parvenus à accomplir. Je confierais ma vie à chacun d'eux, la relation que nous avons établie, vous ne pouvez même pas la comprendre. Vous croyez que nous voulons de vous ! Des rois orgueilleux, une bande d'impétueux, vous vous trompez complètement. Je suis lasse de toutes ces discussions perpétuelles, qui ne sont que mascarades. Il n'y aura plus d'assemblée des neuf royaumes ! Aujourd'hui, je suis venue devant vous après avoir vu et ressenti l'enfer qui s'abattra bientôt sur le monde légendaire, n'épargnant aucune race, aucun territoire et vous, vous réagissez avec votre arrogance. Vous êtes pathétiques ! J'en ai fini avec tout ça ! cria Alya, excédée, avant de quitter la salle du trône, laissant sans voix la foule et provoquant les applaudissements des peuples du Nord présents, et des liens du Sud.

— Je ne vois rien à ajouter ! dit Ezeikiel en suivant sa mère.

— Vous venez de condamner notre monde ! confirma Elsa, écœurée, suivant à son tour sa mère.

Alya, seule devant la grotte magistrale, savait que ces horreurs ne s'arrêteraient pas, si elle n'agissait pas. Elle avait senti la terreur, la peur et la douleur qui émanaient des tréfonds de la terre, plusieurs mois auparavant. Elle s'en voulait d'avoir rejeté ce qu'elle ressentait comme dans le monde réel, ses vieilles habitudes revenant. Lorsqu'on éprouve les sentiments des autres, la souffrance laisse des traces indélébiles. Elle aurait tellement voulu ne pas comprendre ce qu'elle devait faire. Mais il était temps, elle devait agir.

Chapitre 18
Les Basherts

— Ezeikiel ! appela Alya.

— Oui, mère, dit-il.

— J'ai besoin de toi, écoute-moi bien, lui demanda-t-elle, soudain très sérieuse.

Alya savait ce qu'il lui restait à faire, elle devait être rapide, le temps était compté. Elle rentra avec Dastan, Caleb et Arcos dans son royaume, ainsi que tous les monarques du Nord. Elle avait chargé Viago d'une mission tout aussi importante, le Loup avait désormais établi une relation de confiance avec les Fées. Il devait comprendre ce qui se passait dans ce royaume si particulier, et veiller aussi sur Aurore qui, d'après Alya, était en grand danger.

Alors qu'elle et Dastan s'apprêtaient à quitter le territoire de Visiodem, Valentin, le jeune homme retrouvé dans les souterrains infestés de morts-vivants, demanda à suivre le chaperon blanc. Le jeune garçon n'avait toujours aucune idée de qui il était, cependant, il avait trouvé sur lui une lettre lui étant destiné, adressé à un certain » Valentin ». Dastan accéda à sa requête et décida même de le prendre sous son aile. Ezeikiel étant désormais un redoutable guerrier, il n'avait plus besoin de son père pour lui apprendre à manier l'épée. Valentin avait soif d'apprentissage, il était frêle et doux d'apparence, mais cachait une force impressionnante, qui conforta le roi des Lycanthropes dans son choix de lui enseigner. Un homme du monde légendaire doit savoir se battre. Le garçon ne comprenait pas de quel peuple il pouvait être issu, néanmoins, il appréciait Dastan et trouva sa place au sein de la communauté des Loups.

Ezeikiel envoya rapidement un messager à sa mère, le Norne portait avec lui sept boîtes distinctes. Alya devait vérifier que tout fonctionnait correctement. Elle passa quelques jours enfermée dans les appartements de Mila, puis finit par sortir pour rejoindre la grande salle. Elle convoqua sept messagers, à qui elle confia à chacun une boîte, en étant très claire sur leur destinataire. Le soir de pleine lune qui suivit, Alya se rendit avec le miroir de Mélusine dans la pièce où avaient eu lieu les assemblées des neuf royaumes. Dastan, intrigué, l'accompagna.

— Comment vas-tu convoquer ces Basherts ensemble ? Et qui sont-ils ? demanda-t-il.

— Patience, sourit-elle, en installant un miroir ressemblant à celui de Mélusine sur chaque dossier de chaises vides.

Elle prit place autour de la table.

— Basherts ! L'heure est grave ! Je suis le chaperon blanc ! Je vous convoque cette nuit afin de vous proposer une alliance ! déclara solennellement Alya.

— J'ai grandi dans les récits du chaperon blanc et j'ai toujours rêvé de combattre. Le Guerrier des Nornes sera à tes côtés, dit Ezeikiel.

— Tu es un modèle pour moi depuis ma venue au monde. Je suis heureuse d'avoir la chance de prouver ma valeur. La Vierge des Appeleurs est avec toi, Mère, affirma Elsa.

— J'ai combattu à tes côtés, Alya. Tu m'as permis de croire en moi et de me révéler aux yeux du monde légendaire. L'Alizée des Corsaires est avec toi comme autrefois, sourit Rosa.

Un silence s'installa alors.

— Je sais à quel point ce que je vous demande est difficile, vous, les liens du Sud, vous devrez affronter vos rois et vos peuples. Je l'ai vécu, il y a longtemps, ajouta Alya en regardant son fils et en souriant.

— Ma mère a dû faire ce choix terrible qui vous revient aujourd'hui, annonça Ezeikiel.

— Je ne regrette rien. On ne peut pas échapper à son destin. Nous devons l'affronter. Je vous demande de me suivre parce que je ne peux pas réussir cette mission sans vous. Ce monde est désormais entre vos mains, dit humblement Alya.

— J'ai vu de quoi tu étais capable. J'ai également constaté que ta cause et ton cœur étaient purs. L'Enetary des Elfes te suivra, peu importe où cette aventure nous mènera, indiqua Éva.

— Je te dois la vie. Je me suis toujours sentie différente dans le monde réel. Aujourd'hui, je suis heureuse et épanouie, néanmoins, je me sens parfois inutile, avec toi j'ai enfin l'impression d'être importante, d'avoir un rôle à jouer. La Gaia des Cyclopes t'accompagnera même si cela doit être ma fin.

— Tu as sauvé la vie de mes précieuses Nymphes, sans ta présence, j'aurais perdu mes plus grandes amies. Elles m'ont rapporté ton courage, ta bravoure, tu as été héroïque dans ces grottes sombres, portant les couleurs de la mort. La Nymphe des Satyres sera à tes côtés, peu importe les conséquences, ton jugement semble le plus juste.

— Naomie ? Je comprends tes craintes et tes doutes. Aucun reproche ne te sera fait, peu importe ta décision, elle t'appartient, expliqua Alya, sincère.

— J'ai écouté le récit de tes aventures avec beaucoup d'envie. Tu t'es opposée à ton lien, ton roi et tout ton peuple afin de faire ce que tu croyais juste. Tu t'es alliée aux ennemis jurés des Loups pour en faire des alliés infaillibles. Je n'imagine pas plus grand courage, nous savons tous, en tant que lien, qu'il est difficile d'arriver dans un monde totalement inconnu, coupé de tous ceux que nous avons aimés. Je dois avouer que j'ai été jalouse de ta destinée grandiose. Cependant, aujourd'hui, tu viens à moi pour m'offrir la chance que j'attends depuis mon arrivée. Tu me donnes la place que j'ai toujours souhaitée, c'est à moi d'avoir le courage de saisir cette occasion. Je pense sincèrement que tu es l'élue des liens, celle qui doit nous unir pour sauver ce monde. Je ne suis pas d'accord avec la position d'Adam, depuis mon arrivée, j'ai l'impression d'être une potiche à qui on a offert une couronne. Je veux plus, je suis capable de mieux ! Je pense que c'est à moi de montrer à mon peuple et mon roi la voie à suivre ! Je veux leur montrer la force des liens ! La Néphélé des Centaures te suivra, Chaperon blanc, termina Naomie.

L'ensemble des liens l'applaudit ainsi que son discours qui résumait pour beaucoup leurs sentiments. Il était temps que les liens du monde légendaire montrent leur valeur et leur importance.

— Je vous remercie tous pour votre soutien et votre confiance, affirma Alya, extrêmement touchée.

L'alliance des Basherts se donna rendez-vous à la prochaine pleine lune, puis se quitta, unie et prête à se battre.

— Les Basherts sont les liens ? demanda Dastan, incrédule.

— Effectivement.

— Cela semble tout à fait logique et simple, finalement. J'ai eu du mal à admettre cette évidence parce que mes enfants sont des liens, admit Alya.

Dastan soupira, il avait essayé autrefois de s'opposer au destin de sa femme et en avait payé le prix.

— Vous êtes les seules à pouvoir passer d'un monde à un autre, à avoir accès aux portails et à Mélusine.

— La salle des trônes de Vidgis regorge de miroirs, expliqua Alya.

— Et les Nornes sont réputés pour tailler mieux que personne, sourit Dastan.

— Tu as compris, dit-elle.

— Tu as réussi, Alya, tu as formé l'alliance des Basherts comme te l'a demandé ma mère, déclara-t-il une nouvelle fois impressionné par ce petit bout de femme.

— C'est maintenant que le plus dur commence. Tu es sûre de vouloir me suivre dans cette aventure ? le questionna-t-elle, lasse.

— Je suis également inquiet pour les enfants, mais nous n'avons pas d'autre choix. Il est évident que je préférerais que ce soit une autre qui soit chargée de cette mission, de même pour Ezeikiel et Elsa. Néanmoins, le monde légendaire risque d'être entièrement détruit, en tant que roi et reine, nous devons agir pour protéger notre peuple et nos alliés. Nous avons prêté serment, affirma-t-il en l'enlaçant.

— Merci d'être là pour moi, tu n'imagines pas à quel point c'est important. Je suis peut-être forte, mais tu es celui grâce à qui je trouve la force de continuer, déclara Alya.

Dastan prit sa main gauche et lui montra leurs deux tatouages à l'annulaire, symbole de leur union.

— J'ai promis d'être toujours là pour toi quoi qu'il advienne, ma charmante épouse, dit-il avec un air moqueur qui lui allait à merveille.

Les deux amoureux retrouvèrent leur appartement, après cette longue séparation, leur besoin de contact était fort. Ils se perdirent dans la nuit, en oubliant l'espace d'une soirée les responsabilités qui pesaient sur eux.

Au petit matin, Alya se sentait épanouie grâce à la tendresse et au soutien de Dastan. Elle décida de rejoindre Elimir pour une petite balade et arpenta ses endroits préférés durant plusieurs heures. Elle galopa, les cheveux au vent, pour se sentir à nouveau libre. Ayant rarement l'occasion de profiter d'un temps de calme absolu, d'un moment de solitude, elle se posa dans l'herbe fraîche à l'ombre d'un arbre, regarda les rayons du soleil traverser partiellement l'arbre, c'était magnifique. Alya adorait regarder les papillons voltiger prêt d'elle. L'un d'eux se posa sur son nez, elle ne fit plus le moindre geste et ferma les yeux. Le noir total la surprit, elle eut l'impression désagréable de tomber, encore et toujours.

Alya arriva soudain dans une cage, elle était à nouveau Aléone. La petite fille pleurait, lorsqu'un petit garçon vint à elle timidement.

— Dame Aléone ! Dame Aléone ! appela-t-il.

Alya se releva et remarqua la présence du petit d'environ six ans, ces yeux, ce visage ne lui étaient pas inconnu.

— Valentin ! répondit Aléone apeurée.

Elle était une fois de plus prisonnière de ce corps.

— Tiens, je t'ai rapporté tes baies préférées, lui sourit Valentin.

— Merci, cher cousin, dit la petite un peu plus jeune que lui.

Alya ressentit un peu courage et mangea les framboises goulûment, son estomac criait famine, cela devait faire un moment qu'elle était là.

— J'ai une autre surprise pour toi, déclara-t-il en sortant les clés de sa poche.

Il délivra Aléone qui le serra dans ses bras. Alya ressentit l'amour de la fillette pour ce jeune garçon.

Tout devint noir à nouveau, et Alya se retrouva auprès de son époux. Elle tremblait comme une feuille, Dastan, une nouvelle fois, avait une blessure sur le torse, le couteau ensanglanté se retrouvant dans les mains d'Alya. Elle fut envahie par une peur lui déchirant les entrailles. Elle regarda autour d'elle, l'ensemble des liens était présent, leurs yeux étaient illuminés de blanc, ils la fixaient. Elle s'éleva dans les airs, et sentit une force terrifiante l'envahir.

— L'heure de ma vengeance a sonné ! hurla Alya sans pouvoir se contrôler.

Cette sensation était horrible, son corps ne lui obéissait plus, elle était prisonnière à l'intérieur, spectatrice impuissante. Elle continuait à s'élever jusqu'à voir les deux continents du monde légendaire en feu, des hurlements s'échappaient partout, le ciel s'embrasa également.

— Je suis le feu purificateur ! continua-t-elle.

Le noir de nouveau apparu, Alya entendit une voix l'appeler. Elle ouvrit les yeux sous l'arbre, au lieu du papillon, c'était Valentin qui était penché au-dessus d'elle, comme un signe, il criait son prénom paniqué.

— Tout va bien, le rassura-t-elle avant de se relever.

— Vraiment ! Vous êtes devenue lumineuse ! s'alarma-t-il.

— Je crois que je sais qui vous êtes ! affirma-t-elle.

Chapitre 19
Révélations

Alya et Valentin se rendirent dans la tour d'Herold. L'homme était plongé dans la confection de remèdes de guérison, avant la bataille contre les morts-vivants, qui promettait d'être sanglante.

— Qui suis-je ? dit-elle de but en blanc.

— Le chaperon rouge des Lycanthropes, ou plus précisément le blanc, sourit Herold, surpris.

— Pourquoi je suis capable d'apprendre les arts de guérison de toutes les créatures de ce monde ? s'énerva-t-elle, enlevant le sourire sur le visage du magicien.

Alya avait parlé de ces visions uniquement à Dastan et à la compagnie qui l'avait suivie dans les grottes des morts-vivants.

— Je ne comprends pas ce que vous voulez dire, nia Herold.

— Ah vraiment ! Aléone, qui est-elle ? Si vous ne me répondez pas, Herold, j'irai demander à Agos ! hurla-t-elle, lasse de toutes ses cachotteries.

— Ne faites pas ça. Je répondrai à toutes vos questions, déclara-t-il, résigné.

— Qui est Aléone ? reprit froidement Alya.

— Aléone a été sacrifiée par les premiers rois et reines du monde légendaire.

— Alors, tout ça était réel, c'est vraiment arrivé ?

— Effectivement.

— Mais quel est le rapport avec moi ?

— En réalité, le rapport a lieu avec tous les liens, dit Herold, provoquant la stupeur d'Alya.

Valentin, en retrait, avait beaucoup de mal à suivre.

— Expliquez-moi, demanda-t-elle.

— La malédiction ne vient pas d'Ilona, elle s'est déclarée à son décès, car elle était la deuxième fille de sang royal sacrifiée par les créatures, mais c'est par Aléone que tout a commencé.

— Quoi ! cria Alya.

— Les créatures se sont liées à elle, en lui insufflant leur magie pour ouvrir le portail. Une partie de cette magie mêlée à son essence vitale s'est envolée dans le monde réel, cherchant désespérément à s'attacher de nouveau à leur propriétaire. Le corps terrestre d'Aléone n'étant plus, ils se sont accrochés aux personnes présentant cette essence, les membres de sa famille. À chaque fois qu'un lien meurt, l'essence d'Aléone recherche un nouveau porteur, en traversant aisément le portail, puisqu'elle est celui-ci.

— Nous sommes tous des descendants d'Aléone ! Le même sang coule dans nos veines ! Le portail fait partie de nous, comprit Alya, totalement sous le choc.

— Oui. Néanmoins, il est plus facile d'entrer que de sortir. À l'inverse de sa création, il faut la totalité des pouvoirs pour sortir un corps terrestre. L'essence se libère de son porteur à sa mort, c'est seulement là qu'elle peut traverser.

— C'est pour cela que nous trouvons toutes notre chemin, ce moi intérieur, c'est à cause ou grâce à elle. Nous sommes liées aux créatures, nous sommes une partie d'eux-mêmes. Quelle ironie du sort ! Ce karma pesant qui poursuit les liens, tout s'explique. Qu'est-ce que je suis ? Qu'est-ce que le chaperon blanc ? demanda-t-elle, terrorisée par la réponse.

— Nous pensons que tu es celle qui correspond le plus physiquement et psychiquement à Aléone, comme une réincarnation, en quelque sorte, votre génome semble similaire. C'est pourquoi la magie des créatures qui t'entourent est conduite vers toi, elles reconnaissent ton essence vitale comme celle d'Aléone.

— Comment pouvez-vous expliquer que mes enfants soient des liens ?

— Je pense que trop d'essences ne peuvent vivre dans un seul corps et que tes enfants, possédant ton ADN, ont été les réceptacles idéaux, précisa Herold.

Alya resta silencieuse une minute, écœurée.

— Pourquoi Agos a-t-il peur de moi ? finit-elle par demander.

— Il pense qu'Aléone est trop présente en toi, que ta magie est trop puissante. Il a peur qu'elle prenne le contrôle et déchaîne sa colère.

— C'est possible ?

— Je ne vois pas comment une telle chose pourrait arriver. Agos fait partie d'un groupement de magiciens appelé « les mages sombres ». Ils sont très négatifs, contrairement à nous.

— Est-ce que c'est possible ? répéta-t-elle, folle de rage.

— En théorie, oui, cela pourrait arriver, dit Herold.

Alya s'assit, elle se souvint de Dastan, le torse ensanglanté, de cette douleur incommensurable au fond de ses entrailles.

— C'est impossible, soupira Alya, dévastée.

— Tout ça n'est qu'une théorie du chaos. Votre destinée n'est pas de détruire le monde légendaire, mais de le sauver. Vous n'êtes pas Aléone, vous avez une force de caractère et une détermination que peu de personnes sur cette terre ou sur l'autre ont.

— Pourquoi m'avoir caché tout ça ? demanda-t-elle.

— Pourquoi torturer votre esprit avec ces hypothèses noires qui vous bouleversent ?

— Mais je suis un monstre en puissance.

— Vous dramatisez complètement.

— Je vois le monde légendaire brûler dans mes visions ! hurla Alya.

Herold, décontenancé, chercha ces mots.

— Ne laissez pas vos craintes et vos doutes guider votre vie. Vous êtes le chaperon blanc, le blanc signifie la lumière, votre magie est puissante, certes, et votre rôle important. Toutefois, c'est le bien qui vous domine entièrement et c'est le plus important.

— Je sais ce qu'il me reste à faire...

— De quoi parlez-vous ?

— Je ne peux pas me permettre de prendre un risque aussi grand, devenir un monstre rempli de haine, d'esprit de vengeance, semant la mort et la désolation.

— Mais Alya, je vous répète que tout cela n'est qu'une théorie qu'Agos vous a suggérée. Il est forcément à l'origine de ces visions. Je vous supplie de ne pas commettre d'imprudence.

— Vous avez raison, Herold, je m'emporte, tout cela n'est qu'une théorie.

— Content de vous voir retrouver la raison, dit-il, suspicieux.

Alya quitta ses quartiers sans un mot de plus.

Valentin était sans voix, mais il n'avait pas fini d'être surpris.

— Dastan, il vous faut la protéger contre sa volonté. S'il devait lui arriver malheur, nous ne pourrions jamais mettre fin à la malédiction, ajouta Herold à haute voix.

— Je le ferai ! déclara ce dernier apparaissant désormais aux yeux de tous.

— Votre magie est parfois très utile, déclara le magicien.

— Pas encore assez, je le crains, soupira-t-il, inquiet.

Alya entra en trombe dans les appartements de Mila, ouvrit le placard dédié au miroir de Mélusine. Elle l'arracha de son écrin et attendit nerveusement. Mila finit par apparaître après quelques longues minutes.

— Bonjour, Alya.

— Vous le saviez depuis le début, n'est-ce pas ?

— Oui, avoua Mila.

— Pourquoi ? Pourquoi me l'avoir caché ? hurla Alya, folle de rage.

— Ce n'était pas le moment ! Tu dois découvrir certaines choses par toi-même.

— Je vais détruire le monde légendaire ! Je suis un monstre ! Vous m'avez laissé apprendre les arts, les uns après les autres, alors que ça risque de me transformer ! Je peux perdre le contrôle.

— Tu dois apprendre tous les arts, c'est une question de survie ! dit froidement Mila.

— Quoi ! Mais vous vous moquez de moi ? C'est une blague !

— Absolument pas. Le maître des morts est trop puissant, il te faut apprendre tous les arts pour le vaincre.

Alya resta silencieuse et sans voix, elle se sentit mal et s'assit sur le lit à baldaquin.

— Je dois mourir, n'est-ce pas ?

— Oui.

— Comment ?

— Une fois le maître des morts terrassé. Il te faudra périr.

— Tout est prévu depuis le départ, n'est-ce pas ? comprit Alya, écœurée.

— Oui.

— Vous ne ressentez donc rien ? Votre fils va mourir si je meurs ! cria-t-elle, en sanglotant.

— Je suis un fantôme ! Mon corps terrestre n'est plus, seules ma pensée et mon âme te parlent en prenant la seule forme qu'il ait jamais connu. Mes sentiments, bien ou mal, se sont évanouis lorsque j'ai traversé le portail du monde des esprits.

— Vous vous fichez que Dastan meure, dit Alya, désemparée.

— Non ! Il existe un moyen de le sauver.

— Le sacrifice, comprit-elle.

— Exactement.

— Mais il ne voudra jamais.

— Nous allons le piéger, déclara Mila.

— Je vais donc devoir le trahir et c'est la dernière image qu'il aura de moi.

— Malheureusement ! Si tu veux le sauver ! Tu n'as pas d'autre choix !

— Quel est votre plan ?

La discussion entre les deux femmes dura plusieurs heures.

— Qu'allez-vous faire ? demanda Valentin, resté avec Herold.

Dastan était reparti complètement perdu.

— Agos, le nouveau magicien des Fées, a décidé d'anéantir le chaperon blanc coûte que coûte.

— Mais pourquoi quelqu'un voudrait-il du mal au chaperon blanc ? questionna l'homme sans comprendre.

Il était depuis le début fasciné par cette femme.

— Je suis aujourd'hui persuadé que c'est un partisan des « Naturômes » autrement appelés « les mages sombres », c'est un groupe de penseurs qui était en essor dans le monde des magiciens, il souhaitait voir la fin des êtres humains. Ils pensent que ce sont des créatures capables uniquement de détruire.

— D'après ce qu'Alya a pu m'apprendre du monde réel, ce groupe n'a pas tort.

— Même elle qui a ressenti la noirceur du monde réel affirme que tout n'est pas si simple, qu'où il y a du noir, on trouve du blanc. Les êtres humains sont capables du meilleur comme du pire. C'est le meilleur que les liens amènent à ce monde.

— Ce n'est pas la vision d'Agos ?

— Non, effectivement. Les « Naturômes » pensent que les créatures devraient vivre transformées. Une métamorphose permanente ne peut être possible qu'en tuant le lien d'un roi, avant qu'il ait un descendant. Le sang royal porté par le monarque disparaîtrait en même temps que le lien.

— Mais comment pourrait-il détruire Alya ? Sa puissance est impressionnante.

— En lui donnant des visions. Sa faiblesse, c'est elle-même, elle se sacrifiera sans aucune hésitation si elle pense que cela est nécessaire.

— Il la détruit de l'intérieur, comprit Valentin.

— Qui sait jusqu'où il est prêt à aller pour la tuer et quel allié il a pu rallier à sa cause, dit Herold très inquiet.

— Qu'allez-vous faire ? s'inquiéta l'homme pour Alya.

— Je vais réunir les magiciens qu'il reste et combattre Agos. Mais avant, je dois rendre visite à une vieille amie, déclara Herold.

Chapitre 20
La force des reines du Sud

Dans le domaine des Elfes, Éva préparait son paquetage pour rejoindre son amie Alya au royaume lycanthrope. Lolyan entra dans les appartements de son épouse, qui avait été autrefois ceux de Lorna sa mère. Éva avait préféré ces pièces plus douillettes pour une humaine à celles des royales, de plus, la vue du balcon était magique, près de la cime des arbres. Un nid de lucioles rendait l'endroit paradisiaque à la nuit tombée.

— Que fais-tu, Éva ? demanda son mari, surpris.

— Je pars pour rejoindre Alya, dit-elle simplement.

— Tu crois vraiment qu'elle amènera la paix sur nos terres ? Tu penses vraiment que c'est quelqu'un de bien ? C'est une louve, pourquoi s'inquiéterait-elle pour notre peuple ? lui précisa-t-il.

— Lolyan, je te l'ai dit, Alya est l'élue des liens, elle doit réunir les royaumes. Elle n'hésitera pas à sacrifier sa propre vie pour protéger les nôtres. Tu es un jeune roi, tu dois faire tes preuves et t'imposer en chef de guerre, tu ne peux pas encore te ranger du côté des royaumes du Nord, c'est à moi de le faire. Je dois être le porte-parole des Elfes, nous devons participer à cette guerre, même si c'est difficile, je dois te quitter.

— Tu te sens seule ici ?

— Je me suis sentie entière pour la première fois de ma vie lorsque tu as posé tes yeux sur moi. La douceur de ce visage était apaisante.

— Mais ?

— Mais je me sens différente des Elfes. Alya est plus qu'une meneuse de liens pour moi. Elle est une amie. Ces moments partagés comptent pour moi. Tu comprends ?

— Je pense, pour être honnête, depuis que je suis devenu roi, tu es mon seul repère. Les gens me regardent différemment, comme si je n'étais plus le même. Ils me traitent avec beaucoup de respect, bien sûr, mais ils sont plus froids et distants. Tu es celle avec qui je peux être moi-même sans crainte, depuis mon couronnement, dit-il avec une sincérité touchante.

— Tout se passera bien, le rassura doucement Éva.

— Je suis heureux que tu te sois lié d'amitié avec Alya. Cependant, je dois reconnaître qu'égoïstement, te voir partir m'est extrêmement difficile. La dernière fois que tu es partie, j'ai cru t'avoir perdue. Tu n'imagines pas à quel point j'ai eu peur.

— Nos routes doivent se séparer. Mon rôle est d'aider le chaperon blanc, en tant qu'Enetary, et ton devoir est de préparer les Elfes à se battre, tu dois prendre le contrôle de notre royaume ou nous allons tous périr. Les Elfes doivent te suivre, expliqua-t-elle en s'approchant de lui, et en l'embrassant langoureusement.

Éva prit alors la route du domaine des Loups. Elle devait reconnaître que quitter Lolyan une nouvelle fois était un déchirement, mais elle ressentait autre chose, de l'excitation, celle de faire partie cette fois de l'aventure, mais également de la joie de retrouver Alya et les autres liens. Éva avait vécu toute sa vie dans une immense ferme, son père élevait du bétail. Elle était la cadette d'une famille de cinq enfants et avait poussé seule, entourée des chevaux et des ruminants. Elle avait toujours été à part, refusant toute petite de manger de la viande, empathique, elle ressentait les souffrances des bêtes. Le père d'Éva avait pris cette décision comme un affront personnel, puis devant l'intransigeance de sa fille, avait fini par céder. Éva dormait souvent dans la grange, au milieu des animaux et des bottes de foin. Elle adorait le tir à l'arc, était douée dans ce domaine, toujours une des meilleures dans les concours.

Éva rêvait, au fond d'elle, d'une vie plus gracieuse, avec plus de douceur et de volupté, mais toujours proche de la nature qu'elle aimait tant. Le soir d'Halloween, elle portait une robe de style médiéval, bleue avec des manches serrantes, sauf sur les épaules où elle était bouffante. Une ceinture dorée venait souligner sa poitrine, la robe était longue. Elle avait chaussé ses pieds de ballerines dorées également. Ses cheveux ondulés étaient lâchés, un élastique venait simplement réunir de fines mèches sur l'arrière de sa tête. Elle portait un bijou de tête en or, souvenir de sa défunte mère, la chaîne venait se réunir sur le milieu de son front pour former une goutte contenant un saphir. Éva était chargée d'emmener ses neveux avec son frère aîné faire du porte-à-porte pour collecter des friandises. Durant le trajet, l'un d'eux pleura, car il avait oublié son épée de chevalier en plastique.

Le frère d'Éva en colère avait refusé de retourner chercher l'arme. Elle s'était alors proposée, prétextant avoir elle aussi oublié quelque chose. Elle marchait, plongée dans ses pensées, lorsque, tout à coup, elle vit devant elle, une jeune femme faite entièrement de bois, ses cheveux étaient faits de feuilles, elle lui demanda de la suivre. Éva marcha dans les champs sans ressentir la moindre crainte, elle arriva près du bois voisin qui bordait le domaine de son père. L'esprit la pressa de la suivre. Éva s'exécuta, comme attirée. Lorsqu'elle observa la jeune femme passer un portail, de l'autre côté, la forêt semblait enchantée, calme, magnifique. Elle traversa à son tour sans un regret, et suivit l'esprit de la forêt à travers les chemins recouverts de feuilles aux couleurs de l'automne. Éva arriva au bout de longues minutes devant un immense arbre creusé pour former de multiples pièces illuminées. L'esprit disparut soudain, la laissant perdue pendant plusieurs minutes. Elle continua à avancer vers cet arbre étrange et magnifique à la fois.

— L'Enetary ! Elle est arrivée !

— Faites quérir le prince Lolyan !

Éva stoppa, c'est elle qu'ils regardaient tous comme ça.

Un jeune homme blond aux longs cheveux, les yeux vert clair, s'approcha d'elle, il se déplaçait avec une grâce telle qu'on n'avait pas l'impression que ses pieds touchaient le sol. Lolyan s'était incliné devant la force du lien qui venait de s'établir. Le jeune couple s'était soudé, sous le regard intransigeant des Elfes, ils devaient tout prouver à leur peuple.

Libem regarda l'Enetary rejoindre le chaperon blanc avec un grand soulagement. Un espoir venait de naître.

Dans le royaume des Satyres. Lise était désemparée depuis la mort d'Aude, elle avait toujours été sa plus proche amie. Elle était arrivée perdue dans le monde légendaire, comme tous les liens, elle avait mis du temps avant de se familiariser avec cet univers inconnu. Toutefois, comme Alya, Lise avait été chanceuse, elle ne s'était pas retrouvée seule avec un roi occupé à devoir faire ses preuves. La reine satyre était entourée par trois jeunes femmes avec lesquelles elle formait une communauté. Elles représentaient à la fois des sœurs, des meilleures amies, des confidentes et des alliées. Leurs relations étaient riches et sincères.

Lise venait d'une famille assez aisée, elle possédait tout ce que l'argent pouvait acheter, néanmoins, il lui manquait l'essentiel, une réelle place au sein de sa famille, du temps et de la présence. Elle habitait un building, en plein cœur d'une ville surpeuplée où l'air pollué et le manque de verdure ne lui convenaient pas.

Personne n'avait jamais prêté attention aux désirs de cette petite fille devenue une femme triste, obéissant à l'image qu'on attendait d'elle. Un soir après une soirée mondaine sur le thème « Green garden », Lise, épuisée de cette vie de convenance, s'était enfuie, elle avait couru encore et encore, jusqu'au parc de sa ville, s'était agenouillée pour pleurer devant son avenir qui s'annonçait sans rire et sans saveur. C'est alors qu'un Faune l'avait attirée et guidée à travers les arbres. Elle avait découvert le portail et, de l'autre côté, un paysage plein de charme et de douceur. Lise avait enlevé ses chaussures, sa robe verte s'était arrachée par endroits, formant une sublime robe légère volant au vent, dans sa course, ses cheveux s'étaient libérés de leur chignon. Le Faune montra une couronne de fleurs blanches, placée à ses pieds, celle-ci s'en empara pour la placer sur sa tête. Elle avait décidé de franchir le portail devant elle, le Faune l'avait conduite à travers les vallées, emplies de cascades d'eau de Fauniraëlla, puis il avait disparu. Lise, inquiète, avait pris peur, mais une musique entraînante l'avait apaisée, elle avait suivi ce son, jusqu'à son porteur, un jeune homme assis à l'ombre d'un arbre. Il jouait cette mélodie, en hommage à ses parents, décédés quelques jours plus tôt. Le prince des Faunes était tombé sous le poids du lien qui venait de s'établir entre eux, amoureux de ce sourire éclatant.

Arthur, tout comme les rois du Sud, vivait replié dans son royaume, refusant de s'ouvrir aux autres peuples. Lise avait adopté la façon de vivre des Satyres, dans la non-violence, la joie de vivre, l'harmonie avec la nature. Mais une chose s'était produite, une chose qui avait tout changé, Aude était morte, sa vie s'était éteinte, plus jamais elle ne verrait son sourire, n'entendrait son chant unique, ni n'admirerait sa douceur de vivre. Comment pouvait-elle rester de glace après une telle injustice ? Les Nymphes étaient d'une gentillesse et d'une naïveté impressionnante. Pourquoi détruire un tel cadeau de la nature, la vie ? Lise était peut-être une Nymphe, mais elle était aussi un lien, elle devait protéger son peuple et prendre les décisions difficiles. Elle se rendit dans la salle du trône faite de piliers et d'un toit blanc nacré. Une immense cascade venait mourir derrière le bâtiment, le bruit était apaisant. L'eau entourait la salle, des ponts permettaient d'atteindre d'autres bâtisses, ainsi que des escaliers pour d'autres salles placées sur les hauteurs. La nature était belle et disciplinée, comme si la pierre respectait l'arbre et inversement, des plantes descendaient le long des piliers de nacre.

Arthur était en pleine réunion avec ses conseillers, les reines du Sud ne participaient pas, elles étaient présentes pour porter la vie du prochain monarque.

— Lise, que fais-tu ici ?

— Je suis venue te prévenir que je rejoins le chaperon blanc ! affirma-t-elle, sûre d'elle comme jamais, provoquant la panique et la stupeur des conseillers.

— Mais enfin pourquoi ? demanda Arthur, abasourdi.

— Les royaumes du Nord se sont alliés pour survivre et je partage leur point de vue. Je veux retrouver celui qui a tué Aude, dit-elle.

— Mais enfin, Lise, la vengeance n'a jamais apaisé personne.

— Je ne cherche pas à me venger, je cherche à protéger mon peuple, que plus jamais cela ne puisse arriver.

— Mais nous nous occupons de la survie de notre peuple, pourquoi crois-tu que nous nous sommes réunis ? ajouta-t-il.

— Vous asseoir ne résoudra rien. Bientôt, ils seront à nos portes. N'as-tu pas écouté les Nymphes ? Les avez-vous tous déjà écoutées d'ailleurs ? Elles t'ont pourtant expliqué à quel point la situation était grave, chaque minute compte, Arthur. Il faut nous unir ou périr.

— Que dis-tu ! Retourne danser et amuser le peuple ! Je n'ai pas le temps pour ces enfantillages, s'énerva légèrement Arthur.

— Tu continues, tu ne m'écoutes pas ! Ils ont tué Aude, devant Jade et Ambre, cela ne s'arrêtera pas sans combattre ! Ils veulent vider chaque créature de sa magie ! Je pars rejoindre Alya, la meute royale a déjà combattu les morts-vivants, ils peuvent nous offrir les clés pour les détruire ! hurla pour la première fois Lise.

— Nous venons avec toi, dit Jade en parlant pour elle et Ambre.

Les deux Nymphes avaient suivi leur reine. Lise n'avait pas souhaité les associer à son départ, afin de les protéger.

— Nous ne changerons pas d'avis, tu aspires à ce que l'on respecte ton opinion, respecte notre souhait, déclara Ambre.

— Nous partons dans une heure, déclara-t-elle, les Nymphes se jetèrent sur elle, la communauté s'était encore rapprochée depuis la mort d'une des leurs.

— Lise ! Ne pars pas, je t'en prie, demanda Arthur, qui s'était levé de la table.

— Je suis désolée, mais ma place est avec ceux qui écouteront ma voix, confirma-t-elle avant de quitter la salle en compagnie des Nymphes.

Erades, en retrait, observait la scène, et murmura.

— Enfin le destin est en marche.

Au milieu des terres cyclopes, Gayane était montée sur une des collines du royaume, elle regardait au loin, songeuse.

— Vous êtes bien pensive, remarqua Camino, sentant sa reine emplie de doutes.

— J'ai donné ma parole que je servirais le peuple cyclope et, pour ce faire, je dois le quitter, expliqua Gayane.

— Vous êtes un lien, votre alliance avec les vôtres est une nécessité. Il est temps que ceux du Sud montrent leur véritable valeur. J'ai connu tellement de reines, elles appréciaient toutes leur sort. Ce rôle semble également vous convenir, néanmoins, il y a quelque chose de différent avec vous, vous êtes un esprit libre, qui a soif d'aventure, qui souhaite être plus qu'une simple couveuse de prince.

— Je sais que c'est à moi de mener cette bataille, pour que les Gaia et leur force protectrice soient reconnus comme primordiaux pour le royaume.

— C'est une juste cause. Je te souhaite sincèrement de réussir, jolie Gayane, apporte la sagesse à notre peuple, dit Camino, soudain très familier avec cette reine au caractère prononcé, qu'il appréciait décidément beaucoup.

Elle s'approcha et le prit dans ces bras, il était, depuis son arrivée, son confident et son ami.

Gayane descendit jusqu'à ses appartements, elle attrapa le sac confectionné à l'occasion de son départ prochain, griffonna sur une feuille de papier et quitta le royaume cyclope comme une ombre dans la nuit. Elle avait rendez-vous avec Naomie, pour le bateau qui les conduirait jusqu'à l'autre continent.

Gabriel était peu présent, toujours en réunion depuis l'annonce de l'existence dans les grottes cyclopes des morts-vivants. Il chercha Gayane partout, se rendit dans ses appartements, et découvrit le petit mot de son épouse. Tout en le lisant, il s'assit sur le lit, désemparé.

« *Gabriel, je ne suis pas d'accord avec tes décisions, j'aimerais que cela ait une importance, toutefois, ce n'est malheureusement pas le cas. Puisque mon avis ne compte pas dans ce que tu prétends être "notre" royaume, je préfère le quitter pour un autre où mon opinion, en plus d'être entendue, sera respectée. Je ne sais pas qu'elle sera l'issue de mon choix, cependant, je le prends en toute connaissance de cause. Tu seras obligé, après mon geste, de me sacrifier pour calmer tes conseillers, je le comprends. À toi de me comprendre également, je dois aller au bout de ce que mon cœur me dicte. Sache que, pour le temps de mon existence de lien, je resterai fidèle à notre destin commun.* »

Le roi cyclope dut faire face à une douleur prenant dans la poitrine, il prit soudain toute la mesure de son erreur, toutefois, il était trop tard.

Gayane était partie avec son amie Amina, originaire du Cameroun, en randonnée dans un des plus grands canyons du monde réel. Elle pratiquait l'escalade à un très haut niveau. Durant plus d'une semaine, elles avaient arpenté toute la région. Elles avaient trouvé un immense trou, au cœur même du canyon, qui ne semblait pas avoir de fond. Il était tard et les amies voulaient prendre quelques heures pour manger et dormir, elles avaient déniché une petite grotte quelques mètres plus bas où passer la nuit. Gayane, en escaladeuse avertie, s'était assurée correctement, cependant, la corde, étant endommagée, céda sous les effets des frottements provoqués par la descente. Amina hurla, impuissante, en voyant son amie basculer dans les profondeurs du cratère. Gayane sentit le vide, elle tombait, tombait encore et encore, comme s'il n'y avait pas de fond. Elle finit par fermer les yeux et lâcher prise, elle heurta alors violemment une espèce de champignon gigantesque.

Épuisée, elle perdit connaissance, le noir prit soudain place et elle laissa son âme voguer. Lorsqu'elle ouvrit de nouveau les yeux, elle se retrouva face à une femme, chauve, portant un œil au milieu du front, une cape et une capuche marron l'entouraient, elle possédait un bâton dans sa main qui diffusait de la lumière, symbole des empathiques. Gayane, au fond de cette grotte sombre, aurait dû être terrorisée par cette apparition, mais bizarrement, elle se sentait en sécurité devant cette Cyclope. L'apparition la somma de la suivre à travers les tunnels. Gayane, qui pensait retrouver la sortie du canyon, s'exécuta. Elle la suivit silencieusement dans les galeries souterraines pendant près d'une heure et vit soudain la lumière, elle était éblouissante.

Elle pensait retrouver la sortie, mais en réalité, c'était l'intérieur d'une grotte bien plus chaleureuse, avec des feux et une odeur enivrante. La Cyclope entra dans ce qui semblait être un portail, Gayane hésita à peine une seconde et entra à son tour. Elle avança et arriva à un carrefour où son acolyte lui montra la route et stoppa. Gayane avança vers la droite et se retourna, cependant, son guide n'était plus là. Troublée, elle resta sans voix, puis reprit sa traversée, croisa un garde qui la fixa de longues minutes. Gayane était vêtue d'une tenue militaire marron, qui lui venait de sa mère, et de ses sangles d'escalade.

— Vous êtes la nouvelle Gaia, n'est-ce pas ? demanda l'homme.

— Pardon ? interrogea-t-elle.

— Suivez-moi, notre prince Gabriel vous attend.

Gayane, confuse, ne comprenant pas tout ce qu'elle était en train de vivre, le suivit jusqu'à une salle contenant deux cercueils de pierres.

— Prince Gabriel ?

— J'ai demandé qu'on ne me dérange pas, dit l'individu au crâne chauve agenouillé devant les tombes.

— Mais, Prince, c'est la nouvelle Gaia, expliqua le garde, provoquant un silence chez cet homme, il attendait comme angoissé par ce qui allait suivre, puis se leva.

Il se tourna vers Gayane et s'approcha d'elle lentement, il avait une musculature dessinée et un charisme captivant. Elle le regarda avec insistance et rougit, il tomba un genou à terre, sous le poids de ce lien si fort.

Dans les collines des Centaures, Naomie repensait à son arrivée dans le monde légendaire. Elle était originaire des îles paradisiaques du monde réel, elle venait d'une famille modeste. Celle-ci avait monté un centre équestre en plein cœur d'un village, toutefois, après une tempête ayant ravagé toute l'île, ses parents avaient été obligés de vendre. Les nouveaux propriétaires avaient créé un immense complexe hôtelier étoilé pour de riches héritiers, et louaient les services de ses parents, depuis des années.

La jeune femme avait toujours adoré le monde équestre. Elle était montée sur le dos d'un cheval avant même d'avoir effectué ses premiers pas. Naomie adorait faire des balades en galopant le long de la mer transparente, elle était heureuse ici. Néanmoins, elle apprit à ses dépens qu'habiter une île n'était pas si simple. Une tempête semblable à celle ayant ravagé son village s'abattit sur le complexe hôtelier. Naomie devait chanter pour la soirée dansante de l'hôtel, vêtue d'une sublime robe couleur or, mettant sa peau colorée en valeur, elle portait des ballerines de la même couleur, ses cheveux crépus étaient lâchés. Apercevant au loin une jument seule en pleine tempête, elle courut pour la secourir, cependant, l'animal s'échappait toujours plus loin. Lorsque la jument s'arrêta enfin, elle était face à un portail, derrière un paysage ensoleillé.

— Mais comment... ? commença-t-elle.

Le cheval entra dans le portail, sous le vent et la pluie battante, Naomie regarda derrière elle, avant de le franchir à son tour. Le cheval accepta qu'elle monte sur lui, puis se mit à galoper à toute vitesse en direction d'une immense bâtisse, constituée de plusieurs bâtiments placés les uns à côté des autres. Le plus grand au centre était suivi par deux plus petits de chaque côté et ainsi de suite. L'ensemble formait un croissant de lune, il y avait des pylônes un peu partout recouverts de charpentes en pierres blanches. La jument s'arrêta assez près et laissa descendre Naomie.

— Nous ne nous reverrons pas ? N'est-ce pas ? demanda-t-elle intuitivement au cheval, elle lui frotta le museau, puis partit vers la bâtisse gigantesque.

Lorsque Naomie se retourna de nouveau, la jument n'était plus là, elle avança encore et encore jusqu'à la porte en bois monumentale. Elle entendit des bruits de trompettes et la porte s'ouvrit soudain, comme si elle était attendue. De l'autre côté, elle vit apparaître un homme grand et musclé, brun aux yeux noisette. Il était intrigant et beau garçon.

— Bienvenue au royaume kentoroy, Néphélé, déclara le prince Adam, tout en s'approchant.

Il observa le charme naturel, de cette magnifique jeune femme, et dut poser un genou à terre, sous le poids du lien venant de s'établir.

— Il est temps, déclara Naomie jusque-là silencieuse comme à son habitude, en plein regroupement des émissaires centaures.

— Nous sommes en pleine stratégie de guerre, s'offusqua Adam.

— Justement ! On m'attend pour créer la mienne, dit-elle, provoquant l'étonnement.

— Quoi ? Comment ça ? demanda-t-il sans comprendre.

— Le chaperon blanc a uni les liens, elle nous a toutes appelées à former l'alliance des Basherts et j'ai répondu présente ! déclara d'une traite et froidement Naomie.

— Comment as-tu pu t'unir à cette femme ? Tu es la Néphélé ! affirma un des conseillers principaux.

— Il se trouve qu'ici mes talents ne sont pas utilisés et mon avis pas respecté. J'ai donc décidé de partir pour un endroit où j'ai été appelée, souhaitée et où mon opinion est désirée.

— Arrête un peu tes bêtises, Naomie, nous sommes en guerre ! L'heure est grave ! Nous n'avons pas le temps pour ce genre de petite crise ! s'emporta Adam.

— Exactement ! Nous sommes totalement d'accord ! Vos querelles ridicules avec les royaumes du Nord alors que notre peuple risque l'extinction, stupide ! Ils sont nos meilleurs atouts et vous refusez leur aide pour des jalousies ridicules ! Je ne suis pas d'accord et je pars ! dit-elle en quittant la pièce.

L'orgueil d'Adam ne lui permettait pas de la rejoindre et de la supplier de lui pardonner devant ses conseillers. Cependant, lorsque les gardes sonnèrent les trompettes, indiquant le réel départ de la Néphélé, il déglutit, certain qu'elle n'aurait pas le courage d'aller au bout. Alya les avait unis, elle lui avait offert ce qui lui avait toujours manqué dans ce domaine. Adam essaya de contrôler sa détresse du mieux possible. Il regrettait amèrement son comportement et celui de son peuple.

Chapitre 21
Stratégies

Alya dut de nouveau faire face à une vision de la vie dévastatrice d'Aléone, qui la laissa mal en point psychologiquement. Avant de réussir à sortir de cet état de torpeur, elle se retrouva face à une créature familière : le sphynx, il lui insuffla la même angoisse que la première fois, celle de sa mort. Alya, résignée, lui demanda sur un ton narquois.

— Pas de porte aujourd'hui ?

— Je ne suis qu'une matérialisation de ta peur, cette intuition qui chatouille tes entrailles depuis ta venue dans le monde légendaire, dit la voix raillante.

— Bien sûr, dit Alya, lasse, empreinte d'une tristesse de plus en plus prenante.

— Je t'avais dit que tes choix détermineraient ta fin.

— Tu ne m'avais pas dit que ce choix serait entre ma vie et celui de l'homme que j'aime.

— Je n'ai jamais dit que ce serait simple. Tu as beaucoup évolué depuis notre dernière rencontre. Tu n'as plus peur, mais je ressens autre chose en toi, la douleur, la tristesse. Tu es inquiète pour lui, tu ne veux pas le perdre. Les sentiments que tu ressens pour lui sont tellement forts, comment fais-tu pour si bien les cacher ?

— Je... je... je ne suis pas douée pour montrer mes sentiments.

— Ton cœur est tellement abîmé, ce sont l'ensemble de ces blessures qui en ont fait une chose pure. Tu dois faire confiance à tes choix et arrêter de te poser toutes ces questions, fais ce que tu penses juste avec sincérité.

— Je ne sais pas comment faire ça, pleura Alya.

— Tu es une battante, ta force de caractère est unique, elle est due à tes nombreux combats. La vie t'envoie cette épreuve, car tu as prouvé que tu savais te battre, mais tu ne parviens toujours pas à lâcher prise. Tu dois t'apaiser, admettre que parfois on ne peut qu'accepter.

Tout commença à se brouiller, Alya se réveilla.

— Comment je fais ça ?

— C'est toi le chaperon blanc. Tu trouveras le moyen de l'abandonner.

Alya s'éveilla seule, dans les appartements de Mila. Elle pleura encore et encore, incapable de se contrôler. Dastan entra et l'enlaça simplement, incapable de trouver la force de lui demander ce qui la mettait dans un tel état. Trop accablée, elle ne remarqua pas qu'il avait lui-même les yeux rougis par le chagrin. La fin heureuse n'était désormais plus possible pour eux, après tellement d'épreuves, de combats, les deux amants ne pouvaient survivre tous les deux, Alya le savait clairement désormais.

Elle avait peur de la mort comme tout un chacun, mais ce qu'elle redoutait véritablement, c'était d'abandonner Dastan. Le trahir était un déchirement, l'éternité dans la mort aurait pu être moins horrifiante sans son absence dans celle-ci. Alya devait se ressaisir, le combat qui devait sceller le destin du monde légendaire était proche et c'est sur l'alliance des Basherts que la mission la plus périlleuse reposait. Le chaperon blanc était le lien que tous les autres suivraient, elle était leur leader, Alya ne pouvait pas se permettre de craquer.

Dastan regardait son visage, il connaissait chacun de ses traits, la moindre ride d'expression, le moindre grain de beauté de son corps. Il adorait ses yeux, ils dévoilaient une si grande expression, il y avait à l'intérieur de ce regard mille émotions, comme une galaxie remplie d'étoiles ardentes et brûlantes, mais ce qui l'aimait par-dessus tout, c'était son sourire envoûtant, il faisait ressortir ses jolies pommettes et la lumière dans ses pupilles. Malheureusement, ce sourire n'était plus apparu depuis sa conversation avec Herold, au lieu de ça, un regard triste avait pris en otage son visage, où des larmes se logeaient régulièrement.

Dastan en voulait à ce destin de lui avoir enlevé si souvent le bonheur. Pourquoi fallait-il que celle qu'il aimait doive passer sa vie à se battre ? Il aurait voulu trouver les mots pour la réconforter, mais la mort s'était abattue au-dessus de son âme comme une ombre malfaisante. Leurs regards se croisèrent, leurs lèvres se rapprochaient doucement, jusqu'à se rencontrer. Une douceur et une tendresse immense envahirent Alya, quand son corps se retrouva couvert de caresses et de baisers, le temps, l'espace, le destin n'avaient soudain, plus aucune importance. Seul l'instant présent comptait, seul son cœur qui battait à tout rompre comptait. Elle ressentait tout plus fort, ses sens étaient accrus. Elle sentait la peau et la chaleur de Dastan contre elle. Elle respirait à pleins poumons ce parfum masculin et attrayant. Elle appréciait l'ardeur de ses baisers. Elle entendait sa voix douce et virile prononcer son prénom. Elle lisait dans ses yeux le lien unique qui n'appartenait qu'à eux. Elle s'abandonna à cette volupté et laissa l'amour bercer leurs corps brûlants de désir.

Tous deux auraient bien continué ce moment de passion, néanmoins, les trompettes retentirent, indiquant l'arrivée des délégations du Nord. Alya revint rapidement à la réalité et à tout ce qui la rendait si triste. Elle devait se ressaisir rapidement, elle ne voulait pas que ses enfants apprennent la situation et l'empêchent d'aller jusqu'au bout de son destin. Elle n'avait pas le choix, elle ne l'avait jamais eu.

Tous les royaumes du Nord étaient au rendez-vous. Alya vint à la rencontre de Vidgis.

—J'avais peur que tu ne viennes pas, déclara Alya.

—Je sais que nous avons déjà eu des différends par le passé à cause de la guerre. Mais Ezeikiel et moi savons à quel point la menace est grande, nous devons défendre notre monde de l'extinction. C'est un combat pour survivre. Les morts-vivants sont contre nature, sans âme, des pantins, des marionnettes qu'il faut délivrer de leur sort, affirma Vidgis.

—Je suis heureuse de te voir, ajouta la reine des Lycanthropes, soudain très émotive.

— Tu es certaine que tout va bien ? demanda Vidgis.

Alya acquiesça avec un sourire pour ne pas avoir à répondre.

—J'ai besoin que tu me rendes un service.

Les armées des Nornes, des Corsaires, des Appeleurs rejoignirent une nouvelle fois celle des Lycanthropes, pour combattre ensemble. Les retrouvailles entre les chevaliers furent chaleureuses, néanmoins, on sentait que l'heure était sombre et que la situation était grave. L'alliance des Basherts fut réunie physiquement pour la première fois. Les reines du Sud arrivèrent comme convenu, elles étaient toutes les quatre des femmes de parole. Alya, Ezeikiel, Elsa et Rosa accueillirent chaleureusement les liens du continent voisin. Éva arriva la première, suivie quelques heures plus tard par la communauté nymphe. Naomie et Gayane arrivèrent ensemble le jour suivant.

Les monarques du Nord se réunirent aux côtés des membres de la meute royale, dans l'immense salle où avaient lieu les assemblées. Valentin, Liam et les liens du Sud étaient également présents. Dastan prit la parole, aidé par la meute, leur combat dans l'arène contre les morts-vivants était un atout important.

— Le combat que nous allons mener n'aura rien à voir avec la bataille contre le conseil, déclara le roi des Lycanthropes.

Gayane et Naomie semblaient excitées d'être cette fois au cœur des stratégies guerrières.

— Effectivement, lorsque nous avons combattu dans l'arène, la magie du maître des morts que nous avons affronté était faible, expliqua Caleb.

— Malgré tout, il avait gardé son sortilège le plus fort autour de lui afin de protéger sa vie : une bulle qui annule le pouvoir du sang royal, continua Dastan, provoquant la stupeur du groupe.

— Vous avez tous été transformés en Lycans ? s'enquit Vladimir.

— Oui. La magie du maître des morts que nous allons affronter est à son apogée.

— Tu penses que nos armées devront combattre en état de métamorphose ? comprit Vidgis.

— Oui, j'en suis convaincu ! dit Dastan.

— Nous devons nous préparer à combattre de cette manière et en faire un atout, déclara Ezeikiel en guerrier averti.

— Vous devez utiliser les mêmes groupes, en ajoutant les Nornes, annonça Liam.

— Je suis d'accord, nous formerons la première ligne, Vladimir, Aidan, Viago, Arcos, Farissa, Liloa, Vidgis et moi, proposa Dastan.

Ils acquiescèrent.

— Mon frère, Rosa et moi, nous protégerons les guerriers au combat en utilisant des positions stratégiques qui nous permettront de protéger avec notre magie de guérison, précisa à son tour Elsa.

— Je pense que c'est la décision la plus sage, valida Rosa.

— Je couvrirai vos arrières, affirma Liam.

— Nous ne voulons pas être des potiches comme dans notre royaume, déclara Naomie, surprise elle-même de ce qu'elle venait de dire.

— Je suis d'accord, je pensais que le chaperon blanc serait au cœur de l'action, fit remarquer Gayane.

— Nous avons la mission la plus importante, expliqua Alya.

— Plus importante que de combattre ? demanda Lise.

— Si nous réussissons, il n'y aura pas de combat, ajouta Alya.

Les reines du Sud furent surprises.

— Comment ? l'interrogea Naomie.

— Une fois le maître des morts vaincu, sa magie disparaît et les morts-vivants avec lui, déclara Alya.

— Mais nous n'avons aucun élément sur son identité, dit Lise, dépitée.

— Effectivement, il nous faut reprendre depuis le début, afin de comprendre ce que nous avons pu rater. Nous devons entrer dans l'arène une nouvelle fois afin de trouver des réponses. Caleb nous accompagnera et veillera sur nous, confirma Alya.

— Tu penses que nous sommes capables de réussir ? demanda Gayane, surprise de la confiance dont Alya faisait preuve envers elle.

— Après votre préparation, vous serez les meilleurs liens que ce monde ait portés ! affirma Alya.

— Ta foi en nous fait plaisir à voir, sourit Éva.

La ligne de conduite était donnée, il ne restait qu'à la mettre en pratique, mais l'exécution risquait d'être beaucoup plus complexe que la théorie. Valentin voulait protéger la reine des Loups, il était fasciné par cette grande dame sans vraiment comprendre pourquoi. Une sorte d'attirance inavouable l'avait poussé à créer une proximité entre eux. Cependant, il était sous la protection de Dastan, il l'avait pris sous son aile et lui avait tout appris, il s'obligeait donc à réfréner ses sentiments. Valentin espérait que ses souvenirs reviendraient en trouvant l'identité du maître des morts, celui qui l'avait placé dans ce cocon. Une partie du voile de son passé s'était levé, grâce à Alya, il savait désormais qu'il venait du monde réel, mais comment et pourquoi était-il arrivé dans le monde légendaire ? Ces questions restaient un mystère.

Chapitre 22
Le malaise

Dastan et Alya devaient une nouvelle fois faire face à un éloignement qui déchirait leur cœur. Elle savait désormais qu'elle devait mourir pour sauver celui qu'elle aimait et lui connaissait ses intentions, il était déterminé à la sauver, peu importait le prix à payer. Alya se sentait coupable de ces plans secrets pour le piéger, cependant, elle devait sauvegarder sa vie. Dastan, quant à lui, pensait encore pouvoir arrêter le train de la mort dans lequel son épouse était montée. Il ignorait l'aide et le rôle que Mila avait déjà joué afin d'être certaine que la destinée tragique du chaperon blanc s'accomplisse.

Alya s'était toujours sentie seule et incomprise dans son monde, parce qu'elle avait l'âme d'une louve. Or, un loup sans sa meute ne survit pas longtemps, mais elle était une battante. L'amour entre elle et Dastan était aussi unique et particulier que les épreuves qu'ils devaient affronter. Il était comme une évidence. Malgré tout, Alya n'arrivait plus à rester à ses côtés, elle fuyait son regard depuis qu'elle avait conclu un pacte avec Mila. Le regarder dans les yeux, alors qu'elle devait le trahir, même pour lui sauver la vie, était beaucoup trop difficile. Pour Mila et le peuple des Lycanthropes, l'enjeu était beaucoup plus important que la vie de Dastan, en effet, sans la protection du sang magique, le peuple des Lycanthropes serait transformé en loups pour l'éternité.

Mila avait concocté un plan des plus ingénieux, cependant, elle avait besoin de la participation d'Alya, ne pouvant pas elle-même se matérialiser. Il fallait qu'elle touche l'esprit de Dastan, mais les Lycanthropes ne dorment pas, il fallait donc l'obliger à rêver. Alya devait donc utiliser une potion à base de poluneuses, connues pour donner des hallucinations, afin de piéger Dastan, qui ne se méfiait pas de sa femme. Elle avait obtenu cette potion par Valentin, il ne pouvait rien lui refuser et avait promis de garder le secret. Mila devait semer le trouble dans son esprit, lui faire croire qu'Alya n'était pas Alya, c'était le seul moyen pour qu'il la renie.

Elle descendit en pleine nuit rejoindre Dastan dans la salle du trône, il y passait le plus clair de son temps. Devant l'éloignement de son épouse, ce dernier s'était réfugié dans son rôle de leader. Alya s'arrêta juste avant d'entrer et observa sur le pas de la porte cet homme pour qui son cœur s'enflammait à chaque étreinte, pour qui ses sentiments n'avaient fait que grandir depuis leur première rencontre. Il était assis, concentré sur une carte du monde légendaire, peaufinant encore et toujours sa stratégie de guerre contre les morts-vivants. Dastan était un roi qui aimait profondément son peuple et voulait le protéger à tout prix. Il souhaitait que les pertes chez les Loups, mais également chez les autres créatures, pour qui il avait un profond respect, ne soient pas trop lourdes.

Il savait qu'il n'avait pas d'autre choix que de combattre. Lui et les monarques du Nord jouaient la survie de toute la magie blanche du monde légendaire, et donc celle des créatures qu'ils chérissaient tant. Il défendait toutes ses valeurs de courage, de respect, de sacrifice. Ici, une parole était sacrée. C'est tout cela que le roi des Lycans voulait préserver à tout prix, mais il ignorait encore à quel point il allait être élevé. Il songea soudain à sa douce épouse, si elle parvenait à remplir sa mission, toutes les créatures seraient préservées. Toutefois, celle-ci allait être périlleuse pour elle, il leva la tête le regard tout à coup triste, mélancolique, elle lui manquait, leur relation si particulière était désormais faite de distance, ce qui le rendait malheureux. Le comportement d'Alya était incompréhensible depuis quelque temps, il ne ressemblait en rien à sa personnalité qu'il aimait tellement.

Alya observait la scène à l'entrée de la pièce, l'empathique ressentait sa peine, elle sentit couler une larme sur sa joue. Pourquoi fallait-il que ce soit si dur ? Pourquoi Mila et l'assemblée des chaperons rouges exigeaient-elles autant d'elle ? Pourquoi son destin devait-il être si funeste ? Au fond d'elle, elle l'avait toujours su, elle devrait donner sa vie en pleine connaissance de cause, pour conjurer et pardonner le passé sacrifié d'Aléone. Alya était prête à donner sa vie pour protéger le monde légendaire, ses créatures, et toutes leurs valeurs et traditions auxquelles elle croyait tant.

Sûre d'elle, sachant pourquoi elle se battait, elle s'avança vers Dastan d'un pas décidé, mais lorsque son regard ténébreux, mélancolique et amoureux se posa sur elle, il lui transperça l'âme.

— Alya ! dit Dastan, surpris.

— Dastan, répondit Alya en avançant vers lui lentement.

— Qu'est-ce que tu tiens dans tes mains ? lui demanda-t-il curieusement.

— Quelque chose qui a pour but de t'aider, expliqua-t-elle en lâchant devant elle la vasque contenant la poudre de poluneuses et en retenant son souffle.

Dastan se releva, surpris une nouvelle fois, et inspira si fort qu'une grande partie de la poudre bleue entra dans ses narines. Il s'écroula sur le sol, totalement pris au dépourvu. Alya s'agenouilla auprès de lui, les larmes coulaient désormais à profusion sur son visage. Elle le souleva à l'aide de ses pouvoirs de plus en plus puissants pour l'installer de nouveau sur le trône, puis elle nettoya l'ensemble de la pièce afin qu'il ne reste aucune trace de sa trahison. Alya l'observa, inconscient, elle allait rompre leur lien si unique d'âme sœur. C'était trop dur, elle s'enfuit vers les jardins en courant et pleura encore et encore sur ce banc qui avait vu couler tant de ses larmes.

Dastan allait vivre une expérience unique, les créatures ne dorment et donc ne rêvent pas. Il laissa d'abord son esprit dériver sans comprendre, puis, petit à petit, un décor se créa tout autour de lui. Il vit Alya se comporter comme un monstre avec les membres du peuple, avec la meute et les autres royaumes. Des guerres se déclenchaient un peu partout dans le monde légendaire à cause de son comportement. Elle était hautaine, froide et sans cœur.

— C'est impossible, murmura-t-il.

Soudain, les scènes prirent fin, le décor se modifia, il était au cœur d'une immense salle remplie de miroirs, la salle du trône de Vidgis, pensa-t-il, mais tout avait disparu sauf les immenses miroirs. Mila apparut soudain devant lui.

— Maman ! Comment est-ce possible ? Tu es... commença-t-il.

— Morte, termina Mila avant de serrer son fils.

— Oui, dit tristement Dastan.

— Je suis venue te prévenir.

— Contre quoi ? demanda-t-il encore sous le choc.

— Je crois que tu sais très bien de quoi je parle. Depuis quelque temps, le comportement d'Alya a ouvert le doute en toi, n'est-ce pas ?

— Je... Il est vrai que...

— Tes craintes sont réelles, ce que tu viens de voir est le futur. Alya n'est plus, Erwina a trouvé le moyen de revenir d'entre les morts, elle a échangé son âme avec la sienne.

— C'est impossible ! hurla Dastan avant de s'effondrer sur le sol.

— Tu es en train de mourir, regarde, tu rejoins déjà le monde des esprits. Il te faut casser le lien entre vous et rejoindre le royaume pour le protéger d'Erwina.

— Mais sans Alya, je ne peux pas..., dit-il, perdu.

— Reprends-toi ! Tu es roi, tu dois protéger ton peuple. Romps le lien, dépêche-toi avant de mourir. Pense à Caleb, Liloa, Arcos, Farissa, Viago et Herold, le sort qu'elle va leur réserver ! Les liens qu'Alya a construits, son héritage, vos enfants, ceux avec les autres royaumes, tout sera perdu. Sacrifie Erwina, elle est dans son corps, cela suffira à te sauver.

— Comment ? Je ne peux la tuer. Je n'y arriverai pas, c'est toujours le corps d'Alya et, de toute façon, elle est devenue trop forte.

— Tu n'en auras pas besoin. J'ai réuni l'assemblée des chaperons rouges, déclara Mila tandis que les lumières clignotèrent.

— Mais que se passe-t-il ?

— Je te présente tes ancêtres, déclara solennellement Mila.

— C'est incroyable !

— Pour rompre le lien entre un chaperon et un roi lycanthrope. Il te faut sacrifier ton lien.

— Que dois-je faire pour me délivrer de cette femme immonde ? soupira Dastan résigné.

— Tu vas réciter le serment suivant au-dessus du puits des damnés, pour la maudire, ainsi non seulement cela détruira votre lien, mais en plus cela lui provoquera un sort funeste, dit Mila en lui tendant un parchemin et lui montrant le puits juste devant eux.

L'endroit avait changé, il était devenu lugubre et froid.

— Moi, Dastan, rejette celle qui est et ne sera plus mon unique et seul lien. Je la bannis de mon âme afin qu'elle ne puisse plus tourmenter mon cœur. Je sacrifie en toute conscience l'être aimé pour devenir libre de toute souffrance, due à notre destin commun.

— Bien, déclara Mila.

— Que va-t-il se passer à présent ?

— Tout est accompli, retourne d'où tu viens et trouve la paix, mon fils, finit-elle avant de disparaître.

Dastan se réveilla complètement sonné, sur le trône. Devant lui se trouvait une enveloppe fermée portant le cachet de Vidgis, il l'ouvrit sans prêter garde. Une poussière s'en échappa, une nouvelle fois surpris, il inspira la poudre, quelques secondes plus tard, son cœur était apaisé, il ne se souvenait de rien. Alya avait demandé à son amie un élixir d'oubli afin de permettre à son époux d'être en paix et d'oublier qu'il n'était plus uni à elle. Il ne remarqua pas que l'alliance dessinée depuis leur union à son doigt avait disparu désormais, comme si leur lien ne s'était jamais établi et leur mariage n'avait jamais été célébré. Alya, dans les jardins, observa l'alliance dessinée sur son doigt disparaître avec un immense sentiment de désespoir. Elle pouvait désormais mourir, Dastan aurait la vie sauve.

Chapitre 23
Une vieille amie

Herold dans sa tour parlait à haute voix, mais pour une fois pas seul, sur une table recouverte d'une nappe, une étrange boule en lévitation de laquelle des voix s'élevaient. Il était le magicien des Lycanthropes, le chaperon blanc était donc placé sous sa protection. Il savait que quelque chose se préparait, les magiciens habituellement étaient des conseillers, ils avaient pour règle d'or le libre arbitre. Cependant, certains avaient cassé ce pacte et pris d'énormes risques pour le peuple, duquel il avait la protection, deux d'entre eux avaient même donné leur vie. Herold savait qu'Alya n'était pas proche de lui, le chaperon blanc était apprécié des magiciens du monde légendaire grâce à son statut d'élue, mais c'est avec Ménard qu'elle s'était liée d'une véritable amitié. La jeune femme pensait qu'il ne la comprenait pas, mais c'était faux, il avait compris pourquoi Alya avait tant de mal à se lier. C'était une écorchée vive, elle avait peur de s'attacher, car les gens qu'elle aimait périssaient. Le premier traumatisme de sa vie avait eu lieu alors qu'elle était enfant, la mort de son père l'avait profondément blessée, le fait qu'elle soit une empathique avait solidifié cette carapace.

Actuellement, Alya vivait dans le monde légendaire, elle avait perdu sa sœur louve Méline et son magicien favori et ami, Ménard. Herold savait qu'elle voulait mourir pour sauver Dastan, elle était persuadée d'être comme une malédiction, c'est pour ça qu'il ne lui avait jamais parlé d'Aléone. Malheureusement, elle était écœurée et se sentait trahie, ne lui adressant pratiquement plus la parole. Elle voulait mourir pour sauver le monde légendaire de sa présence. Alya ressentait en elle la présence tourmentée d'Aléone depuis toujours. Herold avait décidé d'agir, grâce à la sphère d'Amotis, avec laquelle il pouvait communiquer avec les autres magiciens. Les Basherts n'étaient pas les seules à avoir décidé de former une alliance, les magiciens restants avaient eux aussi décidé de s'unir.

Ils avaient une mission de la plus haute importance, pour leur premier voyage. L'ensemble d'entre eux avaient répondu présents. Vargis devait rejoindre Herold chez les Lycanthropes, tous deux se mettraient en route vers le Sud, ils récupéreraient Libem durant leur voyage jusqu'au royaume de Camino. Ils devaient impérativement passer par la rive de celui des Centaures, puis longer le territoire des Satyres pour rejoindre Visiodem, afin d'éviter la mer Denosta. Amonis et Erades les rejoindraient en cours pour rejoindre la contrée des Cyclopes.

Le coup allait être dur pour les rois du Sud, déjà amputés de leur précieuse reine, vivant chacun excentré des autres royaumes. Ceux du Nord avaient tissé entre eux des liens forts et indélébiles depuis la bataille contre le conseil, l'absence des magiciens n'entamerait pas leur détermination. Le but de ces derniers avait clairement été exposé par Herold et Vargis aux dirigeants du Nord, Dastan, Vidgis, Vladimir et Aidan étaient donc au courant de leur plan. Les magiciens devaient protéger Alya des activités néfastes d'Agos, il cherchait à anéantir le chaperon blanc et c'était une grande source de préoccupation pour eux. Après avoir compris leur quête, chaque royaume du Nord étant attaché au chaperon blanc offrit sa bénédiction.

Durant le long périple jusqu'à Visiodem, les magiciens se surprirent à être enjoués, ils n'avaient jamais eu l'occasion depuis leur départ des cimes du ciel de se retrouver ensemble. Ils avaient perdu certains membres de leur caste, des membres irremplaçables, ces pertes rendaient ce voyage encore plus fort. Malgré les larmes versées, portant le poids des souvenirs passés, de peine comme de joie, les magiciens n'en oubliaient pas leur mission. Ils avaient la chance de pouvoir revoir Médina, cette chance, ils ne l'avaient pas eue avec d'autres, ils ne la laisseraient donc pas passer. Médina était éveillée lorsqu'Alya l'avait sortie des tréfonds des tunnels des morts, son coma n'était donc pas normal, les magiciens devaient s'unir pour la secourir. Il était clair que quelqu'un ne souhaitait pas qu'elle se souvienne.

Le voyage riche en émotion se passa sans encombre. C'était du jamais vu dans le monde légendaire, le destin du chaperon blanc avait le don de transformer les gens, de faire ressortir le meilleur d'eux. Herold, inspiré par le sacrifice de Ménard, avait décidé d'agir, pour protéger l'élue du peuple des Loups. De plus, son objectif lui permettrait d'essayer de secourir Médina, il ne resterait pas à observer de loin son agonie. Les magiciens étaient aussi motivés par le sort d'Alya que par celui de Médina, mais pour des raisons totalement différentes, leur plus grand secret et leur amitié sincère, par chance, les deux objectifs étaient liés. Le sort de Médina ouvrirait sûrement des pistes et sa puissance serait appréciée contre Agos.

Les magiciens étaient des étoiles et, comme toutes les étoiles, elles brûlaient jusqu'à s'éteindre. Leur carburant était leur magie, les anciens étaient donc moins puissants que les nouveaux. Pour combattre Agos, ils devaient s'unir, leur but commun étant plus important encore que leur mission au sein de leur peuple. La prophétie devait s'accomplir par tous les moyens. Cependant, les magiciens, malgré leur sagesse, ne possédaient pas toutes les clés, seule la gardienne du destin du chaperon blanc les détenait.

L'accueil de Camino fut chaleureux, le peuple cyclope avait, comme toutes les créatures, un profond respect pour les magiciens. Camino avait veillé sur Médina depuis son arrivée.

— Son état se dégrade, je parviens de plus en plus difficilement à garder son essence vitale active, expliqua-t-il, l'air grave.

— Pourvu qu'il ne soit pas trop tard, déclara Vargis.

— Il nous faut agir sans perdre de temps, affirma Libem.

Les magiciens se mirent en place autour du corps endormi de Médina, leur magie guérisseuse jaillit en lumière blanche de leurs paumes et recouvrit cette dernière inerte, comme un cocon. Durant plusieurs jours, ils veillèrent sans relâche leur vieille amie. Un après-midi, alors que le jour était déjà bien avancé, Médina ouvrit la bouche et murmura le prénom de Tania, la Fée avait passé beaucoup de temps à son chevet. Il fallut encore attendre deux jours supplémentaires pour qu'elle ouvre les yeux et puisse se redresser. La guérison complète prendrait du temps.

— Médina a bien été ensorcelée, expliqua Libem.

— Tu sais ce que cela signifie ? demanda Camino.

— Agos est bien à l'origine de son état, dit Vargis.

— Pas de conclusion hâtive, indiqua Amonis.

— Il faut absolument prendre en compte cette option, aussi déplaisante soit-elle. Le maître des morts et Agos ne font sûrement qu'un, ajouta Erades.

— Comment est-ce possible ? Un magicien qui serait nécromancien, c'est du jamais vu, exposa Amonis.

— Il n'y a pas d'autres explications. Un nécromancien peut naître dans n'importe quel groupe de créatures, il suffit d'un peu de magie et les magiciens n'en manquent pas. De plus, la seule personne à qui la disparition de Médina a profité, c'est Agos. Il y a trop d'éléments pour garder pour nous cette information. Je dois faire parvenir un message à Alya, en espérant qu'elle soit encore au château des Lycans, déclara Herold.

Chapitre 24
Préparation

Alya, Liloa et Farissa emmenèrent Lise, Jade, Ambre, Naomie, Gayane et Éva dans le gigantesque dressing de Mila.

—Jusqu'à aujourd'hui, vous avez simplement été dans ce monde des princesses, puis des reines. Les royaumes du Sud sont bien différents de ceux du Nord. Vous m'avez rejointe, car vous excellez chacune dans votre domaine et, depuis toujours, vous n'êtes pas respectées pour ces qualités. Vous êtes des forces de la nature, des liens, néanmoins personne ne vous a offert votre chance. Alors vous avez décidé de la prendre, déclara Alya, applaudie par les reines qui se sentaient enfin comprises.

— Tu nous as offert cette chance, Alya, dit Naomie.

—Je n'ai fait que vous la proposez, mais il vous a fallu un immense courage pour la saisir, sourit Alya.

—Je n'ai aucun regret, affirma Éva.

—Comme vous le savez, dans le monde légendaire, les princes sont préparés par leur mère à la pratique des empathiques, afin qu'ils puissent transmettre à leur tour cet art à leur épouse.

— Lors de ces fameux cours, Gabriel était sans cesse appelé à des « tâches plus importantes », comme l'expliquaient les anciens, s'agaça Gayane.

— Justement, c'est là où je veux en venir. J'ai été formée à la pratique des Elfes par Éva..., commença Alya.

— C'est vrai ? Tu possèdes le talent elfe désormais ? Tu as donc déjà commencé à acquérir les arts empathiques du Sud. C'est incroyable, que se passera-t-il quand tu auras acquis les huit ? s'enquit Lise lui coupant la parole.

— Je l'ignore, expliqua Alya quelque peu attristée de repenser à sa sombre destinée.

— Où veux-tu en venir, Reine des Loups ? demanda Jade, qui la ramena à la discussion initiale.

— Durant cet apprentissage, j'ai pu observer que le potentiel d'Éva n'avait pas été poussé au plus fort de ses capacités. Les royaumes du Nord sont différents de ceux du Sud. Les guerres entre les différentes créatures ont ravagé le Nord durant des années. Les liens étant uniques, les rois lycanthropes ont souhaité qu'elles reçoivent une formation pour survivre en cas de combat, et même pour protéger leur peuple. Leurs capacités ont été poussées beaucoup plus loin. Rosa s'est liée à Aidan, dans ce contexte, craignant pour sa vie, il a également stimulé au plus fort ses pouvoirs. C'est d'ailleurs grâce à elle que les Corsaires ont pu vaincre les flibustiers anarchistes. Ezeikiel et Élsa ont été également entraînés au combat et à la protection de leur peuple, Vidgis et Vladimir étant tous deux de redoutables guerriers.

— Tu vas nous enseigner cette méthode ? comprit Naomie ravie.

— Effectivement, mais avant cela, il vous faut des apparats adéquats, expliqua Alya.

— Chacune d'entre vous doit choisir une armure adaptée à ses compétences, dit Liloa.

— Mais il vous faudra également une arme, révélant vos pouvoirs, déclara Farissa.

— Nous allons affronter le plus puissant maître des morts que le monde légendaire ait connu. Le dernier a failli décimer toutes les créatures vivantes. L'objet que vous choisirez doit canaliser la puissance de votre magie, elle deviendra votre arme. C'est pourquoi il vous faut trouver un objet qui vous corresponde véritablement, avec lequel vous pourrez ne faire qu'un. Éva, par exemple, tu es redoutable avec un arc, expliqua Alya.

Éva hocha la tête, enchantée d'être comprise.

Alya ouvrit la partie armurerie du dressing géant, provoquant la surprise des quatre reines et l'excitation.

— Moi et les louves allons vous aider et vous conseiller au mieux, afin de faire de vous de véritables combattantes, indiqua Alya.

— Ensuite, je vais entraîner les reines, afin de pousser leur pouvoir au maximum.

— Nous n'avons pas de pouvoirs d'empathie, dit Jade quelque peu déçue, elle voulait tant venger Aude.

— Vous êtes des créatures, vos pouvoirs de Nymphes doivent être prodigieux, mais ils n'ont jamais été utilisés. Notre sœur Méline était une ensorceleuse, vous êtes prédisposées à devenir de grandes enchanteresses, déclara Farissa, quelque peu émue.

— N'oubliez pas que nous avons nous aussi perdu une des nôtres. Nous vous offrirons l'occasion de vous venger, affirma Liloa déterminée, provoquant la sympathie des Nymphes et de Lise.

— Les louves s'occuperont d'entraîner les Nymphes. Maintenant, il est temps d'agir et de prouver au monde légendaire et aux royaumes du Sud votre valeur inestimable, conclut Alya, provoquant la gratitude des reines et des Nymphes.

Les chaperons rouges portaient habituellement des tissus robustes et magiques, toutefois, Alya souhaitait trouver des armures et des armes adaptées à leur personnalité. L'Enetary, la Gaia, la Nymphe et la Néphélé trouvèrent toutes les quatre une tenue reflétant leurs traits de caractère et la maîtrise de leur caste. Elles choisirent toutes les vêtements robustes et magiques des empathiques.

Éva opta pour du bleu en hommage à son ascendance d'Enetary. Le haut ressemblait à une robe médiévale, corset lacé et serré par un liseré de couleur or, bleu sur la poitrine, le buste et les côtés, puis blanc sur le centre. Les manches étaient serrées jusqu'au coude, séparées par un liseré or, puis évasées et longues camouflant ses mains habiles. Une grosse ceinture dorée venait entourer sa taille et remontait jusqu'à ses hanches, se rejoignant sur le bas de son ventre en pointe et laissant un long fil d'or descendre. Une magnifique capuche bleue à pointe sur le bout ornait l'arrière du corset. Éva avait troqué sa longue robe pour un pantalon moulant et des bottes montantes. Elle choisit sans surprise un arc en bois mystérieux, associé à une flèche unique, revenant systématiquement à son porteur. L'agilité de la reine des Elfes au tir en ferait sans aucun doute un redoutable adversaire.

Lise était une Nymphe, un esprit libre, mais c'était aussi un lien et son caractère battant s'opposait souvent à ses traits naïfs. Lise revêtit une robe au couleur de la nature, courte, tenue traditionnelle des Nymphes, mais ajouta un corsage lacé partant du ventre et remontant juste en dessous de sa poitrine. Ses manches courtes laissaient dépasser de gros lacets marron sur ses bras. Un voile transparent servait de cape. Ses jambes étaient recouvertes de cuissardes marron, lacées à l'arrière. Plus haut, Lise camoufla les armes qu'elle avait choisies, des poignards affûtés comme des lames de rasoir, qu'elle dissimula dans des holsters, épais lacets qui entouraient le haut de ses cuisses. Jade et Ambre la suivirent en communauté respectueuse.

Gayane était entièrement revêtue d'une tunique moulante noire avec de longues manches, au-dessus avait été déposées de nombreuses pièces de couleur marron, visant à la protéger. Un casque, une épaulière, un caraco, des protège-poignées, une jupette, des bottes montant jusqu'aux mollets. Elle choisit une arme pour le moins hors du commun, une corde aussi solide que rapide. L'arme de Gayane s'entortillait autour de sa taille à la manière d'une ceinture. Elle lui obéit presque instantanément, la corde était l'arme parfaite pour cette empathique, professionnelle de l'escalade dans le monde des humains.

Naomie portait une combinaison moulante entièrement dorée mettant en avant ses origines des îles et respectant la tradition néphélée, tout en balayant les codes archaïques des Centaures. La matière robuste et magique protégerait son corps à la perfection. Des bottines brillantes venaient terminer sa tenue des plus spectaculaires. Naomie n'était pas fan des armes, elle ne trouva pas son bonheur dans l'armurerie. Alya avait déjà observé ce choix chez une empathique, Rosa avait ensorcelé le vent dans un collier unique, l'Alizée avait fait de l'air un allié redoutable. Les Corsaires maîtrisaient les mers, les eaux, mais le duo mer-vent était époustouflant c'est pourquoi les Alizées se mélangeaient si bien avec les Corsaires. Alya offrit le pendentif d'Osaquide, capable d'invoquer un animal. Elle commençait à se poser des questions sur l'origine de ce dressing particulier et de ces contenants parfaits et présenta à Naomie les écuries, lui permettant de choisir un cheval parmi les plus magnifiques de tous, à la seule condition qu'il la choisisse à son tour, c'était la règle des Lycans.

Naomie entra dans la pâture et se plaça au centre, elle s'approcha doucement du groupe, son essence de Néphélé, femme des chevaux, les fit tous frémir, ils restèrent figés sur elle sans faire le moindre mouvement. C'est là qu'Ezémira, une magnifique jument pur-sang alezane se cabra de tout son être comme pour imposer son territoire. Elle s'approcha rapidement, provoquant le stress des palefreniers, Alya les somma de ne pas intervenir. Naomie resta parfaitement calme, elle se mit à chanter de sa voix mélodieuse. Ezémira, totalement sous le charme, stoppa sa course à deux centimètres d'elle. La Néphélé poursuivit son chant plus fort, Ezémira finit par faire une révérence, leurs deux fronts se touchèrent et le collier de la jeune femme s'illumina comme pour sceller leur entente par la magie.

Le pendentif portait désormais les traits d'un cheval, Naomie pourrait invoquer Ezémira à volonté. La jument était dorénavant ensorcelée et puissante, portant en elle la magie des empathiques du royaume de Kentoroy. Ce phénomène durerait tout le temps qu'elle serait unie à Naomie par le pacte du collier magique. Alya savait que leur entente serait considérablement différente d'un simple cavalier et de sa monture, aussi fort que pût être le lien entre un cheval et son cosaque. C'est la magie elle-même qui avait cimenté leur attirance. Naomie était une Néphélé, elle avait un don pour la voltige de haut vol et Alya comptait bien développer ses habiletés jusqu'à leur zénith.

Chaque lien avait désormais une armure et une arme adaptée. L'entraînement pouvait commencer. Durant trois longues semaines, les reines du Sud s'entraînèrent au combat avec Alya. Elles devaient apprendre à sauver leur vie et à protéger celle de leur congénère. Une alliance d'empathiques s'avéra être une redoutable force, rapidement, les reines se protégèrent entre elles, formant une véritable alliance et combattant leur ennemi sans aucune pitié. Lise, Éva, Naomie et Gayane étaient clairement faites pour le combat. Même les Nymphes acquirent rapidement des résultats auprès des louves. La première semaine, ce n'était pas gagné, mais Farissa et Liloa étaient des professeurs subtils, elles réussirent à faire ressortir les dons d'envoûteuses de Jade et d'Ambre. Durant des années, elles avaient observé Méline se servir de ses pouvoirs terrifiants et faire de n'importe qui ce qu'elle souhaitait. Après des débuts difficiles, les progrès des Nymphes furent concluants. La vengeance étant une motivation surprenante.

Toutes mirent une énergie folle pour apprendre et reproduire les enseignements d'Alya et des louves. Une rage, une force différente pour chacune, mais aussi puissante, émanait de ses femmes pour le moins peu ordinaires. Alya savait que chacune d'elles possédait une grande résistance. Chacune connaissait l'art de leur peuple, cependant, elle leur enseigna comment trouver le moyen de se servir de ces dons dans un combat. Elle savait que les liens étaient les clés de la fin de la malédiction, Alya avait une bonne raison de les former. C'était le destin que Mila avait vu pour elle dans le grimoire d'Elnora. Elle savait que tout se combinait trop bien pour qu'elle soit le seul chaperon responsable de l'accomplissement de son destin. Elle n'avait pas réalisé jusqu'alors que les chaperons rouges semblaient être depuis toujours les premières clés des portes vers le futur du monde légendaire. Il avait fallu beaucoup de temps et de recherches pour réunir un arsenal aussi parfait pour chaque lien. Il était certain que l'alliance des Basherts avait été préparée bien avant l'arrivée d'Alya.

Un matin, après qu'elles eurent toutes réussi brillamment les mises à l'épreuve proposées par la reine des Lycans, celle-ci déclara : « Vous êtes prêtes ! » provoquant la fierté des reines et des Nymphes, satisfaites enfin de ce qu'elles étaient au sein du monde légendaire.

— Nous souhaitons t'offrir un présent, déclara soudain Naomie.

— Pour te remercier d'avoir cru en nous, renchérit Gayane.

— Mais enfin. C'est vous qui avez cru en moi, reprit Alya.

— Bien sûr que non. Tu nous as donné une chance, dit Lise.

— Tu dois apprendre les arts empathiques de nos peuples et fermer la boucle, affirma Gayane.

— Ce sera un honneur. À mon tour d'apprendre de vous, répondit modestement Alya.

— Je commencerai, proposa Naomie, avec l'aval des autres reines.

Chapitre 25
L'agonie des peuples du Sud

Durant les semaines d'entraînements dans les royaumes du Nord, le deuxième continent du monde légendaire avait sombré dans le déclin. Le Sud était en péril, la soif de conquête et d'énergie du maître des morts, avait lancé une vague de morts-vivants pour obtenir la domination de ces terres. Cette armée était tellement immense qu'elle s'était divisée en trois. Le nombre des ennemis était incalculable. Chacun essayait désespérément de repousser l'envahisseur de son territoire, mais en vain, l'armée des morts gagnait du terrain. Le royaume de Visiodem était le plus détérioré par les attaques, les grottes des adversaires menant directement sur ces terres rocailleuses. Heureusement, les Cyclopes avaient un avantage non négligeable, ils connaissaient les tunnels sur le bout des doigts. Toutefois, le nombre des morts-vivants augmentait à chaque fois qu'un frère d'armes était détruit ou capturé. Les ennemis se relevaient éternellement, l'énergie du maître des morts pouvait prendre n'importe quelle forme.

Le roi Gabriel était sur le front avec son armée, il était placé à environ deux kilomètres de la plage, à la frontière du sud-ouest de

Visiodem. L'armée des morts essayait d'établir une brèche chez les guerriers cyclopes, afin d'atteindre la montagne Cochause, la plus haute de toutes, qui leur permettrait de rejoindre une des grottes principales du peuple. Les Cyclopes détruisaient des tas de corps déchiquetés et leur mettaient le feu, afin qu'ils ne reviennent plus à la vie, mais les morts-vivants revenaient toujours plus nombreux. La bataille durait depuis plusieurs jours sans interruption et l'armée de Gabriel perdait du terrain. L'ensemble des Cyclopes à proximité du champ de bataille étaient transformés en créatures par un champ de force extraordinaire. Ils ne pouvaient utiliser que leur force originelle, la plupart d'entre eux avaient acquis l'apogée de leur magie en mode humain. La transformation n'était plus beaucoup utilisée, elle était la souche de leur pouvoir, cependant, elle ne leur permettait pas d'utiliser toute leur magie. La situation était donc incommodante, malgré le choc que cela avait provoqué, l'armée, devant le fait accompli, avait fait de son mieux pour ne pas laisser cet aléa les déstabiliser.

— Gabriel, nous ne parvenons pas à les repousser, à ce rythme, ils auront envahi le nord-ouest du territoire avant la nuit tombée, dit Gomanis essoufflé, avant de se cacher derrière un rocher gigantesque pour esquiver un coup.

Il était le bras droit du roi des Cyclopes

— Je le vois bien, que veux-tu que je fasse ? Les hommes sentent le trépas des Cyclopes qui approche. Je ne peux tout de même pas leur ouvrir nos portes et leur offrir notre peuple en cadeau.

— Nous avons besoin d'aide, Gayane est notre dernier espoir.

— Gayane est partie ! hurla Gabriel, fou de rage.

— Je sais que la situation est dure, mais tu ne peux pas te permettre de flancher maintenant.

— Je sais, déclara-t-il en serrant ses poings, pour évacuer la douleur dans sa poitrine.

— Elle a tissé des liens avec le chaperon blanc, nous devons appeler à l'aide, les royaumes du Nord viendront, expliqua Gomanis.

— Même si ce que tu dis est vrai, je ne peux pas la contacter, comment ferions-nous ? L'armée des morts ne nous permettra jamais d'atteindre la rive, aucun bateau ne pourra partir sans être détruit, déclara Gabriel, désespéré.

— Nous aurions dû écouter la reine des Loups, dit Gomanis, désemparé.

— Oui, mais aujourd'hui, il est trop tard.

— Sauf votre respect, vous vous trompez, roi Gabriel, dit la voix d'Herold accompagné de Camino.

Les magiciens étaient venus à la rencontre des soldats sur le champ de bataille.

— Mais que fait le magicien des Loups sur nos terres ? l'interrogea Gomanis.

— Je suis venu rendre visite à une vieille amie, expliqua Herold.

— Médina.

— Je dois quitter votre territoire afin de rejoindre l'autre continent. Avez-vous un message à faire passer ? demanda Herold.

— Vous ne pourrez jamais rejoindre le Nord. Nous sommes envahis ! s'énerva Gabriel.

— Vous êtes têtu, noble roi des Cyclopes, si un magicien vous affirme qu'il peut, soyez certain qu'il peut. Toutefois, je pense que votre problème réside plus dans votre incapacité à reconnaître vos erreurs. Gayane est partie pour accomplir sa destinée étonnante, être votre épouse et vous donner un fils n'est pas son lot, il est temps de l'accepter et de lui faire confiance. En faisant ce geste, elle a sûrement sauvé le peuple cyclope. Votre courage ne fait aucun doute, mais votre bêtise est parfois une véritable malédiction pour notre peuple, déclara sèchement Camino.

— Magicien, vous vous adressez à notre roi, s'offusqua Gomanis.

— Laisse, Gomanis, je reconnais que vous m'avez mis en garde sur tout ce qui vient de se produire. Je ne peux pas laisser mon peuple périr par orgueil, apparemment, sa reine est plus apte à le sauver que moi, alors j'accepte. Faites quérir de l'aide auprès des dirigeants du Nord et si cela est possible, ramenez-moi la reine des Cyclopes, demanda Gabriel enfin raisonnable.

— Que va devenir la magicienne des Fées ? demanda Gomanis, inquiet de voir tous les magiciens quitter la terre des Cyclopes.

— Nous avons fait tout ce que nous pouvions pour notre chère Médina. Désormais, seul le temps pourra l'aider à recouvrer ses souvenirs, expliqua Herold.

— Nous exposerons la gravité de la situation sur Visiodem, les rassura Camino.

Fauniraëlla était le deuxième royaume le plus touché par les attaques. En effet, ses frontières jouxtaient celles de Visiodem, les morts-vivants attaquaient par la grotte de la colline d'Almérade, les souterrains de cette région étaient complètement sous l'occupation du maître des morts et de ses pantins. Lorsqu'on dépassait la limite pour entrer en territoire satyre, on observait les plaines verdoyantes qui brûlaient sur près de dix kilomètres. Arthur sans Lise était anéanti, néanmoins, il n'avait pas eu le temps de s'apitoyer sur lui-même. C'était la première fois que le sud du monde légendaire abritait la guerre en son sein, jusqu'alors, tous les combats avaient été livrés dans le Nord. C'était la première fois que ces peuples étaient décimés et la violence des assauts aussi terrible. C'était un carnage, les survivants capturés servaient d'énergie vive au maître des morts. Les Satyres eux aussi avaient été déconcertés en se transformant devant l'armée des morts. Heureusement, ces créatures mi-homme, mi-bouc étaient extrêmement agiles, leurs sauts étaient incroyables, des cornes très résistantes leur permettaient à la fois de protéger leur crâne et d'orchestrer de violentes attaques. Malgré leur savoir-faire, l'armée des morts gagnait du terrain. Leur nombre croissant laissait très peu d'avenir pour ce peuple.

Quelque part à l'aval de la rivière Nadalen, le roi combattait avec ses meilleurs guerriers.

— Il faut nous rendre à l'évidence, roi Arthur, nous ne pouvons que limiter leur progression, mais l'invasion est inévitable. Nous sommes perdus, dit Barack, le commandant en second des armées satyres.

— Je sais que nous ne faisons que retarder l'inévitable, mais nous ne pouvons pas abandonner sans nous battre, expliqua Arthur, las.

— Je ne vous fais aucun reproche, mon roi, soyez-en certain. Simplement, je me demande si quelqu'un viendra à notre secours, avoua-t-il tristement.

— Nous avons rejeté la proposition du chaperon blanc depuis tous ces mois, nous avons eu l'occasion de nous unir et c'est aujourd'hui que nous payons notre impertinence.

— Vous regrettez, Sire ? demanda Barack.

— Ce que je regrette, c'est d'avoir mis autant de temps à comprendre. Lise a agi en reine et moi en arrogant. Aujourd'hui, les miens se meurent et j'espère sincèrement qu'elle réussira là ou j'ai échoué, expliqua Arthur.

— Vous croyez qu'elle est partie pour nous sauver, mon roi ?

— J'en suis persuadé, déclara le roi des Satyres.

— Puisse Egipan vous donner raison, Arthur, que les Nymphes soient notre salut, déclara Barack en appelant à la clémence du dieu des chants et des danses.

— Elles le seront. J'ai confiance en toi, Lise, murmura-t-il pour lui-même.

Le royaume kentoroy était le plus épargné par l'armée des morts, cela était dû en grande partie au fait qu'il était le plus éloigné de Visiodem. Cependant, cela n'était pas fait pour durer. Les Centaures, ancrés dans leur tradition ancestrale, étaient les créatures que le sort de transformation avait le moins dérangées. Ils étaient forts, combatifs et fiers. Ils décimèrent en seulement deux jours le plus gros de l'armée des morts, limitant les dégâts causés sur leur territoire et protégeant le peuple. Adam, fou de douleur depuis le départ de Naomie, évacuait toute sa colère et son chagrin en détruisant la moindre trace des morts-vivants.

Malheureusement, cela n'était pas du tout au goût du maître des morts, qui ne supportait pas qu'un peuple lui résiste. Tous ces rois devaient plier devant sa puissance. Rocouail, le second d'Adam, était en train de neutraliser et brûler le dernier des ennemis sur le flanc droit de la bataille. Il ne restait que très peu d'entre eux sur le flanc gauche, les premiers étaient à plus de trois kilomètres, Rocouail ne se méfiait pas. La fumée noire sortit de la terre brûlée, prit possession du corps sans vie d'un guerrier centaure, qui avait péri au cours du combat sanglant. Adam était à peine à dix mètres de lui lorsqu'il vit l'arme tranchante au-dessus de son fidèle ami. Il s'élança en hurlant, malheureusement, lorsqu'il arriva à lui, la vie l'avait quitté. Il découpa le garde et le brûla, avant de saisir le corps sans vie de son ami et de s'effondrer sur le sol.

— Non ! hurla le roi des Centaures, désespéré.

— Livre-moi mille hommes avant trois jours. Sinon, je viendrai moi-même les prendre, dit la voix organique avant que la fumée noire ne disparaisse.

— Rocouail ! Non ! cria Eméran, un des guerriers du royaume, en s'approchant du roi.

— Il est mort, déclara sous le choc Adam.

— Ce n'est pas juste, nous nous battons contre la mort, comment gagner ? dit Eméran à bout.

— Mais comment allons-nous survivre à tout cela ? s'interrogea Adam, complètement anéanti.

— Je l'ignore totalement, seigneur Adam, avoua-t-il.

— Il n'a eu aucune chance, cette magie est si puissante, elle retourne même les nôtres contre nous, soupira Adam devant la carcasse fumante du guerrier centaure.

— Les Nécromanciens sont de terribles adversaires, admit Eméran.

— La reine nous a abandonnés, notre magicien aussi, Rocouail est mort. Comment puis-je continuer, comment ?

— Nous sommes des guerriers valeureux, nous combattrons avec vous jusqu'au dernier s'il le faut. Nous devons protéger notre peuple, quoi qu'il en coûte, dit Eméran.

— Tu as raison ! Prépare les armées ! affirma le roi d'une voix forte, retrouvant sa force de caractère mythique.

Adam attendit que son guerrier se soit éloigné et murmura sur le corps de Rocouail.

— Si tu reviens, Néphélé, tout sera différent ! Je te le promets.

Dans le royaume de Logalven, l'heure était à la révolution, l'Enetary avait quitté le territoire et le magicien était porté disparu. Lolyan, jeune roi des Elfes, avait dû faire ses preuves dans de redoutables combats contre les morts-vivants. C'est aux Elfes que la guerre contre l'armée des morts avait coûté le plus cher en effectif. En effet, la bataille avait commencé sur leur territoire, sur des villageois innocents, incapables de se défendre. Ils ignoraient même qu'une guerre se déchaînait sous leurs terres. Lolyan avait commencé à gagner par son courage et sa force de guerrier le cœur de son peuple. Le roi des Elfes s'était révélé lors des batailles, sa confiance en lui en avait été grandement améliorée. Contrairement aux autres rois du Sud, vivant des heures sombres, ces temps obscurs l'avaient dévoilé. Éva lui manquait énormément, mais il voulait faire preuve de constance et de bravoure, comme elle lors de son départ. Ils se retrouveraient, néanmoins, pour l'instant, il devait prendre à cœur son rôle de roi et se faire respecter de son peuple. Les Elfes connurent plusieurs victoires avec ses stratégies, ils parvinrent même à créer un éboulement, afin d'empêcher les morts-vivants de pénétrer de nouveau dans le royaume.

Le but du maître des morts était de prendre assez d'énergie vitale pour détenir suffisamment de puissance et renverser les neuf royaumes, il avait agi dans l'ombre le temps nécessaire. Pourtant, il y avait un imprévu dans son plan sans faille, le chaperon blanc. Fort heureusement pour lui, elle était arrivée trop tard, sa domination était déjà achevée et la conquête pouvait commencer. Bientôt, les royaumes du Sud tomberaient tous, et alors le maître des morts aurait assez de pouvoir pour réaliser son but ultime, détruire entièrement les Lycanthropes. Il aurait pu commencer par ce royaume abject, cependant, un être particulièrement irrationnel était apparu et avait tout changé dans ces territoires. À ce moment, les Loups étaient sortis de leur isolement et avaient même établi des liens uniques avec les autres royaumes du Nord. Avantageusement, les rois du Sud, habitués à vivre paisiblement, avaient refusé toutes les propositions d'alliance du chaperon blanc. Il avait donc commencé son ascension par les territoires du Sud, son esprit de vengeance n'avait fait que croître, en même temps que son pouvoir.

Chapitre 26

Le châtiment de Mélusine

Les reines du Sud accompagnèrent Alya jusqu'aux ruines de l'arène. Celle-ci était ouverte depuis la victoire de la meute, néanmoins quatre gardes se relayaient en permanence pour surveiller l'entrée de l'arche. Alya, Lise, Naomie, Gayane, Éva, Caleb et Valentin entrèrent dans cet endroit maudit où les complaintes d'un vent glacial venaient transpercer les âmes. Les reines du Sud eurent un moment de recul, puis voyant Alya, Caleb et Valentin entrer, elles continuèrent leur progression et décidèrent de leur emboîter le pas. L'arène était remplie d'amas de pierres, le groupe avança et se retrouva soudain devant un colossal cratère long de plusieurs dizaines de mètres. Le trou descendait dans les profondeurs ; en se penchant, on ne pouvait pas voir le fond de la fosse.

Gayane était une alpiniste aguerrie, elle proposa donc de prendre les choses en main pour la descente. La corde autour de son ventre se desserra, elle s'allongea encore et encore avant de s'accrocher sur un énorme rocher. C'était comme si son arme avait accès à toutes ses connaissances, qu'elle obéissait à ses pensées, la corde magique et la Gaia étaient connectées. Alya était ravie d'avoir trouvé des équipements capables de révéler les reines du Sud. Elle songea soudain une nouvelle fois à tout cet arsenal correspondant exactement aux besoins des Basherts, ils ne pouvaient pas s'être retrouvés dans le dressing de Mila par hasard.

Ces objets étaient rares, d'une grande valeur et il fallait une connaissance importante des différents liens. Mila avait dû œuvrer toute sa vie, se servant notamment des liaisons établies par le conseil avec les royaumes du Sud. Encore une fois, le destin ressemblait à des pièces de puzzle, s'emboîtant parfaitement, le seul royaume du Nord ayant gardé des liens avec le Sud était celui des Lycanthropes. Alya, depuis son arrivée, avait le sentiment que tout reposait sur ses simples épaules. Toutefois, en réalité, son arrivée et son destin avaient été préparés bien avant par les anciens liens. Les reines du Sud actuelles devaient forcément faire partie de son histoire. Leurs traits de caractère avaient certainement été étudiés afin de trouver des objets qui les aideraient à détruire la malédiction. C'est peut-être même les anciens liens du Sud qui avaient récupéré eux-mêmes ces objets inestimables pour les confier à Mila, afin qu'elle les protège jusqu'à la venue du chaperon blanc. L'alliance des Basherts avait probablement même déjà été formée de façon informelle par les anciens liens, Alya pouvait le ressentir dans l'essence de ces équipements de premier choix. Depuis longtemps, les liens avaient donc un rôle primordial dans le salut de ce monde. L'arrivée du chaperon blanc n'était pas la première étape. Leur présence et leur mission n'étaient pas uniquement d'apporter un héritier à leur peuple.

Gayane tendit la main à Alya afin de l'aider à descendre, la ramenant dans le moment présent. Il ne restait plus qu'elle, et elle descendit lentement à l'aide de la corde magique, dans ce lieu sombre qui avait bien failli être son tombeau plusieurs années auparavant. Valentin éclata une fiole sur le sol, des milliers de petites lumières se mirent à virevolter tout autour du groupe apportant beaucoup de luminosité à cet endroit obscur. Alya songea que toute cette énergie que Dastan avait mise pour la sauver n'avait servi à rien finalement, car son destin ne lui permettrait pas de survivre.

Les Louves Farissa et Liloa avaient regagné leur fonction prioritaire dans l'armée du Nord, désormais, il n'y avait plus d'armée lycanthrope, les relations des peuples du Nord étant tellement fortes depuis la guerre contre le conseil. Les créatures avaient combattu et péri ensemble, des liens de sang unissaient les monarques des Appeleurs, des Nornes et des Lycanthropes par le mariage. Le roi des Corsaires avait grandi avec le roi des Loups, c'est grâce au sang et au courage des autres créatures peuplant le Nord que leur royaume avait été délivré de l'oppression.

Alya étant perdue dans ces pensées, Caleb prit les choses en main, il était déjà venu dans cet endroit maudit abritant la magie noire. Il avança vers le centre bleu dessiné sur le sol où le premier maître des morts avait été vaincu par sa meute. Le corps du géant gisait sur le sol entièrement recouvert de métal durci, le piégeant pour l'éternité.

— À moi, dit Éva en s'avançant vers le corps inerte.

Comme toutes les Enetary avant elle, elle avait le don de lire dans les esprits des vivants et des morts. Elle s'approcha pour créer une liaison avec l'esprit du monstre. Au bout d'une minute à peine, Éva recula en hurlant, manquant de chuter à l'arrière. Caleb la saisit, l'empêchant de tomber.

— Ça va ? demanda Lise en s'approchant.

— Son esprit est tellement tourmenté, c'est la première fois que je vois ça, expliqua Éva.

— Tu n'es pas obligé de continuer, déclara Alya.

— Je peux le faire. Je vais y arriver, il le faut, répondit-elle.

— Nous avons confiance en toi, lui sourit Naomie.

Un réel esprit d'équipe émanait des liens à présent.

Éva ferma les yeux et approcha sa main du corps inanimé du premier maître des morts, afin de créer une connexion plus forte. Durant de longues minutes, elle resta en interphase avec l'esprit troublé du géant métallisé. Éva finit par lâcher prise enfin, elle saignait du nez devant l'énergie que lui avait demandée cette inquisition. Elle vacilla, épuisée, s'assit sur le sol, aidée par Alya et Naomie. Caleb lui suggéra de s'allonger un petit moment, il fit de la place autour d'elle afin qu'elle puisse respirer. Au bout d'un moment, Éva se redressa. Elle essaya de parler, mais aucun son ne sortit de sa bouche.

— Prends ton temps, lui dit doucement Alya.

Elle acquiesça. Éva était heureuse que la reine des Loups ne fasse pas semblant de les inclure dans sa tâche difficile de chaperon blanc et leur donne pleinement leur place. Les reines du Sud attendaient réellement de faire partie prenante de l'histoire pour une fois, cette confiance qu'Alya plaçait en elles était réciproque. Éva ouvrit de nouveau la bouche et réussit à s'exprimer, le stress de son investigation dans l'esprit du premier fléau du monde légendaire s'était évanoui.

— J'ai remonté ses souvenirs jusqu'à la création du portail permettant l'entrée dans le monde légendaire. Tout ce que tu nous as expliqué, Alya, je l'ai vu. Le sacrifice d'une jeune femme prénommé Aléone. Il n'y avait pas neuf races de créatures, mais onze, déclara la jeune femme, provoquant la stupeur.

Alya chercha dans sa mémoire, elle se souvint d'une magnifique beauté.

— La prêtresse des Filles de Calliope, déclara-t-elle soudain.

— Mais c'est impossible, les sirènes sont des créatures incapables de se transformer en humains grâce au sang royal. Elles ne peuvent pas faire partie des races fondatrices du passage, objecta Lise.

— Mais si les Filles de Calliope sont la dixième race, qui est la onzième ? demanda Naomie.

— Ce maître des morts présent devant nous était à l'origine le chef de la onzième race, les Nécromanciens, c'était une communauté de puissants sorciers ayant apprivoisé la mort. Ils ont manipulé et convaincu les Lycanthropes d'utiliser Aléone comme offrande. Ils sont métamorphes, ils peuvent changer leur voix, leur apparence à volonté, ils s'en sont servis afin de faire naître l'idée dans le clan des Loups. Les êtres magiques n'avaient pas confiance en eux, à juste titre, ils pouvaient voir le jour dans n'importe quelle communauté de créature. Dès lors que la magie était présente dans une caste, un Nécromancien pouvait voir le jour, cet occultisme était à la fois rare et particulier à comprendre pour les autres créatures. Les Nécromanciens se sont donc regroupés autour d'un chef, surnommé

Véranem, à cause de sa soif de pouvoir et de domination, il est devenu le monstre face à nous, interpréta Éva.

— Aujourd'hui, les Nécromanciens sont peu nombreux et ne vivent que dans leur royaume d'origine. Farissa est une Nécromante, expliqua Caleb.

— Comment Véranem est-il devenu ce titan ? demanda Gayane.

— Le problème, c'est que Véranem était un être psychologiquement instable, ayant été abandonné à la naissance, il a grandi dans une famille humaine. Ses parents adoptifs en avaient peur, ils l'ont malmené toute son enfance, ne supportant pas sa différence. Ils avaient découvert sa magie lorsque leur chien était revenu d'entre les morts pour rejoindre Véranem enfant, qui était inconsolable. Il a fini par les tuer de sang-froid, avec des pantins zombies. La communauté des dix créatures, malgré sa réticence, a été obligée de faire appel au chef des Nécromanciens, il était le seul à pouvoir donner vie au portail, en utilisant son pouvoir pour combiner la magie des dix à la vie d'Aléone, analysa Éva.

— En clair, il a conditionné la communauté des créatures, pour les amener à faire ce qu'il désirait, dit Valentin en reformulant de façon concise la traîtrise de Véranem.

— Mais dans quel but ? s'enquit Lise.

— La réponse va au-delà de nos pires craintes. Véranem voulait prendre le contrôle de toute la magie. Toutefois, pour mener sa guerre, il lui fallait des fidèles. Or, dans le monde des vastes humains, il lui était presque impossible de rassembler ses congénères. De plus, il détestait ces êtres, qui selon lui étaient inférieurs, sa haine de l'humain n'avait pas de limite, tant ils l'avaient fait souffrir. Véranem a donc décidé de séparer le monde des hommes de celui des créatures. Il a étudié durant des centaines d'années la façon d'y parvenir, puis il l'a mise à exécution.

— Attends ! Tu veux dire que la guerre avec les humains et l'extermination des créatures qui en a découlé ont été provoquées par Véranem ? demanda Alya.

— Précisément.

— Mais comment est-ce possible ? interrogea Jade.

— Des centaines d'années et des dons exceptionnels, répondit Éva.

— Pourtant, il est là gisant devant nous. Qu'est-ce qui n'a pas fonctionné dans son plan ? se demanda Ambre.

— Il a été trahi ! déclara Éva.

— Par qui ? s'étonna Lise.

— Lorsqu'il est arrivé dans le monde légendaire. Véranem s'est vite rendu compte que certains groupes de créatures présentaient des aptitudes pour l'art de la mort. Les Fées, aussi enchanteresses soient-elles, avaient un côté sombre et certaines d'entre elles avaient un lien particulier avec le monde des morts. Véranem décela une Fée au pouvoir extraordinaire, capable d'utiliser les miroirs à sa convenance pour établir un lien avec le troisième monde. Il prit cette novice sous son aile et poussa ses pouvoirs jusqu'à leur apogée. Cependant, il se produisit une chose qu'il n'avait pas anticipée, au fur et à mesure qu'il enseignait son savoir, il fut captivé par cette beauté froide.

— Mélusine, comprit Alya.

— Cette Fée en admiration devant son mentor le suivit durant de nombreuses années. Le royaume des Nécromanciens sous nos pieds était splendide à cette époque, Véranem avait tout pour réussir son projet secret. Il avait commencé à placer ses espions dans les neuf royaumes et à mettre en place son plan diabolique visant à prendre le dessus sur toutes les créatures magiques. Néanmoins, il commit une erreur de taille ; aveuglé par ces sentiments pour Mélusine, il lui révéla ses desseins. La fée ne put embrasser le complot ignoble de Véranem et décida de le trahir en prévenant les autres créatures. Les espions du premier maître des morts furent démasqués et mis à mort, indiqua Éva.

— De toute évidence, ils en ont oublié un, déclara Valentin.

— Comment Mélusine s'est-elle retrouvée piégée dans son propre miroir ? demanda Alya.

— Véranem l'ignore, il n'en est pas la cause.

— Il nous faut absolument parler à Mélusine, déclara la reine des Loups.

Le groupe, encore sous le choc des déclarations, avança pensif et silencieux vers la paroi la plus proche, afin de commencer l'ascension de retour. C'est alors que la fumée noire du second maître des morts se dessina devant eux.

Chapitre 27
La Fée des miroirs

La voix organique horripilante prit la parole.

— Comment as-tu osé profaner le tombeau du roi des Nécromanciens ? hurla-t-elle, excédée.

— Quel est votre but ? demanda calmement Alya.

— Je vais réaliser les desseins de mon maître et dominer toutes les créatures ! Je vais m'emparer de toute la magie !

— Vous êtes malade ! Cela vous apportera quoi ? s'énerva Naomie.

— Tais-toi, Néphélé ! Tu as abandonné ton peuple ! Tu es la honte de ta lignée, indigne d'elle ! vociféra la voix.

— Cela suffit. Ne t'en prends pas à elles, ces reines ont dû faire preuve d'un immense courage, parce que tu as déversé ta haine sur notre monde, dit froidement Alya.

— Des reines qui s'allient à toi ! Elles sont simplement folles, ne rêve pas, il n'y a aucun courage à ça !

— Dixit la fumée noire, qui n'a même pas le cran de montrer son vrai visage, dit paisiblement Gayane, provoquant les rires des reines du Sud et l'agacement extrême du maître des morts.

— C'est toi qui as enfermé Mélusine dans le miroir. N'est-ce pas ? le questionna Alya.

— C'est une traîtresse ! C'est à cause d'elle que notre peuple a été décimé !

— Tu es sûre que c'est la seule raison ? renchérit Alya sur une piste.

— Cette fois, c'est assez ! Tu vas mourir une fois pour toutes, Chaperon blanc ! déclara solennellement le maître des morts.

La terre trembla dans un vacarme assourdissant, des centaines de morts-vivants sortirent du sol, partout autour d'eux.

— Tu as déjà dit ça, il me semble, conclut Alya.

La fumée s'enfonça dans les méandres de la grotte.

— Qu'est-ce qu'on va faire ? dit Lise, paniquée, se rapprochant des Nymphes.

— Du calme. Vous êtes entraînées pour ça, nous savions que notre quête serait dangereuse, expliqua Alya.

— Enfin de l'action ! cria Naomie en matérialisant sa jument à l'aide de son collier.

— Bien, n'oubliez pas les entraînements, je suis honorée de me battre à vos côtés, Reines du Sud, proclama Alya.

— Dastan déteint de plus en plus sur toi, ricana Caleb, utilisant son humour moqueur comme à son habitude.

— À nous de jouer ! dit Éva en sortant son arc, suivie par Gayane, qui déploya sa corde.

Devant leur courage, Lise sortit ses poignards. Jade et Ambre firent de même, guidées par la détermination de Lise.

Les reines du Sud se révélèrent lors de ce combat, fidèles à ce qu'elles avaient montré durant les entraînements, leur puissance ne faisait aucun doute. Elles étaient destinées à se battre, chacune appliqua les conseils d'Alya et utilisa son pouvoir de défense en le détournant pour attaquer et se protéger. Leurs armes étaient terrifiantes, la corde de Gayane s'enroulait autour des cadavres en mouvement, serrant jusqu'à détacher le haut et le bas de leur corps. Gayane, comme les autres liens, avait assimilé la création du bouclier de protection et les morts-vivants s'y attaquant perdaient leurs membres. Naomie créait autour de ses camarades un cercle protecteur, sur le dos de sa jument, elle voltigeait, montant et descendant de sa monture, utilisant son élan pour envoyer violemment valser les ennemis dans les murs de pierre avoisinants.

Lise était d'autant plus redoutable que s'en prendre à elle, c'était s'en prendre à Jade et Ambre. Les trois jeunes femmes, d'une souplesse incroyable, formaient un trio du tonnerre, tantôt dos à dos, tantôt l'une prenait de l'élan sur l'autre pour écraser les morts-vivants les attaquant. Leurs acrobaties ne laissaient aucune chance aux ennemis. Éva était la plus forte de toutes, malgré son inquisition dans l'esprit tourmenté de Véranem qui l'avait épuisée. Son arc était comme la continuité de son corps, il lui obéissait au doigt et à l'œil, Alya n'avait vu qu'une personne aussi à l'aise avec un arc, c'était Aidan. Éva était prodigieuse, elle semblait danser avec sa flèche.

Caleb enraya la plus grosse masse d'ennemis avec son imposante épée, il était soutenu sur le flanc droit par Valentin, un guerrier malicieux. Dans tout le royaume lycan, il avait été surnommé « le Lutin », petit et intelligent, cela lui donnait un avantage considérable sur ses ennemis. Il avait appris à apprivoiser les potions en tout genre, en plus de ceux de Dastan, il avait reçu les enseignements du magicien des Loups. Devant ses facultés et sa débrouillardise face aux situations périlleuses, le roi des Lycans avait jugé judicieux qu'Herold lui apprenne à se servir de la magie des potions. Valentin se baladait avec sa sacoche, elle était son arme, il la remplissait de fioles de son propre cru, l'élève semblait faire preuve d'un grand esprit créatif. Il détruisait un nombre d'ennemis importants. Alya, derrière eux, protégeait le groupe à l'aide de son bâton sacré.

Durant plus d'une heure, le groupe combattit ces monstres toujours plus nombreux, le nouveau maître des morts était si puissant désormais qu'il pouvait insuffler la vie à des milliers de pantins, même en se trouvant à des milliers de kilomètres du lieu du combat.

— Il faut tenter quelque chose ! hurla Caleb.

— Je suis d'accord, nous ne tiendrons pas éternellement comme cela, aussi impressionnantes que soient nos alliées, dit Alya en regardant la détermination des reines et des Nymphes à peine entachée au bout de cette heure éreintante.

— Je peux utiliser une de mes fioles pour créer une brèche, mais cela peut s'avérer dangereux, indiqua Valentin.

— Nous n'avons pas vraiment le choix, reconnut Caleb.

Valentin virevolta entre les ennemis, se frayant un chemin parmi les morts jusqu'à la paroi la plus proche. Il lança une fiole sur le sol, tout en rebroussant chemin. Un éboulement gigantesque fut provoqué.

— C'est ce que je craignais, les murs et les sols sont trop instables, impossible de créer une ouverture vers les galeries voisines. Il nous faut partir au plus vite, déclara-t-il alors que d'autres éboulements venaient rendre sa voix à peine audible.

— Je ne possède qu'une corde et nous ne pourrons pas grimper tous en même temps, expliqua Gayane.

Une voix douce et virile vint une nouvelle fois déposer un sourire sur le visage d'Alya.

— Alya ! Attrapez, hurla Dastan en haut de la carrière, avant que des cordes ne s'abattent sur eux.

— Dastan, murmura-t-elle devant les reines avant de redevenir triste.

Le groupe remonta difficilement la paroi. Évitant les jets de pierres à répétition à l'aide des pouvoirs empathiques des reines. Valentin fut secouru par Agos, pendant que Liam, Ezeikiel et Elsa s'occupaient des Nymphes. Caleb parvint à se hisser seul, tout comme Naomie, Gayane et Éva. Alya fut tirée par Dastan, qui l'aida à se relever doucement, leurs yeux se croisèrent.

— Tu es encore venu à mon secours, dit-elle en rougissant devant le regard ténébreux de son Loup favori.

— À jamais et pour toujours, dit-il en tournant les yeux pour regarder l'anneau dessiné sur son annulaire.

Alya sauta sur ses lèvres et l'embrassa, afin qu'il ne remarque pas l'absence de celui-ci. Dastan, surpris, la serra contre lui, il était heureux de ce moment d'intimité, devenu si rare entre eux ces derniers temps.

Le roi des Lycanthropes n'avait pas chômé depuis que les stratégies de guerre avaient été décidées par les monarques du Nord. Dastan, Vladimir, Aidan et Vidgis avaient rassemblé leur armée et formé des groupes de créatures contenant les quatre peuples du Nord. Les entraînements étaient menés en mode originel. Les Lycans provoquaient l'émoi général en arrivant entièrement nus sur le camp d'entraînement. La nudité et l'absence totale de gêne faisaient une forte impression sur le groupe qu'ils formaient avec les autres créatures.

Les pelotons étaient prêts à combattre, les Nornes avaient revêtu leurs immenses ailes et leurs armures séduisantes en métal précieux, leurs armes étaient en partie constituées de faux, d'épées et de boucliers. Elles pouvaient voler et faire de l'air leur allié, tels des aigles vengeurs. Leur cuirasse laissait entrevoir la beauté de leur forme. Leur poitrail dessinait un cœur au niveau de leur poitrine, des culottes en métal affublées de voilages bordaient leurs cuisses. Leurs tenues étaient terminées par des bottes recouvrant jusqu'aux genoux les jambes des guerrières. Elles portaient des protège-bras et une épaulière placée du côté de leur arme. Les Nornes, lorsqu'elles étaient en créatures, semblaient immenses, cette armée était l'une des plus impressionnantes physiquement du monde légendaire.

Les Appeleurs à la peau pâle ne changeaient pas beaucoup, mais leur transformation pouvait être dangereuse pour leurs alliés, car elle réveillait leur instinct de chasseur. Leurs visages se métamorphosaient, laissant apparaître leurs dents acérées et leurs yeux terrifiants. Leurs ongles formaient des griffes acérées et coupantes comme des lames de rasoir. Leur force physique était à leur apogée. Les Appeleurs portaient des vêtements exclusivement noir et rouge d'un autre temps, avec des collerettes et des dentelles. Leurs vêtements étaient anti-feu, car les Appeleurs pouvaient générer des flammes, beaucoup portaient des capes. Leur armée était angoissante et insécurisante.

Les Corsaires opéraient également peu de transformation physique, leurs visages devenaient froids, des cernes noirs se dessinaient sous leurs yeux, des tatouages apparaissaient sur leur corps, leur force était décuplée et ils pouvaient commander l'eau. Ils étaient armés de sabres, de pistolets, de canons, de haches. Ils couvraient leur crâne de bandeaux, leur accoutrement était constitué de cuir robuste et de tissu. Il y avait toujours du vert dans leur tenue, symbole de leur communauté. Les femmes portaient des cuissardes et corsages et les hommes des vestes longues laissant dépasser leurs chemises, d'énormes bottes et des pantalons sombres. L'armée corsaire était puissante, mais indisciplinée, le fait d'être rattachée à d'autres créatures, qui comptaient sur leur don pour fonctionner en équipe, était un enjeu de taille, face à des Corsaires transformés.

Chacune de ces créatures était terriblement effrayante dans sa condition originelle. La peur aurait envahi n'importe quel humain se retrouvant devant eux à l'état sauvage. Toutefois, il existait des exceptions, les liens en faisaient partie, ces humains particuliers n'avaient pas peur, ils étaient fascinés et irrésistiblement attirés par cette magie. C'était une liaison à double sens, car les créatures avaient également été envoûtées par ces liens, que la peur et le danger révélaient et transcendaient. Cette interface unique leur permettait de comprendre et de les guérir. Après des entraînements poussés, les armées étaient fin prêtes à se battre avec leur unique magie primitive. L'évolution dans la métamorphose des créatures était incroyable depuis la naissance du monde légendaire. Cela était dû à la combinaison du sang royal et du sacrifice d'Aléone, la concentration magique les réunissant toutes dans un même endroit et la création du portail avec l'essence d'une humaine avaient permis ce bouleversement. Cependant, il ne fallait pas sous-estimer les initiales, elles étaient féroces, sans pitié et incroyablement puissantes. La technique de l'armée du Nord était d'associer les groupes, ceux-ci devenaient alors pratiquement invulnérables. Les liens leur offraient une protection inestimable, un avantage important sur leur ennemi.

Malheureusement, l'ennemi à affronter était terrible. Le monde légendaire n'avait jamais affronté un tel adversaire, surtout désunis. Un maître qui avait constitué la plus terrible des armées, formé avec la force vitale des créatures dominant le Sud du monde légendaire. Leur énergie et leur robustesse étaient mythiques. Le maître des morts avait volé et apprivoisé cette force, il serait sûrement impossible de le vaincre, malgré tout, les guerriers du Nord devaient essayer de protéger leur domaine, quoi qu'il en coûte. Une fois que les royaumes du Sud seraient décimés, le maître des morts reviendrait sur les terres nordiques, plus déterminé que jamais à dominer ce monde et toute sa magie. Cependant, un ultime espoir existait, l'élu des Loups, le chaperon blanc avait uni les Basherts en une alliance céleste, qui lui permettrait peut-être de le détruire et de mettre fin à cette lutte pour la vie. Naomie avait pratiquement terminé d'enseigner l'art centaure à Alya, qui apprenait de plus en plus vite, au fur et à mesure que sa puissance augmentait, avec ses connaissances des autres talents de guérisseur. Elle maîtrisait désormais six pratiques. Lise et les Nymphes commenceraient bientôt son instruction, puis il ne resterait que Gayane pour qu'elle possède l'ensemble des savoir-faire des liens.

Alya expliqua à Dastan l'histoire de Mélusine sur la route du retour jusqu'au château. Le couple fut raccompagné en carrosse, une fois n'est pas coutume. Habituellement, elle aimait monter son cheval pour les trajets divers. Les reines du Sud montèrent ensemble avec

Ezeikiel et Elsa, suivis par Arcos, Valentin et Caleb sur leur monture. Le couple royal était seul dans le fiacre l'un en face de l'autre.

— Mélusine est prisonnière de son miroir depuis tout ce temps, c'est invraisemblable. Mila ne m'en a jamais parlé. Avant ton arrivée, je n'avais jamais attendu parler de ce miroir, je connaissais simplement les propriétés de celui-ci à travers diverses légendes, avoua Dastan, gêné d'avoir laissé Mélusine enfermée sans plus de considération.

— Comment aurions-nous pu deviner ? déclara Alya.

— Je ne me suis jamais interrogé, mais aujourd'hui, en y réfléchissant, je dois reconnaître que l'apparition de cette Fée derrière un miroir peut amener à se poser des questions, concéda Dastan.

— Ce monde est rempli de choses plus aberrantes les unes que les autres pour moi, alors sincèrement une Fée dans un miroir, j'avoue cela ne m'a pas semblait suspect, expliqua-t-elle.

— Toutefois, tu aurais préféré que cela t'interpelle, afin de lui venir en aide, n'est-ce pas ? l'interrogea-t-il, lui qui connaissait par cœur sa femme.

— Non ! dit-elle froidement, provoquant l'étonnement de Dastan.

— Non ? répéta-t-il.

— Si j'ai appris cela aujourd'hui, et non pas à mon arrivée, c'est qu'il y a une raison. Il y a toujours une raison, murmura Alya, soudain très triste.

— Tu parles comme ma mère. Tu sembles tellement différente, tu as changé. Je revois sans cesse la jeune femme perdue qui est arrivée au royaume. Dans son regard, on pouvait voir se refléter la pureté de son cœur, elle me manque terriblement, que lui est-il arrivé ? Tu parles comme une reine, tu es froide et résignée, où est passé ce naturel que j'adore ? Qu'as-tu fait de la jeune femme du peuple que j'aime tant ? Je veux qu'on me la rende, déclara Dastan, tout à coup submergé par l'émotion, en se plaçant sur la même banquette que sa femme, pour se retrouver à quelques centimètres d'elle.

Alya fut sauvée par l'arrêt du carrosse devant la porte principale, elle souffla intérieurement en quittant rapidement le véhicule, contente de ne pas devoir lui répondre. Elle parvint à garder ses larmes jusqu'à l'appartement de Mila où elle s'effondra. Dastan, quant à lui, déboussolé par sa réaction et son départ précipité, resta un moment dans le fiacre sans pouvoir faire un mouvement. Caleb et Arcos, heureusement, prirent en charge les invités du royaume. Le roi des Loups ne comprenait pas, il espérait tant un rapprochement avec Alya, il se demandait comment les choses avaient pu autant se dégrader entre eux. Comment leur idylle avait-elle pu finir avec un tel éloignement ?

Pourquoi la jeune femme sensible, maladroite et douce, dont il était tombé amoureux, s'en était-elle allée ? Bien sûr, leur couple avait dû affronter beaucoup d'épreuves, cependant, Alya était toujours restée elle-même. Elle s'était toujours laissé submerger et guider par ses émotions. Désormais, elle faisait preuve d'une telle froideur, c'est comme si quelque chose s'était emparé de son cœur. Elle n'avait que son devoir à la bouche, uniquement sa mission de chaperon blanc, elle semblait s'obliger à ne penser qu'à ça, peut-être pour s'empêcher de réfléchir à leur couple. Alya avait perdu cette sorte de naïveté positive envers les autres, cette particularité que Dastan aimait tant.

Elle fut la dernière à rejoindre la salle du conseil de guerre, celle-ci tenait dans ses mains le miroir originel de Mila contenant l'âme de Mélusine.

— Vidgis, peux-tu nous indiquer l'histoire des miroirs qui ornent ta salle de trône ? demanda Alya.

— C'est un cadeau qui nous a été fait par le peuple des Fées après l'extermination de l'armée des Nécromanciens, ils étaient devenus des maîtres des morts assoiffés de pouvoir, convertis à la domination de toutes les créatures par Véranem, déclara cette dernière.

— Ce sont les Fées elles-mêmes qui vous ont confié les miroirs de Mélusine ? questionna Gayane.

— Oui.

— Mais comment ont-elles pu offrir l'une des leurs, en l'abandonnant dans sa prison ? interrogea Naomie, écœurée.

— C'est la reine Clarisse qui m'a offert ce miroir pour remercier les Nornes de leur bravoure. Cette guerre nous a coûté cher en vies, dit tristement Vidgis ayant joué avec ses guerrières un rôle primordial dans cette bataille sanglante.

— Tu ignorais totalement qu'elle abritait la Fée des miroirs ? demanda Alya.

— En effet, à l'origine, il s'agissait d'un énorme miroir. Il manquait un petit morceau sur le haut. Il devait garnir la salle du trône, en l'honneur de mes défuntes guerrières. C'est Helmard qui a proposé de découper le miroir, il avait de l'or dans les mains. C'est après l'assassinat de la courageuse guerrière louve, Méline, que le miroir a montré pour la première fois des signes de vie, l'assemblée des chaperons rouges est venue à moi. Auparavant, jamais les miroirs n'avaient laissé trace d'un lien avec le troisième monde, expliqua Vidgis.

— De quoi parlez-vous ? questionna Lise.

— Mila et les anciens chaperons rouges peuvent communiquer du monde des morts en se servant des miroirs de Vidgis. C'est en les utilisant que j'ai pu créer notre alliance, que nous sommes entrées en relation, j'ai demandé à Vidgis de tailler l'un d'eux de la salle du trône norne, pour chaque lien, déclara Alya.

— Les anciens chaperons rouges, vraiment ? interrogea Gayane, abasourdie.

— Tu veux dire que tu nous as confié un miroir capable de voir les morts ? questionna Éva.

— J'étais déjà impressionnée de pouvoir communiquer avec les autres liens, grâce à ce miroir, s'étonna Lise.

— Mila m'a indiqué que seuls les liens pouvaient utiliser le pouvoir du miroir. Vous êtes des portails, les seules à pouvoir communiquer et accéder à un autre monde, dit Alya, laissant sans voix les reines.

— C'est incroyable, j'ai toujours eu l'impression d'être comme une représentation archaïque dans ce monde, mais avec toi, Alya, j'apprends chaque jour que je suis bien plus, exprima Naomie.

— Quel est ce miroir que tu tiens entre tes mains ? lui demanda Éva.

— Il se trouve que j'ai en ma possession ce qui semble être le bout manquant du miroir originel de Mélusine. Il a été offert par les Fées à la reine des Loups, afin qu'elle puisse dire au revoir à sa famille biologique, ajouta Alya.

— Comment est-ce possible ? questionna Naomie, incrédule.

— Mélusine possède le don de créer des connexions avec les autres mondes, à travers ce miroir, expliqua-t-elle.

— Il nous faut des réponses. Nous devons interroger Mélusine. Pourquoi, depuis toutes ces années, n'a-t-elle pas indiqué qu'elle avait été emprisonnée ? Pourquoi ne pas avoir demandé de l'aide ? déclara Éva, soupçonneuse.

— Effectivement, il est temps de connaître toute l'histoire de la Fée des miroirs ! affirma Alya, en plaçant le fameux objet de Mélusine sur la table devant toute l'assemblée.

— Mélusine, es-tu là ? demanda Alya.

— Oui, ma reine, que puis-je pour vous aujourd'hui ? questionna cette dernière.

— Qui t'a enfermée dans ce miroir ? l'interrogea-t-elle.

Mélusine perdit son sourire, surprise, elle sembla pour la première fois plus qu'un reflet sage et obéissant.

— Vous savez enfin ? se renseigna Mélusine.

— Pourquoi ne nous avoir rien dit sur votre emprisonnement ?

— Mila m'a fait promettre de garder le secret. Elle est la gardienne du futur. L'élue des Loups doit suivre son chemin pour réaliser son destin et sauver le monde légendaire de la destruction. Elle m'a expliqué que vous auriez besoin de moi, cette étape était primordiale à la réussite de votre destinée. Mila a également indiqué que c'est vous qui me libéreriez si j'étais patiente, je pourrais également voir la chute de celle qui m'a enfermée dans ce miroir, expliqua la prisonnière.

— Mais comment puis-je te libérer ? s'inquiéta Alya.

— Je l'ignore, Mila dit que vous avez en vous ce pouvoir, c'est tout ce que je sais, dit Mélusine.

C'est incompréhensible, Mila s'est joué d'elle, pensa Alya de plus en plus déçue par les méthodes qu'elle utilisait pour accomplir sa mission.

— Pouvez-vous nous expliquer qui vous a fait subir ce châtiment ? lui demanda Éva, sentant son amie en difficulté.

Alya avait une telle pression sur les épaules, pas simple, ce rôle de chaperon blanc, pensa-t-elle.

— Les Fées, déclara Mélusine, provoquant la surprise de l'assemblée.

— Le magicien des Fées, Agos ! grogna Caleb, quelque peu énervé.

— Qui est ce Agos ? l'interrogea Mélusine.

— Qui était votre magicien ? demanda Alya.

— La magicienne des Fées a toujours été Médina.

— Peux-tu nous expliquer ton histoire, Mélusine ?

— Je suis née différente de toutes les autres Fées, j'avais le pouvoir de communiquer avec les morts, et même de les appeler à moi, par l'intermédiaire des miroirs. La nécromancie n'était pas un don très apprécié chez les créatures en général, son côté sombre faisait peur à mes congénères. J'étais très seule, je me sentais incomprise par les miens. Mais un jour, alors que je m'étais isolée comme à mon habitude dans une clairière, un garde est venu me quérir, la reine réclamait ma présence. J'étais terriblement anxieuse, qui s'était plaint, qu'allait-il advenir de moi ? Toutes mes inquiétudes se bousculaient dans ma tête, c'est là que je l'ai vu pour la première fois. Il était vêtu comme un gentleman, il était d'une rare élégance, je me souviens de son regard sur moi, il était quelque peu insistant. Il se prénommait Véranem, c'était le roi des Nécromanciens, il recherchait tous les êtres doués de magie sombre. Je lui ai montré mes dons, il essaya de le cacher, mais j'ai senti qu'il était subjugué par mon don particulier. Avec lui, je me suis tout de suite sentie unique et précieuse, c'est une chose que je n'avais encore jamais ressentie parmi les Fées. Avec l'accord de la reine Clarisse, j'ai accepté de le suivre. Cependant, je n'étais pas la seule que Véranem a ramenée avec lui dans le royaume d'Ombrelame, déclara Mélusine.

— Une autre Fée ? demanda Gayane.

— Pas n'importe laquelle. Une Fée royale, sœur cadette de la reine Clarisse. Celle-ci était totalement en admiration devant Véranem. Elle aurait arraché le cœur de n'importe qui pour lui plaire, expliqua-t-elle.

— Mais celui-ci ne voyait que toi, dit Éva, qui avait lu dans l'esprit de Véranem.

— Il disait que j'étais le joyau d'Ombrelame, acquiesça Mélusine.

— Qui est cette Fée ? demanda Alya, se doutant à présent de l'identité du maître des morts.

— Pas Aurore, par pitié, s'inquiéta Caleb pour Viago.

— Tania, la Fée royale du feu, répondit froidement Mélusine, troublant une nouvelle fois l'assemblée.

— Tout cela explique pourquoi la reine des Fées protège depuis le début ce maître des morts. Pourquoi il est en colère contre la meute. Nous avons tué Véranem et peut-être déclenché sa folie, dit Alya complètement sous le choc.

— J'ai bien peur que sa folie ne vous ait pas attendus. En effet, Tania ne supportait pas que je sois la favorite de Véranem, elle a quitté le royaume des Nécromanciens avant la guerre ouverte contre les créatures. Tania, en quittant le territoire, a juré à Véranem qu'elle lui prouverait sa valeur, indiqua Mélusine.

Chapitre 28
Le retour du magicien

Alya avait rejoint les jardins pour quelques heures, elle savait que c'était probablement la dernière fois qu'elle voyait ces merveilleuses fleurs, elle s'imprégna de leur parfum familier. Un garde arriva en courant vers elle.

— Chaperon rouge, le roi vous fait quérir, déclara l'homme essoufflé.

— Il n'est pas au camp d'entraînement ? interrogea Alya.

— Il est rentré pour accueillir la communauté des magiciens, expliqua le garde.

— Les magiciens sont ici ?

— Oui, Reine Alya.

— Je vous accompagne, dit-elle en se levant du banc blanc pour le suivre dans l'allée menant au château.

Alya arriva dans la salle du trône, les magiciens étaient tous présents. Dastan, Ezeikiel, Vidgis, Elsa, Vladimir, Rosa, Aidan, Liam, la meute, les reines du Sud et les Nymphes étaient en train de les saluer. Les reines du Sud étaient ravies de revoir des visages familiers dans cette contrée lointaine. Elle se joignit aux retrouvailles.

— Nous avons un message de la plus haute importance, déclara Camino.

— Nous vous écoutons, dit Dastan.

— Nous pensons que le maître des morts se trouve dans le royaume des Fées, expliqua Vargis.

— En effet, Médina a bien été ensorcelée après sa sortie du tunnel, confirma Erades.

— Quelqu'un ne voulait pas qu'elle se rappelle son passé, déclara Amonis.

— Quelqu'un qui n'aurait sûrement pas intérêt à la voir retrouver sa place, indiqua Herold.

— Vous pensez à Agos, n'est-ce pas ? demanda Elsa.

— Effectivement, répondit Camino.

— Nous avons nous aussi des révélations importantes à vous faire, expliqua Gayane avant d'informer les magiciens sur l'identité du maître des morts et de leur conter toute l'histoire.

— Je ne comprends pas comment les Fées peuvent avoir deux magiciens, dit Naomie.

— Eh bien, lorsqu'un magicien meurt, c'est une étoile qui s'éteint, un être de lumière, sans son conseil, le peuple risque le pire, expliqua Herold.

— C'est au sang royal de réclamer la présence d'un nouveau magicien, indiqua Camino.

— Les rois et reines portant du sang de créatures, reformula Lise.

— Exactement, à la mort du magicien des Corsaires, il n'y avait plus de roi pour le faire et lorsque je suis monté sur le trône, j'ai souhaité respecter le sacrifice de notre magicien, en n'en demandant pas d'autre, déclara Aidan.

— Quant à moi, il est inutile de vous indiquer que Ménard est irremplaçable, dit avec une vive émotion Vladimir, soutenu par le regard tendre d'Elsa.

— Ce qui signifie que Clarisse a fait le choix d'envoyer un signe céleste pour indiquer la mort de Médina ? se renseigna Rosa.

— C'est une énigme au regard des nouveaux éléments que vous venez de nous apporter. Toutefois, nous ne pouvons pas ignorer l'hypothèse que la disparition de Médina était connue de la reine des Fées, indiqua Vargis.

— Mais si Médina n'était pas morte, alors comment Clarisse a-t-elle pu appeler un autre magicien ? demanda Alya.

— Nous ressentons la mort de nos confrères, expliqua Herold.

— Mais comment avez-vous pu ressentir sa mort si elle est encore en vie ? l'interrogea Éva.

— Son essence vitale a disparu, sans explication, les immenses pouvoirs du maître des morts en sont probablement l'explication, dit Vargis.

— Ce monde est tellement étrange, répondit Éva.

— Ce n'est pas faux, acquiesça Libem.

— Il y a autre chose, dit Herold.

— Quoi donc ?

— Le Sud a été envahi par l'ennemi, expliqua Camino.

— C'était à prévoir, déclara Vladimir, un peu sarcastique.

— Mais comment avez-vous pu arriver jusqu'à nous ? s'inquiéta Alya.

— Nous sommes à l'origine des observateurs, notre rôle de conseil doit être protégé. Nous avons donc été affublés du don d'invisibilité, indiqua Vargis.

— Vous pouvez disparaître aux yeux des êtres vivants ? murmura Liam, incrédule.

— Oui, c'est bien cela, répondit Herold.

— Comment vont les Centaures ? demanda Naomie, inquiète.

— Il y a eu des pertes chez les Cyclopes et nous ignorons ce qui se passe dans les royaumes de Kentoroy et Fauniraëlla. Nous savons seulement que l'armée des morts s'est divisée pour attaquer les différents domaines du Sud, indiqua Camino.

— Je suis certaine que ces armées vont oublier le territoire des Fées ! s'énerva Gayane.

— Nous avons mis en garde les rois du Sud sur ce qui allait se produire, dit calmement Vidgis.

— En effet, les rois du Sud se sont montrés impétueux, cela fait partie de leurs traits de caractère. Cependant, ils n'ont jamais connu de guerre et n'ont pas pu apprendre comme vous d'elles, s'adoucit Amonis.

— Le roi des Cyclopes a demandé votre aide, déclara Camino.

— Vraiment ? demanda Dastan, incrédule.

— Vraiment, affirma Herold.

— Que comptez-vous faire ? l'interrogea Erades.

— Je vais rejoindre mon royaume et protéger mon peuple avec les entraînements qu'Alya m'a prodigués, dit Gayane.

— Ce n'est pas votre place, le chaperon blanc doit acquérir tous les arts des liens pour être capable de combattre le maître des morts, expliqua Herold.

— Je ne peux pas abandonner mon peuple à son sort, il a déjà trop souffert à cause de cette armée, s'assombrit Éva en pensant à Logalis et sa compagne.

— Je suis d'accord, je ne laisserai pas les Centaures combattre seuls, s'exprima Naomie.

— La nature de Fauniraëlla nous appelle, expliqua Lise.

— Non ! vous allez poursuivre votre mission avec le chaperon blanc. C'est nous qui irons porter secours à vos peuples, déclara Dastan.

— Tu as raison, Père, nous n'attendrons pas le combat ici, nous irons à lui, exprima Ezeikiel, en regardant son épouse.

Vidgis savait que son époux ne pourrait pas laisser mourir ces peuples sans agir.

— Je te suivrai jusqu'en enfer, approuva-t-elle.

— Nous ne pouvons pas abandonner ces peuples à leur sort, Vladimir, dit doucement Elsa.

Celui-ci resta silencieux quelques minutes qui semblèrent interminables.

— Non, ma reine, dit-il simplement en lui souriant.

— Mère, Père, quelle que soit votre décision, je ne laisserai pas Ezeikiel et Elsa combattre seul, exprima Liam.

Les regards se tournèrent vers Aidan et Rosa.

— Il est temps d'unir le Nord et le Sud, comme durant l'âge d'or des créatures, déclara Amonis.

— Que serait la vie sans une petite bataille impossible à gagner ? Nous vous suivrons, mes amis, jusque dans la mort s'il le faut, ricana Aidan.

— Allons chasser du mort-vivant, sourit Rosa.

— Bien, qu'il en soit ainsi, nous partons demain à l'aube, tenez prêtes vos armées, indiqua Dastan.

— Il y a encore une chose. Viago ne donne plus signe de vie depuis plusieurs semaines, il devait enquêter pour moi dans le royaume des Fées. Je suis très inquiète, formula Alya.

— Raison de plus pour nous rendre dans le royaume des Fées rapidement, exprima Éva.

— Nous avons un avantage considérable, la princesse Tania ignore que nous l'avons démasquée, dit Gayane.

— Les Fées ne sont pas nos ennemies, c'est le maître des morts qui est responsable de ces massacres. Nous ne devons pas oublier que nous avons des alliés chez elles, expliqua Alya.

— J'espère que tu dis vrai, soupira Dastan, de plus en plus préoccupé.

— Nous devons regagner nos postes au plus vite afin de préparer le départ, déclara Vidgis en chef de guerre.

— Que Maholia vous protège tous ! déclara Dastan en regardant son épouse.

Les magiciens avaient leur propre guerre à mener, ils quittèrent Dorinord tout de suite après l'assemblée. Avant d'arrêter de donner signe de vie, Viago avait pu fournir d'importantes informations, Agos était bien un danger pour Alya. Le nouveau magicien des Fées avait quitté le royaume de Fédicia depuis plusieurs jours, afin de se rendre dans les terres arides qui bordaient le royaume norne et corsaire. Les magiciens ignoraient les desseins d'Agos, mais ses actions étaient suffisamment graves pour ne pas le laisser agir impunément. Il devait respecter le libre arbitre et protéger les peuples. Même s'il n'était pas le maître des morts, ses agissements allaient à l'encontre de toutes leurs croyances. Il fallait agir rapidement, afin d'éviter que les conséquences de ses machinations ne viennent bouleverser irrémédiablement le monde légendaire.

Lorsque tout le monde fut sorti, Dastan se dirigea vers les forges où Caleb participait aux préparatifs de guerre. Il s'approcha de son meilleur ami.

— Caleb, je sais que je t'en demande trop, c'est mon rôle de protéger Alya, mais mon devoir de roi m'appelle ailleurs, s'il te plaît, accompagne-la et protège les reines et les Nymphes, dit-il, très stressé.

— Je ferai de mon mieux, tu as ma parole, hocha Caleb de la tête pour tout acquiescement.

— Je veux les accompagner. Je sais que cette Fée, ce maître des morts connaît mon histoire, j'ai besoin de savoir, expliqua Valentin, qui venait de les rejoindre.

— Alors je te donne une seule mission, mon ami, protège la reine des Lycanthropes, déclara le roi.

Valentin accepta.

Alya avait pratiquement assimilé en seulement quelques semaines l'art des Nymphes. Il ne lui manquait que l'art des Cyclopes et elle posséderait le savoir des huit liens du monde légendaire. Les pouvoirs qu'elle développait étaient surprenants ; en accumulant les pratiques des différentes créatures, elle était devenue plus puissante que n'importe laquelle d'entre elles. Elle avait du mal à cacher ses dons, à les maîtriser parfois même. Elle détestait mentir à Dastan, cependant, elle devait aller au bout de son apprentissage, afin d'avoir une chance de vaincre Tania. Alya était torturée à l'idée que ce dernier découvre son secret. Aussi forte fût-elle, elle ne savait pas si elle aurait le courage d'aller au bout de son sacrifice si les yeux implorants de son époux se posaient sur elle. Ce regard ténébreux était comme son talon d'Achille.

Dastan, Vladimir, Elsa, Ezeikiel, Vidgis, Rosa, Aidan, Liam, Liloa, Farissa et Arcos quittèrent le territoire des Lycanthropes dès l'aube. Alya, les reines du Sud, Caleb et Valentin firent de même dans l'autre sens. Les bateaux corsaires attendaient les troupes au sud du royaume des Appeleurs, afin d'éviter la mer Denosta et ses terribles tentatrices. Alya et les liens du Sud parcouraient la route menant au domaine des Fées, chemin familier pour elles et Caleb, ils étaient sur leur garde. Alors qu'ils auraient dû être accueillis en héros pour avoir sauvé la vie d'Aurore, l'hospitalité des Fées risquait d'être peu agréable. Lise termina l'enseignement d'Alya au talent des Nymphes. Gayane prit la relève afin de compléter les capacités du chaperon blanc.

Elle apprenait de plus en plus vite ; après chaque art, ses visions s'étaient accrues avec la présence des autres liens. Lorsque cela se produisait, une connexion étrange s'établissait entre elles. Caleb était proche d'elle, cependant, c'était Valentin qui était parvenu à calmer la reine des Loups et à briser le câblage qui semblait l'unir aux autres reines durant sa dernière vision. Le Lutin, comme le surnommait affectueusement les Loups, semblait avoir établi une complicité avec elle, comme si le passé d'Aléone avait de plus en plus d'influence à mesure que le pouvoir d'Alya grandissait. C'était un jeu des plus dangereux, car plus cette interface grandissait entre eux, plus cela indiquait que l'esprit d'Aléone avait pris de la place auprès de l'âme de la reine des Loups.

Le chaperon blanc avait joué la carte de l'honnêteté avec les reines du Sud. Alya leur avait expliqué son lien avec Aléone, mais également le danger qu'elle représentait, une fois les huit arts des liens assimilés, et qui l'obligeait à périr. Les reines du Sud avaient accepté de l'aider à porter ce lourd fardeau, en promettant de garder le secret.

Le groupe perdit une journée, à cause d'une énième vision. Cette illusion avait été particulièrement puissante, elle s'était produite alors qu'Alya venait d'achever le tout dernier apprentissage, celui des Cyclopes, en seulement trois jours.

Chapitre 29
Fédicia

Quelques mois plus tôt dans le royaume des Fées…

Depuis l'échec d'Alya pour unir les neuf royaumes sur Visiodem, Viago avait obtenu l'accord de la reine Clarisse, afin de suivre les Fées dans le royaume de Fédicia. À la suite du sauvetage de leur sœur, qu'elles pensaient perdue, les Fées royales, peu habituées aux chevaliers, étaient tombées sous le charme du courageux Viago, ayant risqué sa vie pour secourir l'élue de son cœur. Il avait une mission importante dans cette guerre, il devait entre autres aider Aurore à retrouver la mémoire afin de comprendre comment elle s'était retrouvée dans ce cocon. Au regard de l'attachement qu'il éprouvait à son égard, on aurait pu croire que c'était son souhait de suivre les Fées, toutefois, cette demande émanait d'Alya. En voyant la confiance des Fées royales envers Viago, elle avait souhaité qu'il les raccompagne jusqu'à Fédicia, afin d'enquêter sur l'identité du maître des morts.

Agos était complètement opposé à la présence d'un étranger à Fédicia. Les autres créatures n'avaient pas leur place dans son royaume, néanmoins, il avait dû abdiquer devant l'insistance de la reine et des princesses fées. Clarisse avait offert des appartements réservés à l'élite des Fées, Viago avait accepté avec humilité, mais en réalité, il n'était pas du tout habitué à autant de fioritures. Il adorait dormir à la belle étoile, avec une vue imprenable sur le joyau de la nuit, la lune. Il était quelqu'un de simple, aimant la nature et ses merveilles, c'est sûrement ce qui l'attirait tant chez Aurore.

Portez par les récits de ses sœurs, mettant en avant la bravoure de Viago, Aurore avait envie de se souvenir de cette relation qu'elle avait créée avec une créature différente. Son peuple avait toujours vécu reclus, loin des autres royaumes. Mais durant les rares fois où la royauté des Fées était invitée dans le domaine des Lycanthropes, pour des bals prestigieux, elle se souvenait de ce qu'elle ressentait en quittant son royaume. C'était un événement qui l'enchantait, elle adorait s'y rendre, aussi étrange qu'il fût, avec des coutumes totalement différentes de celles de Fédicia. Aurore avait rêvé durant des centaines d'années de lointains paysages, elle s'ennuyait beaucoup au cœur du territoire fée, elle avait toujours été attirée par les Loups et leur originalité.

Aurore avait des bribes de souvenirs qui commençaient à se dessiner, grâce aux moments qu'elle passait avec Viago. Elle se sentait bizarre en sa présence, elle ne pouvait s'empêcher de sourire, de se sentir différente auprès de lui, sans comprendre pourquoi. Elle se sentait elle-même, en confiance, sans pouvoir l'expliquer. Le Loup lui expliquait les longues discussions qu'ils avaient eues à l'abri des regards, Aurore se souvenait de l'exaltation que provoquaient en elle ces rencontres secrètes sous la douceur de la nuit. Viago était tellement prévenant, comment ne pas être envoûtée par autant de déférence ? Il était facile de se sentir unique en sa présence, un sentiment de bien-être l'envahissait.

Durant plusieurs semaines, tous deux se rapprochèrent. Leur intimité renaissait et ils retrouvaient doucement leur complicité. Lors d'une balade en forêt, la Fée offrit, en remerciement pour son sauvetage, un collier à Viago. Sur un cordage, une petite fée avait été taillée dans un diamant. Cette fée la représentait, comme un message, un moyen pour Aurore de se retrouver autour de son cou.

Malgré la naissance de sentiments forts, Viago garda la tête froide, il n'avait pas oublié sa mission principale. Ces changements de comportement soudains insécurisaient Aurore. Malheureusement, aveuglé par son objectif, il ne le remarqua pas. C'était un éclaireur redoutable, l'un des meilleurs du monde légendaire, ce talent faisait aussi de lui un espion extrêmement doué. Il épia les Fées et leur magicien durant des jours et finit par remarquer des comportements suspects chez l'une des princesses fées, Tania. Cela lui prit un certain temps. Il était difficile de démêler le vrai du faux, parmi toutes ces cachotteries et ces mensonges.

Tout d'abord, Viago enquêta sur Agos. Le magicien des Fées était son suspect numéro un. Il semblait au courant de tout ce qui se passait dans ce château, il protégeait la reine avec férocité. Or, aussi étrange que cela puisse sembler, Viago comprit rapidement qu'il n'était pas le maître des morts que le monde légendaire craignait tant. Il n'était pas à l'origine de ces morts-vivants.

En revanche, Viago découvrit qu'Agos possédait bien un côté sombre, il était à l'origine des visions d'Alya. Il avait commencé durant la première assemblée des neuf royaumes. Il savait pertinemment que cela déclencherait sa chute et la prise de conscience d'Aléone. Il savait qu'une fois le sort jeté, il n'y aurait plus de retour possible en arrière pour le chaperon blanc, condamné à disparaître, au profit de l'âme d'une autre. Il connaissait également le fait que cette clairvoyance s'accentuerait en présence des autres liens, qui étaient également porteurs de l'essence d'Aléone. Chaque phase d'apprentissage d'un autre art de guérison accentuerait l'effondrement d'Alya. En effet, chacun des morceaux de l'âme d'Aléone, présent dans les différents liens, n'avait qu'une aspiration, ne former à nouveau qu'une seule et même entité. Sa reine n'aurait d'autre choix que de se donner la mort, afin de protéger d'elle-même ceux qu'elle aimait, c'était d'ailleurs ce qu'il lui insufflait dans ses visions. C'est Mila qui lui avait donné l'idée, elle semblait être devenue son alliée, durant ses années de vie, il avait pu la rallier à sa cause. Mila l'avait d'ailleurs rassuré sur le destin funeste d'Alya.

Agos était convaincu que ses agissements étaient d'intérêt public, pour lui, Alya était l'incarnation du mal. Il était prêt à tout pour la détruire, même à fermer les yeux sur les activités abjectes du maître des morts. Agos n'était peut-être pas lui, il en restait pour autant extrêmement dangereux, la reine des Loups était en grand danger. Viago décida d'envoyer une missive qu'il adressa aux magiciens afin qu'ils puissent agir, il ne pouvait s'en charger, c'était une affaire de leur ressort. Malgré l'affection qu'il portait à Alya, il poursuivait un but primordial, l'identité du maître des morts, qui pouvait sauver ce monde.

La reine Clarisse était rongée par les remords, elle portait le poids de sombres secrets afin de protéger quelqu'un. Elle savait qui était responsable de la disparition de Médina, l'ancienne magicienne des Fées. La reine s'était rendue coupable d'un meurtre, des centaines d'années auparavant, mais la culpabilité qu'elle ressentait était toujours aussi vivace dans son esprit. Une alliance l'unissait à Agos, il connaissait et protégeait ces secrets. Néanmoins, Viago comprit rapidement que Clarisse n'était pas non plus le maître des morts. La façon dont ses crimes la hantaient ne faisait pas d'elle un tyran convaincant. Pour prendre autant de risques, la reine ne pouvait protéger qu'un être cher, les soupçons de Viago se dirigèrent vers les princesses, à sa grande déception.

Il correspondait avec Alya à l'aide d'Orus, un magnifique faucon sauvage difficile à apprivoiser, qui répondait uniquement à lui. Sa reine avait noué des liens avec l'animal sauvage, c'est grâce à lui qu'elle avait pu communiquer, après son retour avec Ezeikiel au royaume lycanthrope, avec Rosa, Vidgis et Vladimir. L'oiseau venait de revenir, après un très long périple, il avait dû parcourir le monde légendaire à la recherche du magicien.

Alors qu'Aurore et Viago parcouraient le fleuve de la croisée, Orus comme un signe, se posa pour la première fois sur une autre personne que lui. Celui-ci eut du mal à en croire ses yeux, le faucon semblait avoir une réelle affection pour Aurore. En observant ce visage angélique sourire à Orus, Viago réalisa que ces sentiments étaient de plus en plus intenses. Il prit peur, ne sachant pas ce que pouvait ressentir une princesse fée pour un Loup et se renferma de nouveau, se focalisant de plus belle sur sa mission.

Un soir de clair de lune, Viago fit une avancée énorme, il suivit une Fée encapuchonnée jusqu'au fin fond de la forêt, il ne parvenait pas à voir son visage. À l'aide de sa main, elle fit apparaître un escalier qui descendait sous terre, il parvint à se faufiler à l'intérieur. La Fée avait disparu, toutefois, il reconnut la voix organique, il avança lentement, elle émanait d'une pièce éclairée uniquement par des bougies. Viago se posta sur une trappe lui permettant d'entendre les voix, la Fée encapuchonnée était dos à lui. Elle parlait avec la voix de la fumée noire, il s'agissait bien du maître des morts, en face d'elle un nombre important de morts-vivants et un homme, probablement un Nécromancien. Il s'adressa à la Fée.

— Princesse, le Sud-Ouest tombera bientôt sous notre contrôle, néanmoins, nous rencontrons des problèmes avec le royaume de Kentoroy, leur force de combat est incroyable, expliqua l'homme.

— Personne ne me résiste ! hurla la voix avant de railler dans un bruit assourdissant.

Un mort-vivant monta l'escalier, menaçant de débusquer Viago. Celui-ci grimpa le mur et s'accrocha à des poutres et ne bougea plus. Le mort-vivant grimpa les marches sans prêter attention à lui, il avait presque atteint la dernière marche, lorsque le médaillon qu'Aurore lui avait offert tomba sur le sol. Le mort-vivant se mit à sonner l'alarme, Viago ramassa son collier et s'enfuit aussi vite que cela lui était possible, poursuivi par plusieurs adversaires.

— Que se passe-t-il ? dit la voix organique.

— Un espion, Princesse, indiqua un garde défraîchi.

— Le Lycan, gronda la voix.

— Que devons-nous faire, Princesse ? interrogea le Nécromancien.

— Je vais m'en occuper. Mais avant, rendons une petite visite à ces Centaures, répondit froidement la voix.

Viago réussit à semer ses ennemis après une course effrénée de presque une heure dans la forêt. Il resta caché un long moment avant de rejoindre le palais. Il était certain désormais que le maître des morts était une des sœurs de la reine Clarisse, mais laquelle, elles étaient nombreuses ? Alors qu'il avançait, plongé dans ses pensées, il tomba nez à nez avec Aurore, il se rendit compte qu'il était au milieu d'un champ constitué de ses fleurs préférées, celles que la nuit faisait briller. Le spectacle était de toute beauté, d'autant plus qu'elle rayonnait, sous la lumière de la lune. Elle était assise sur une des immenses fleurs.

— Que faites-vous dehors ? demanda Viago, troublé par la douceur de cette apparition.

— Vous pensez être le seul des Loups qui puisse apprécier la beauté de la lune ? interrogea-t-elle.

— Non, bien sûr, lui sourit-il.

— Je vous laisse, j'ai à faire, expliqua Aurore, agacée.

Viago vit une larme rouler sur son visage.

— Vous pleurez, Princesse ? demanda-t-il.

— Vous ! Vous ! Vous ! Laissez-moi ! J'ai besoin d'être seule ! s'énerva-t-elle, en se relevant et commençant à partir.

Viago, avec la vitesse des Loups, se retrouva devant elle, lui tenant délicatement son bras. Aurore, surprise, faillit trébucher, mais il la rattrapa avant de l'approcher.

— Vous êtes triste à cause de moi ?

— Absolument pas, maintenant, laissez-moi, s'empourpra Aurore en récupérant son bras, devenant soudain maladroite, elle reprit sa route.

De nouveau, il se plaça devant elle, avec une rapidité déconcertante.

— Les Loups sont rapides, il va vous falloir être honnête avec moi, affirma Viago.

— Je... je..., balbutia Aurore incapable de trouver ses mots, tout à coup.

— Pourquoi êtes-vous en colère contre moi ? l'interrogea-t-il à nouveau.

— Vous dites être proche de moi et vous gardez avec moi une distance et une froideur glaçante, de quoi avez-vous si peur ? La vilaine Fée n'est pas assez bien pour être l'amie des Loups ! s'emporta Aurore.

Viago s'approcha d'elle et de son visage, maintenant ses bras avec ses mains, ancrant son regard dans le sien.

— Je suis navré, Aurore, je n'ai jamais voulu te blesser, sois-en certaine. Je pensais simplement qu'une... — il hésita —, qu'une Fée royale, qu'une princesse, aussi sublime que toi, ne pouvait pas s'intéresser à un Lycan.

Pour toute réponse, Aurore, sentant des papillons virevolter partout dans son corps, acquiesça.

Viago sourit, il n'avait jamais attendu autant de cette relation qui l'avait rattaché à la vie.

— M'accorderais-tu cette danse ? proposa-t-il.

Aurore, incapable de rassembler ses idées pour formuler une phrase, ne put lui dire qu'il n'y avait pas de musique, d'ailleurs, elle commença à l'entendre aussi clairement que les millions de gargouillis dans tout son corps.

Viago se mit à tourner doucement, les yeux fixés dans ceux d'Aurore. Il chantonna et la fit tourner lentement, avant de la ramener vers lui. Il s'approcha du visage d'Aurore, toujours incapable de bouger, il déposa un baiser sur ses lèvres, puis un second, Aurore inspira, elle avait du mal à cacher sa maladresse et son stress. Viago la serra un peu plus fort pour la rassurer et murmura au creux de son oreille.

— Ne t'inquiète pas, je vais mener la danse.

Il déposa un troisième baiser sur ses lèvres avant de l'allonger délicatement sur le sol. La tendresse de ses baisers, la finesse des caresses qu'il déposait sur son corps n'étaient que volupté dans la douceur de la nuit. Tout était enivrant, sa peau, son odeur, comme une délicate vague de plaisir. Avec la lune pour seul témoin, les amants laissèrent parler la force de leur sentiment.

À quelques mètres de là, Tania, encapuchonnée, observait la scène en fulminant.

Chapitre 30
Manipulations

Alors que Viago et Aurore devaient partir pour Dolérande, un des joyaux des terres fées, afin qu'elle ravive ses souvenirs, il y eut un faux pas dans leur histoire idyllique. Tania, une de ses sœurs, se présenta dans les appartements du Loup avant son départ.

— Bonjour, Lycanthrope, votre séjour parmi les Fées s'éternise. Soyez sûre que votre sollicitude pour ma sœur me touche, mais elle est en sécurité à présent. Vous avez bien une épouse à rejoindre, à en juger par le tatouage sur votre annulaire. Nous ne voudrions pas la priver de votre protection, indiqua Tania en appuyant là où ça faisait le plus mal.

— Mon épouse est morte, expliqua Viago, soudain submergé par la tristesse.

— Je suis navrée, je l'ignorais totalement. Vous avez été un tel gentilhomme en prémunissant ma sœur cadette de tout mal, tout cela pour une amitié platonique, puisqu'une Fée royale est incapable d'offrir plus à un Loup. Je n'aurais jamais pu imaginer que vous n'aviez pas réussi à préserver la vie de votre compagne que vous deviez logiquement aimer bien plus qu'une amie, dit Tania, feignant la tristesse.

— Ce n'est rien, déclara-t-il, pâle tout à coup.

— Savez-vous que les Fées royales ont le pouvoir de provoquer l'attraction chez toutes les créatures ? l'interrogea Tania.

— Non, dit-il simplement.

— Ma sœur Aurore est une grande amatrice de ce pouvoir de séduction. Vous a-t-elle parlé de ce pauvre Zoulot ? demanda Tania.

— Le collecteur qui est mort ? Quel rapport avec elle ? questionna-t-il, lui qui avait vaguement entendu parler de cette histoire.

— Il semble que ma sœur a omis de vous parler de cette période de sa vie. C'est étrange, vous qui êtes pourtant si proches. Mais elle ne doit pas être très fière de ce qu'elle a infligé à ce pauvre Zoulot, je suppose.

— De quoi parlez-vous ?

— Je ne sais pas si c'est à moi de vous compter cette sordide histoire. Toutefois, vous êtes aussi plaisant que ce charmant Zoulot, alors je veux bien vous en dire plus sur cette tragédie. Aurore pensait être amoureuse de lui, ma sœur est tellement naïve parfois, elle disait ressentir des choses. Certaine qu'il s'agissait de l'amour de sa vie, elle a utilisé sur lui sa magie et provoqué une attirance dévorante. Seulement, une fois son amour acquis, ma sœur s'est rendu compte que ce qu'elle ressentait n'était pas réel. Mais lorsqu'une Fée royale envoûte une créature, c'est irréversible. Le jeune homme, fou de désespoir après qu'Aurore lui eut indiqué son erreur, s'est sacrifié. Vous n'avez pas l'air bien ? se renseigna Tania.

— Tout va bien, mentit Viago.

— Ne jugez pas ma sœur trop sévèrement, vous devez comprendre que pour une Fée royale, c'est un moyen de défense. Elles utilisent la magie pour enchanter et captiver leur proie afin de les amener à faire tout ce qu'elles souhaitent.

— Mais vous pouvez aimer ? s'enquit-il, sentant son cœur se briser.

Tania ricana.

— Non, nous en sommes incapables. Ce sentiment nous est inconnu, déclara Tania en souriant du coin des lèvres.

— Je ne le savais pas, dit-il en s'asseyant sous le coup de l'étonnement.

— Heureusement pour vous, votre relation est seulement amicale. Elle a beau avoir oublié certains de ses souvenirs, il est clair que ses travers sont ancrés en elle. Si vous aviez cédé à ses charmes, cela aurait été d'un embarras sans nom pour vous. Si tel était le cas, je ne saurais que vous conseiller de vous enfuir le plus discrètement possible loin des terres des Fées, afin d'éviter l'humiliation suprême de ma sœur qui vous rejettera publiquement, parce que vous avez pu croire qu'elle vous aimait. Vous, un Lycanthrope, acheva-t-elle.

— Effectivement, murmura Viago, anéanti.

— J'allais oublier la raison de ma visite. J'ai malheureusement une mauvaise nouvelle à vous apprendre. Votre faucon a été abattu.

— Orus ? Mais comment ? demanda-t-il, horrifié.

— Eh bien, nous n'avons pas trouvé le coupable, il semble qu'il s'agisse de quelqu'un en qui l'oiseau avait confiance. En effet, il devait être très proche de la personne qui lui a porté un coup fatal, au vu de ses blessures, ce qui est étrange, c'est que votre volatile ne s'approche de personne à l'exception de vous. Non ? Voyez-vous une personne dans notre royaume assez proche de l'animal pour l'approcher de près ?

— Non, mentit-il, entièrement sous le choc.

— Vous savez, Aurore a toujours eu une attirance particulière pour la mort, depuis l'enfance, c'est étrange, vous ne trouvez pas ?

— Certainement, en effet, dit-il simplement, voyant se confirmer le pire de ses cauchemars.

— Je ne vous dérange pas plus longtemps. Bonne promenade à vous deux, indiqua Tania, ravie de son œuvre.

La Fée maléfique laissa Viago complètement désemparé dans sa suite. Elle attendit dans ses appartements, le nez collé à la fenêtre. Au bout de longues minutes, elle le vit préparer son cheval et quitter le royaume de Fédicia.

Satisfaite de son plan, elle parcourut le palais pour rejoindre Aurore dans la salle du trône, celle-ci partageait un moment complice avec Clarisse, ravie d'avoir retrouvé sa précieuse sœur cadette. Aurore était amoureuse pour la première fois et était euphorique, elle respirait la joie de vivre et celle-ci était contagieuse. Clarisse aimait beaucoup Viago, même si cette union ferait grincer des dents beaucoup de créatures, elle était sincèrement heureuse devant le bonheur de cette dernière. Tania entra dans la pièce avec un but bien précis en tête.

— Tu as l'air bien heureuse ce matin, souleva Tania.

— Il m'arrive une chose surprenante..., commença Aurore.

— Je serais ravie d'entendre tes histoires plus tard, seulement, je dois absolument parler d'une affaire urgente à Clarisse, expliqua-t-elle.

— Bien, je vous laisse, indiqua Aurore se levant pour quitter la salle du trône.

— Non, voyons, je n'ai aucun secret pour toi, ma sœur, tu es de sang royal, il est important que tu participes aux discussions concernant le royaume de Fédicia.

— Avec plaisir, indiqua-t-elle en rebroussant chemin jusqu'au siège où elle était assise précédemment.

— Je disais donc que nous sommes en présence d'un espion de premier choix au sein du royaume, sourit Tania, Clarisse changea de couleur.

— De qui parles-tu, Tania ? l'interrogea Aurore.

— Du seul qui n'a pas sa place dans ce royaume, bien sûr, Viago, dit-elle en voyant le visage de sa sœur se décomposer.

— Mais enfin, Viago n'est pas un espion. Il est venu ici pour m'aider à recouvrer la mémoire, nous avons passé de nombreux moments, nous avons partagé ensemble beaucoup de choses, affirma Aurore.

— Allons, allons, petite sœur, ne me dis pas que tu as cru que ce Loup pouvait s'enticher de toi, déclara Tania, jubilant intérieurement.

— Tania ! je t'en prie, dit Clarisse assez fort.

— Aurais-tu des choses à révéler à notre sœur Clarisse, des choses que son ami lycanthrope serait heureux de découvrir ? Des choses honteuses que tu aurais cachées en pleine conscience ? demanda Tania, menaçante.

— Non, murmura Clarisse en baissant la tête.

— Aurore, tu sembles perdue, ne me dis pas que tu as sincèrement cru que cet espion pouvait t'aimer. Tu es une Fée royale, il s'est rapproché de toi uniquement pour avoir accès à notre royaume, jusque-là fermé à tout étranger. C'est la seule raison pour laquelle il s'est donné tellement de mal pour te sauver.

— Non ! je n'en crois pas un mot.

— Malheureusement, j'ai des preuves, sa chambre a été fouillée, il a bien fait parvenir des messages à la reine des Loups afin de l'informer de ce qu'il se passait dans ce royaume, expliqua Tania en lui tendant un bout de parchemin adressé à Alya et portant l'écriture de Viago.

— Qu'est-ce que dit cette lettre ? se renseigna Clarisse, soudain très tendue.

— Rien d'alarmant, ne t'inquiète pas, j'ai fait abattre le porteur, expliqua Tania.

— Orus ! Mais nous n'avons rien à cacher, pourquoi Viago voudrait-il nous espionner ? Tu n'aurais pas dû l'abattre, pourquoi avoir pris une telle décision, dit Aurore, horrifiée, sentant des larmes couler sur ses joues.

— Aurore, tes réactions me font peur parfois. Le royaume des Fées est plus important qu'un oiseau, nous devons préserver nos terres de ces canidés. Je sais que tu ressens de l'amitié pour ce Lycan, mais tu dois te rendre à l'évidence, il avait pour mission de te séduire, il voulait humilier les Fées en arrachant la vertu d'une Fée royale. Heureusement que tu ne t'es pas laissé cueillir comme une vulgaire paysanne par ce chien, imagine la honte qui te couvrirait si jamais tu avais cédé.

Tout en lisant la lettre, Aurore fondit en larmes.

— Non, je ne peux pas y croire ! hurla-t-elle désespéré.

— Eh bien, demande-le-lui, proposa Tania.

Aurore se leva et courut jusqu'aux appartements de Viago. Il avait disparu, il ne restait rien de son passage dans le royaume de Fédicia, sauf le collier qu'Aurore lui avait offert la veille. La Fée s'effondra sur le sol, anéantie comme jamais auparavant, le cœur brisé pour la première fois.

Dans la salle du trône, Clarisse, écœurée, demanda à Tania.

— Comment as-tu fait ?

— Comme tu le vois, c'est l'écriture de Viago, dit Tania feignant l'innocence.

— Il n'a pas pu écrire cela, il a risqué sa vie pour la sauver, il est fou d'amour pour elle, expliqua Clarisse absolument pas dupe.

— Effectivement, à l'aide d'un sortilège, j'ai simplement changé le contenu, sourit Tania.

— Où est Viago ?

— Parti !

— Comment as-tu fait ? l'interrogea Clarisse, écœurée.

— Il se peut que j'aie attribué mon tout premier meurtre à Aurore, expliqua Tania, en pensant à Zoulot.

— Cela n'aurait jamais suffi, déclara Clarisse étant témoin depuis le début de la force des sentiments de Viago.

— Je lui ai peut-être laissé penser qu'elle avait fait la même chose avec lui, qu'elle était responsable de la mort de son oiseau et peut-être aussi que c'était elle, le maître des morts, ricana-t-elle.

— Pourquoi avoir détruit le bonheur d'Aurore ? hurla Clarisse.

— Tu sais pourquoi ! Tu as beaucoup de secrets à cacher toi aussi ! s'énerva Tania.

— Tout ce que j'ai fait, je l'ai fait pour te protéger uniquement ! pleura Clarisse à bout.

— C'est loin d'être la seule raison et tu le sais très bien !

— Arrête ! la supplia-t-elle.

— Tu veux qu'on reparle de ce qui s'est passé cette nuit-là dans la forêt, que lui as-tu fait alors qu'il te tournait le dos ? cria Tania.

— C'était un accident ! C'est à cause de ces horribles visions ! pleura Clarisse.

— Tu n'as même pas eu le courage de le regarder, tu étais bien contente que je sois là pour nettoyer derrière toi !

— Je ne voulais pas le tuer !

— Personne ne te croira, personne ne voudra d'une reine capable de tuer ses sujets innocents de sang-froid ! Que tu le veuilles ou pas, nous sommes dans le même bateau, sourit Tania.

— Tu es monstrueuse, je n'aurais jamais dû te protéger. Je ne voulais pas voir ce que tu étais devenue, mais Médina avait raison, déclara Clarisse.

— Tu veux vraiment parler de Médina, répondit-elle sournoisement.

— Ça suffit, stop, je sais que je n'aurais pas dû te protéger après ça. Je pensais qu'elle était morte, mais aujourd'hui, je ne peux plus fermer les yeux, expliqua Clarisse.

— Tu penses vraiment avoir le choix. Tes pouvoirs ne peuvent pas rivaliser avec les miens, menaça Tania.

— Le royaume me choisira, dit Clarisse.

— Mes pouvoirs surpassent de loin celui de l'ensemble de ton peuple.

— C'est aussi ton peuple, lui rappela Clarisse.

— Je suis une Nécromancienne ! hurla Tania, folle de rage.

— Que vas-tu faire ?

— T'empêcher de contrecarrer mes plans ! dit fermement Tania, en entourant Clarisse de sa fumée noire.

— Non ! Tania, je t'en prie ! Non ! hurla Clarisse.

Chapitre 31
Confusion dangereuse

Viago galopait au vent, comme pour fuir l'horrible vérité qui venait de s'imposer à lui. Aurore, pensa-t-il, son visage se dessina dans ses pensées et il ressentit une violente douleur s'emparer dans sa poitrine. L'amour, c'est l'amour qui l'avait aveuglé, il n'avait pas été assez vigilant. Il ne pourrait pas la détruire, il en était incapable, comment un guerrier pouvait manquer à ce point de courage, songea-t-il, déboussolé. Je dois trahir Alya, comment pourrais-je faire cela ? s'interrogea-t-il. Il était anéanti, il sauta de son cheval qui galopait à vive allure et se métamorphosa en loup géant, son hurlement déchira le ciel, son cri empli de tristesse transperçait l'âme.

— Viago ! sursauta Alya, à peine remise de sa vision de la veille, particulièrement intense.

Le groupe venait de reprendre la route de Fédicia, Caleb était contre, inquiet pour elle et les reines du Sud. Il avait dû abdiquer, en effet, le temps était compté, s'il voulait que le monde légendaire ait une chance. Tania devait être arrêtée au plus vite, il avait donc accepté de reprendre le chemin qui les menait chez les Fées. Un bruit sourd, ressemblant à une complainte, s'était élevé dans les airs, pour venir jusqu'au groupe.

— Que se passe-t-il, Alya ? l'interrogea Caleb anxieux.

— Je ressens le monde légendaire, son âme, son cœur, dit-elle, de plus en plus étrange depuis l'assimilation du huitième art.

— Quoi ? demanda-t-il, incrédule.

— Viago, il souffre.

— Il est blessé ? Pas ça ! s'emporta-t-il.

— Le mal dont il souffre n'est pas physique, expliqua-t-elle.

— Où est-il ? questionna Caleb.

— Devant nous.

— Qu'attendons-nous ?

Il partit au galop, suivi par le reste du groupe. Ils chevauchèrent pendant plus de deux heures sans faire le moindre arrêt lorsqu'ils entendirent distinctement les hurlements du Lycanthrope. Ils bifurquèrent pour rejoindre les complaintes, ils suivirent le bois sur quelques mètres, avant d'atteindre une petite clairière, sur un gros rocher, ils tombèrent sur le loup au pelage noir et blanc, qui les fixa avec insistance. Il se mit à grogner sur eux, avançant d'un air menaçant.

— Que fais-tu, Viago ? l'interpella Caleb.

Mais le loup menaçant ne tint aucun compte de ses paroles et continua d'avancer vers Alya, les yeux plissaient, montrant ses crocs. Éva pointa son arc sur lui avec la rapidité de l'éclair.

— Non ! hurla Alya.

— Enfin, il te veut du mal ! s'emporta Naomie.

— Il veut qu'on l'abatte, il sait qu'il n'arrivera jamais jusqu'à moi, expliqua-t-elle.

— Et s'il comptait justement sur ton amitié pour t'atteindre ? demanda Gayane.

— Il ne me fera aucun mal, écartez-vous !

— Mais, Alya ! dit Lise.

— Ayez confiance en moi ! Écartez-vous et ne lui faites aucun mal.

Le groupe s'exécuta et s'écarta doucement d'elle. Viago se fit plus insistant, il n'était plus qu'à quelques centimètres d'elle. Il ouvrit la gueule comme pour la dévorer. Alya leva sa main et la plaça sur le museau du loup, l'animal, décontenancé, ferma la gueule. Elle posa sa tête contre celle de Viago et murmura.

— Que t'est-il arrivé, mon ami ?

Le loup recula et redevint un guerrier lycanthrope, entièrement nu. Caleb était incapable de bouger sous le choc. Valentin sortit une couverture qu'il lui jeta, Viago l'attrapa au vol.

— Pourquoi voulais-tu mourir ? demanda Alya.

— Je connais l'identité du maître des morts, expliqua-t-il.

— Nous t'écoutons, dit-elle calmement.

— Je ne peux pas te le dire et je ne peux pas le détruire non plus. Pardonne ma lâcheté, dit-il en s'inclinant complètement perdu.

— Il n'y a rien à pardonner. Je pense que tu as été abusé.

— J'ai manqué de déférence, reconnut Viago.

— Je ne parle pas d'Aurore ! dit Alya.

— Pardon ? l'interrogea-t-il, soudain très attentif.

— Le maître des morts, nous connaissons son identité, ce n'est pas Aurore, expliqua-t-elle.

— Pourtant, je…, commença Viago.

— Tania ! C'est Tania, elle t'a abusé.

Viago mit quelques minutes à remettre de l'ordre dans ces idées.

— Oh non ! Aurore ! dit-il, soudain désemparé.

— Ne t'inquiète pas, si elle avait voulu tuer sa sœur, Tania l'aurait fait dans le royaume de Logalven ! Habille-toi ! Nous devons nous remettre en route au plus vite, lui ordonna Alya.

Viago acquiesça, il enfila silencieusement les affaires que Caleb lui tendit. Le malaise entre le groupe et lui dura quelques heures, l'ambiance était froide et pesante, puis Caleb, de nature joviale, utilisa son humour.

— J'ai vraiment cru que tu allais nous bouffer ! déclara-t-il, provoquant l'esquisse d'un sourire chez son frère de meute.

— Je suis désolé de mon comportement, répondit-il simplement.

— C'est toujours comme ça les retrouvailles, chez vous autres, les Loups ? se renseigna Gayane, provoquant le rire du groupe.

Le silence reprit lorsqu'ils aperçurent au loin la frontière du royaume de Fédicia.

— Tania ignore qu'elle est démasquée, elle sait que tu ne trahiras jamais Aurore, elle nous laissera entrer, affirma Alya.

— Toi et les reines du Sud venues faire un petit coucou aux Fées, j'en doute, dit Viago.

— Nous n'avons pas d'autre choix, il faut entrer, déclara-t-elle.

— Oui ! Mais évitons au moins de passer par la grande porte, dit-il.

Il avait passé de longues semaines à parcourir le royaume des Fées avec Aurore. Elle connaissait par cœur Fédicia, ses chemins, ses passages et par chance, elle avait partagé ses secrets avec lui.

— Si nous pénétrons dans le royaume de cette manière, la guerre sera déclarée avec les Fées, indiqua Lise.

— Elle est déclarée depuis longtemps ! Notre but est d'arriver jusqu'à la princesse du feu, objecta Éva.

Chapitre 32
La bataille des mages

Durant plusieurs jours, les magiciens avaient parcouru les terres du premier continent afin d'accéder aux terres arides de l'extrême nord. Ils devaient retrouver coûte que coûte le mage noir, afin de lui enlever sa magie. Il ne devait plus interférer dans le destin du monde légendaire. Agos était à la recherche des tombeaux sacrés d'après l'espionnage de Viago. Les anciens dieux des humains avaient été enterrés dans le royaume des Nornes, elles en étaient les gardiennes, elles devaient veiller sur leur repos éternel. Lors de la séparation des mondes, toute la magie avait été envoyée dans le monde légendaire, afin d'y être préservée des humains. Lors du transfert, les sarcophages des dieux éternels, portant l'essence magique de leur maître, avaient été transportés avec les terres nornes.

Les dieux étaient en réalité les premiers êtres magiques à avoir foulé la terre, ils étaient à l'origine de toutes les créatures. Prodigieux et aussi anciens que le monde réel. Néanmoins, les dieux étaient bien différents des monarques des neuf royaumes. Ils ne ressemblaient pas à des leaders, mais à des tyrans, ils avaient utilisé cette puissance pour asservir l'humanité. Toutefois, ils avaient négligé une chose, le courage des humains. Les dieux, imbus de leur personne, avaient sous-estimé le peuple qu'ils avaient réduit à l'esclavage.

C'était un tort, ils étaient beaucoup plus nombreux et en s'unissant, ils les avaient renversés. Cependant, il était impossible de tuer les dieux, êtres immortels, c'est alors que les humains avaient décidé de les maintenir dans un sommeil pour l'éternité. Ils avaient utilisé d'immenses boîtes, baptisées « sarcophages », chaque tombe utilisait la propre magie de son prisonnier pour alimenter le mécanisme et le garder en sommeil. De cette façon, ils seraient actifs pour toujours. Ces dieux avaient été placés sous la protection des Nornes, guerrières redoutables, afin qu'aucun humain ne puisse un jour réveiller les dieux colériques.

Les Nornes avaient toujours veillé sur les tombeaux dans le monde réel, mais dans ce nouveau monde, protégés de la curiosité et de l'avidité des hommes, elles les avaient délaissés. Les magiciens étaient très inquiets, ils ne connaissaient pas les intentions d'Agos, ils devaient agir vite, afin d'éviter tout acte irrémédiable. Pourquoi Agos s'intéressait-il aux tombeaux ? Quel but poursuivait-il ? Ils ne comprenaient pas ces attentions. Les tombeaux étaient protégés par d'innombrables pièges mortels, ils allaient devoir être prudents.

Ils arrivèrent à l'entrée du tombeau sous un soleil brûlant. Les magiciens avaient recouvert leur corps de linges protecteurs. Un escalier les conduisit à une succursale décorée de statues imposantes alignées des deux côtés de la pièce. Un autel au centre, tinté de rouge, devait servir autrefois de lieu de sacrifice humain. Ils avancèrent prudemment, pas à pas, les uns derrière les autres, formant un cercle protecteur. Alors qu'ils avaient parcouru à peine un mètre, une porte en pierre s'abattit sur les escaliers, laissant l'endroit sombre et clos. Les magiciens utilisèrent leur magie pour créer de la clarté, c'est à cet instant qu'ils virent les statues prendre vie et s'avancer vers eux, armées et menaçantes.

Ils utilisaient leur magie uniquement pour la guérison, car ils se devaient de respecter le cours du destin dans ce monde. Ils étaient des observateurs, présents pour conseiller et éclairer les routes des monarques. Néanmoins, l'un d'entre eux avait enfreint toutes leurs règles afin de détruire ce qu'il prenait pour la plus grande menace du monde légendaire, l'élue des Loups. Les magiciens devaient à leur tour agir pour ne pas rompre l'équilibre naturel et fragile de ce monde si particulier. Camino utilisa des éclairs, Vargis fit pleuvoir la foudre sur les statues, Amonis, quant à lui, augmenta l'apesanteur dans la pièce afin de les clouer au sol. Herold créa des ondes tellement fortes que les chocs provoquèrent des fissures dans les corps de pierre, Libem fit trembler le sol, ce qui éparpilla les statues fêlées, enfin Erades créa une bourrasque énorme qui acheva de disperser les morceaux gisant sur le sol.

— Quelle équipe ! sourit Vargis, heureuse de retrouver les membres de sa communauté.

— Il est vrai que ce regroupement a quelque chose d'attrayant, reconnu Erades.

— N'en oublions pas notre mission, déclara Amonis en s'approchant du fond de la pièce sans issue pour en trouver une, suivi de près par Libem.

— Ici ! dit ce dernier au bout de quelques minutes.

— En effet, se réjouit Herold devant la poussière virevoltant et indiquant un couloir caché derrière le mur fortifié.

— Reculez-vous ! cria Camino, en créant une petite tornade dans sa paume et en l'envoyant vers le mur, qui ne résista pas, laissant apparaître un couloir profond, semblant sans fin.

— Bien, en route ! affirma Herold.

Les magiciens parcoururent plusieurs kilomètres dans des couloirs qui semblaient interminables, se servant de leur magie afin de ne pas se perdre. Ils arrivèrent enfin dans une pièce colossale, plusieurs sarcophages étaient entreposés dans la pièce au sommet d'escaliers gigantesques. Agos était penché sur l'un d'eux au centre de la salle. Il semblait murmurer une incantation.

— Que fais-tu ! hurla Camino.

Agos, surpris d'être démasqué, sursauta.

— Camino ? Herold ? Vargis ? Erades ? Aminos ? Libem ? Vous êtes venus au grand complet ma parole. Que faites-vous là ? demanda-t-il, feignant l'étonnement.

— Trêve de faux semblant ! Agos ! Tu sais pourquoi nous sommes là ! s'indigna Vargis, agacée.

— Comment as-tu pu laisser Tania ravager nos royaumes ? le questionna Libem.

— Je n'ai rien à voir avec tout ça, se défendit-il.

— Mais tu as laissé faire sans réagir ! cria Camino.

— Nous connaissons tous tes intentions. Tu voulais que Tania détruise Alya, ne le nie pas ! s'emporta Herold.

— C'est vrai ! Je ne nie rien ! Pose-toi les bonnes questions. Elle a le pouvoir de tout détruire ! s'énerva Agos.

— Elle a aussi le pouvoir de tout reconstruire, renchérit Amonis.

— Vous êtes tellement en extase devant ce chaperon blanc, je ne vous comprends pas. Vous avez placé tellement d'espoir en elle que vous refusez de voir ce qu'elle peut devenir. C'est une bombe à retardement, Aléone finira par prendre complètement le contrôle et elle déchaînera sa colère sur le monde légendaire.

— Mais enfin, tu t'entends ! Elle est le seul espoir de ce monde, la seule à pouvoir détruire Tania, comment as-tu pu laisser cette Fée contre nature prendre autant de pouvoir ?

— Ce n'était pas mon plan ! s'emporta-t-il.

— Ton plan ? s'enquit Vargis.

— C'est Mila ! expliqua Agos, provoquant la stupeur des magiciens.

— Pourquoi l'ancien chaperon rouge voudrait-il la mort du nouveau ? interrogea Herold.

— Contrairement à vous, elle a vu clair dans le petit jeu de cette Alya. Elle a lu l'avenir du monde légendaire et la désolation que provoquerait le chaperon blanc dans le grimoire sacré d'Elnora. C'est la déesse du temps et de l'espace qui a engendré ce livre, elle avait le pouvoir de voir l'avenir. Vous pouvez m'accuser autant que vous voulez, ce n'est pas moi le monstre de l'histoire. C'est votre protégée.

— Quel est le plan de Mila ? hurla Herold en envoyant un éclair devant les pieds d'Agos, perdant le contrôle.

— Tu penses que j'ai peur de vous ? Il est trop tard, notre stratagème a déjà parfaitement fonctionné. La vision que j'ai insufflée à Alya lors de la première assemblée des neuf royaumes a provoqué le réveil de l'âme d'Aléone qui se bat désormais pour prendre possession de son corps. Pour l'instant, elle ne peut utiliser que des visions sur elle, mais plus son pouvoir grandira, plus elle possédera son âme, jusqu'à ce qu'elle arrive à ses fins, la destruction totale de toute magie, dit Agos.

— Mais enfin, si tu as si peur qu'Aléone prenne le dessus sur Alya, pourquoi avoir réveillé son âme ? s'emporta Vargis.

— Comment as-tu pu oublier notre mission en protégeant Tania au lieu de la reine Clarisse et du peuple qui t'a été confié ? demanda Erades.

— Cela fait partie de la machination prodigieuse de Mila, deux pour le prix d'un.

— Tu voulais te servir d'Alya pour détruire Tania, comprit Amonis.

— Puis ensuite, Mila a révélé le secret des portails à Alya. Elle lui a indiqué que son devoir de chaperon blanc était de se sacrifier, afin de protéger Dastan et les créatures, finit Herold.

— Bien sûr, Mila savait qu'Alya ferait son devoir quoi qu'il en coûte, dit Libem, écœuré.

— En particulier, après avoir senti l'âme d'Aléone et sa colère envers le monde légendaire, Alya ne pouvait que faire le choix du sacrifice, ajouta Vargis.

— Elle ne fera jamais ça, Dastan mourra et le peuple des Loups restera transformé, à la merci des autres peuples. Alya ne pourra pas se résoudre à le brader, tenta de se rassurer Herold.

— Vous croyez que Mila aurait sacrifié son fils unique ? Leur lien a été brisé par l'ancien chaperon rouge lui-même, avec la participation de Milla, quel magicien es-tu pour n'avoir rien vu ? déclara Agos.

— Non ! hurla Herold.

— Je ne veux pas de ces liens dans mon royaume, ils seront la chute de notre monde, pourquoi ne pouvez-vous pas entendre raison ?

— Mila a utilisé Alya pour rompre leur lien, assimila Herold, de plus en plus dégoûté.

— Nous allons t'empêcher de nuire, une bonne fois pour toutes ! s'emporta Vargis.

— Vous pouvez me détruire, cela ne changera rien, il est trop tard pour votre précieux chaperon blanc, vous ne parviendrez jamais à la sauver. Mon renoncement ne sera pas vain, sourit Agos.

— C'est ce que nous verrons ! déclara Amonis en commençant l'incantation, suivi par les autres magiciens.

Agos fut encerclé par une fumée grise qui tournoyait autour de lui. Vargis ouvrit une urne, tout en continuant leurs formules. Agos se transforma lui-même en fumée, en hurlant de toutes ses forces, avant d'être attiré entièrement dans l'urne. Vargis scella alors celle-ci.

Amonis s'approcha du sarcophage.

— Le livre des Nécromanciens ! Ce bocal contient le sang du maître des morts, indiqua-t-il.

— En plus de sa traîtrise, Agos semble avoir pactisé avec Tania pour réaliser ses plans, dit Herold.

— Il voulait réveiller les dieux, comprit Erades.

— C'est bien un membre de l'élite noire des mages, déclara Libem.

— Un adorateur des dieux, leur but ultime est que ces monstres reprennent le contrôle des mondes, termina Vargis.

— Heureusement, nous sommes arrivés à temps, déclara Amonis en voyant qu'Agos n'était pas arrivé à la dernière page.

Il referma le livre et rejoignit les autres magiciens au centre de la pièce. Herold s'assit, effondré.

— Tout va bien ? lui demanda Camino.

— Alya ! Agos a raison, nous ne parviendrons jamais à la sauver, expliqua-t-il.

— Il faut au moins essayer, répondit Vargis.

Chapitre 33
L'armée du Nord

L'armée du Nord avait embarqué dans les bateaux corsaires. L'*Herevor* avait pris la tête de la flotte démesurée de navires voguant vers les rives du Sud, à son bord, Aidan et Rosa étaient accompagnés de leurs fils, des monarques du Nord et des membres restants de la meute royale. L'ensemble des bateaux accosta sur les côtes de Kentorov. Le débarquement fut impressionnant, tant leur nombre était incalculable. Des éclaireurs centaures épiaient leur arrivée au sommet de la falaise.

— Va prévenir le roi, dit l'un d'eux.

— Tout de suite, fit le second, en se mettant en route.

Une partie de l'équipage de l'*Herevor*, suivi par d'autres navires, fut la première à mettre le pied à terre. Il fallait séparer l'armée du Nord en trois afin de couvrir tout le territoire du Sud. Les monarques avaient établi une stratégie de guerre qu'il leur restait à présent à mettre en place. Vladimir, Elsa, Vidgis, Ezeikiel et Liam s'occuperaient de l'armée des morts la plus puissante ayant envahi le territoire de Visiodem. Les terres cyclopes étaient gorgées de dédales de tunnels permettant aux morts-vivants d'accéder au royaume facilement.

Aidan et Rosa combattraient la deuxième armée des morts sur les terres de Fauniraëlla, l'eau et le vent étant présents dans cette région du monde, ils seraient un atout non négligeable pour les Corsaires. Dastan, quant à lui, devait rencontrer les Centaures avec Arcos, Farissa et Liloa, afin de leur soumettre la manœuvre élaborée par les monarques du Nord, autant dire que la mission risquait d'être aussi ardue que le combat contre l'armée des morts.

Pour la première phase du plan, les guerriers de chaque peuple resteraient avec leurs souverains. Les bateaux corsaires conduiraient chaque armée à son point de chute afin d'éviter les pertes de guerriers sur les territoires du Sud infestés par les ennemis. Dastan enlaça chaleureusement ses enfants, les suppliant d'être prudents et de veiller l'un sur l'autre, Vladimir lui promit de prendre soin de sa fille et Vidgis de son fils. Il eut également un geste chaleureux envers son ami d'enfance Aidan et sa douce Rosa, sans oublier celui qui était un véritable neveu à ses yeux, Liam. La séparation était d'autant plus dure que la guerre n'épargnait personne, les rois et reines, en tant que leaders, étaient souvent en première ligne, montrant l'exemple et défendant leur décision jusqu'à risquer leur vie. Cette guerre lui rappelait les trésors qu'ils devaient à tout prix protéger, l'amour, l'amitié et le respect.

Dastan voulait que ses enfants qui connaissaient leur première guerre soient ensemble, dans l'armée la plus importante en nombre. Il se félicitait de les avoir élevés en les préparant au pire. Il avait parfois été dur avec leur mère, car il connaissait bien la dangerosité du monde légendaire, elle était arrivée sans aucune connaissance et maîtrise de ses pouvoirs, avec de nombreux ennemis voulant la voir expirer son dernier souffle. Contrairement à beaucoup d'autres rois, il avait voulu apprendre à sa famille à se défendre, en faisant ressortir le meilleur de leur potentiel. Dastan aurait aimé la protéger de la guerre, coûte que coûte, la faire passer avant tout. Cependant, il était né prince des Lycanthropes, destiné à une inconnue, portant la lourde responsabilité d'un peuple croyant en lui.

Le fait d'être un leader était un privilège qui pouvait souvent se transformer en fardeau. Malgré tout, Dastan avait confié ses enfants à des guerriers légendaires, en leur accordant leur main pour l'union ultime chez les créatures : le mariage. Dastan savait que Vladimir et Vidgis feraient tout ce qu'ils pourraient pour préserver leur vie. Il s'inquiétait également pour son épouse, il l'avait abandonnée à son destin, de récentes déclarations à son sujet l'avaient troublé, il avait dû remettre le sien entre les mains des magiciens. Il devait faire face à ses responsabilités, il avait donc accepté la proposition d'Herold, qui le conseillait depuis sa naissance. C'est lui qui se chargerait de protéger la vie de son épouse, en remontant la piste d'Agos. Dastan devait rester confiant et concentré sur sa mission périlleuse, s'il voulait que son monde soit sauvé de l'extinction.

Il commença son ascension jusqu'à la citadelle des Centaures, accompagné de la meute et de l'armée des Lycanthropes. Le nombre des Loups était impressionnant, ils remontèrent la falaise et remarquèrent deux bûchers encore fumants, l'un beaucoup plus haut que l'autre.

— Ils ont brûlé leurs propres morts, s'inquiéta un des gardes.

— Ils n'ont pas le choix, tous les morts sont des ennemis en puissance, le calma Arcos.

— C'est tout de même d'une violence extrême, reprit le garde.

— Les Centaures ne sont pas connus pour faire dans la dentelle, expliqua Farissa.

— Ce sont des guerriers courageux, qui font ce qu'il faut pour préserver leur peuple, peu importe le coup. Nous devons faire preuve de respect et prendre en compte leur détermination, s'exprima Dastan.

— Tu as raison, ce peuple mérite notre respect, ajouta Liloa, qui avait été, avant les récents événements, le porte-parole des Loups dans ce royaume.

— Nous ne sommes pas seuls, déclara Arcos sentant une présence.

Un bruit de claquements de sabots de plus en plus forts se fit entendre. Une troupe de Centaures armés jusqu'aux dents vint à leur rencontre, s'arrêtant à tout juste quelque centimètre des Loups.

— Vous êtes sur les terres centaures, roi Dastan ! hurla un des guerriers.

— Nous venons en paix, déclara ce dernier.

— Alors pourquoi avez-vous amené votre armée avec vous, Seigneur ? interrogea un second guerrier.

— Je ne vais pas jouer à ce petit jeu avec vous, Centaures, vous savez parfaitement ce qui m'amène ici avec mes valeureux combattants ! Amenez-moi à votre chef ! s'énerva-t-il.

— Vous vous adressez à notre roi, Centaures, évitez de déclencher une guerre entre royaumes, ne laissez pas votre fierté tuer votre peuple, vous avez grand besoin de renfort, déclara Liloa, en jetant un regard sur la fumée des bûchers s'élevant derrière elle.

Les guerriers se raidirent.

— Bien ! Mais seulement le roi ! indiqua l'un d'eux.

— Vous avez vos règles, nous avons les nôtres ! Un dirigeant lycanthrope ne se déplace jamais sans sa meute ! s'énerva Farissa.

— D'accord, vous et la meute royale uniquement, concéda-t-il.

Dastan, Arcos, Farissa et Liloa suivirent les Centaures jusqu'à la salle du trône. Adam était prostré sur son trône, semblant mal en point.

— Adam ! s'inclina respectueusement Dastan en s'arrêtant devant le trône, imité par la meute.

— Où est la Néphélé ? demanda Adam, pour toute réponse.

— Les liens ont décidé de s'unir et de former une alliance, indiqua-t-il.

— Cette demande d'alliance émanait de qui ? Votre épouse ! Ne mentez pas, je sais qu'un messager lycan est entré sur nos terres avant son départ ! hurla Adam.

— Je sais que les Centaures sont réputés pour leur tempérament fougueux. Néanmoins, je vais être d'une honnêteté limpide avec vous, en allant droit au but. J'ai failli perdre mon âme sœur parce que je la considérais bien plus comme un lien que comme mon épouse. Vous avez apparemment fait la même erreur, aujourd'hui deux choix s'offrent à vous : continuer de faire passer avant tout votre orgueil et vous y perdrez vos guerriers, votre peuple ainsi la seule et unique femme qui pourra vous rendre heureux, ou arrêter de vous comporter en arrogant et odieux roi capricieux et accepter que vous ne pourrez pas vaincre seuls les forces sombres qui grouillent dans les entrailles de notre monde et offrir à vos guerriers des alliés redoutables et une chance de s'en sortir ! s'emporta Dastan.

— Comment osez-vous venir dans mon royaume et me dicter ma conduite ! Mon épouse est partie à cause de la vôtre ! Elle est même responsable du départ de notre magicien ! Les liens sont là pour porter les futurs rois, c'est la raison de leur venue dans notre monde depuis des siècles. Mais apparemment, la reine des Centaures a oublié son devoir, elle avait sûrement trop peur de la mort, elle a préféré s'enfuir en courant ! cria Adam, fou de douleur et de colère.

— Vous êtes navrant, mon pauvre ami ! C'est un comble, devant cet accablant tableau, je me rends compte que je connais mieux votre lien que vous-même ! soupira Dastan las.

— De quoi parlez-vous ?

— Votre reine a développé ses pouvoirs à leur apogée, elle s'est liée avec une Démestare, cette jument céleste n'a pas hésité à se lier à elle, ensemble elles pratiquent une voltige acrobatique qui pourrait venir à bout d'un dragon avec la seule combinaison de leur puissance ! Elle est actuellement partie risquer sa vie auprès de mon audacieuse épouse pour essayer de tuer le maître des morts, afin de protéger son peuple et votre pitoyable existence ! s'indigna Dastan, complètement hors de lui.

— Vous avez découvert l'identité du maître des morts ? demanda Adam, incrédule.

— Non ! Les liens, Adam ! Ce sont elles qui ont accompli cet exploit ! Elles sont les seules à pouvoir en venir à bout ! La magie sombre des Nécromanciens s'oppose naturellement à celle de la lumière venant du sacrifice ultime d'une innocente ! Nos liens sont des empathiques, protectrices de la vie !

Le roi centaure ne prononça plus un mot.

Dastan fit signe à la meute qu'il était temps de partir.

— Pourquoi êtes-vous venus ? murmura Adam avant qu'il ait quitté la pièce.

— J'ai fait une promesse à la grande reine des Centaures, celle de venir protéger son peuple, pendant qu'elle accomplirait son destin de Néphélé, dit-il calmement, en se retournant.

— Comment avez-vous fait pour accepter son destin exceptionnel ? le questionna Adam, en parlant du chaperon blanc.

Il sembla soudain très triste.

— Cela n'a pas été simple, il m'a fallu la perdre pour comprendre sa valeur, expliqua Dastan, soudain très compréhensif envers ce roi impétueux.

— Vous avez une stratégie de guerre pour vaincre ces êtres, n'est-ce pas ?

— Encore un miracle qui est l'acte d'un lien, elle a permis aux Loups que vous voyez de s'allier à l'élite du Nord, sourit Dastan.

— Si nous devons mourir ensemble, alors qu'il en soit ainsi, je t'accorde ma confiance, roi guerrier. Quel est ton plan ?

Aidan, Rosa et les Corsaires débarquèrent sur les berges de Fauniraëlla, de longues heures après avoir déposé les Lycanthropes accompagnés des meilleurs de leurs combattants. Les Satyres vinrent également à leur rencontre, mais l'accueil fut nettement plus chaleureux que pour Dastan.

— Notre roi espère votre venue depuis des jours, expliqua un des Satyres.

— Suivez-nous, il faut éviter la frontière nord-ouest qui est actuellement occupée, déclara un autre.

— Nous vous accompagnons, indiqua Rosa.

L'armée corsaire fut acclamée par les villageois, à sa plus grande surprise.

— Enfin vous voilà, les salua chaleureusement Arthur.

— Roi Arthur, s'inclina Aidan respectueusement.

— Les Nymphes ne sont pas avec vous, blanchit-il.

— Pour être franche, elles sont actuellement en mission, l'informa Rosa.

— Racontez-moi tout, demanda le roi des Faunes.

Presque un jour plus tard, alors que la nuit venait de tomber, l'*Herevor* aborda les côtes de Visiodem. Dès leur débarquement, ils furent accueillis comme des sauveurs par le peuple cyclope. Un groupe de guerriers les prit en charge et les mena directement à Gabriel. Celui-ci était dans un camp de fortune établi à côté des armées d'envahisseurs. Le roi des Cyclopes sembla à la fois surpris et content devant leur apparition.

— Vous êtes venus, dit-il, ému par leur présence.

— Nous sommes venus vous proposer une stratégie, indiqua Ezeikiel.

— Gayane n'est pas avec vous ?

— Roi Cyclope, nous n'allons pas vous mentir, la Gaia accompagne actuellement le chaperon blanc, afin de détruire le maître des morts et de mettre fin à la guerre.

— Vous connaissez son identité ? s'enquit le second de Gabriel.

— Effectivement, indiqua Vladimir.

— Gayane affrontant ce maître ! s'inquiéta Gabriel.

— Les capacités de la Gaia dépassent actuellement celle de beaucoup de vos guerriers, le rassura Vidgis.

— Mais comment est-ce possible ?

— L'entraînement intensif des liens chez les Lycanthropes, répondit Ezeikiel.

— Ayez confiance en elle, suggéra Vladimir.

— Elles sont véritablement redoutables, indiqua Liam, ayant assisté à quelques entraînements.

— Je ne doute pas qu'elles soient surprenantes, sourit Gabriel, admiratif.

— Nous sommes venus à sa demande et à la vôtre, Camino nous a transmis votre message, expliqua Elsa.

— Nous avons un stratagème, nécessitant votre aide, expliqua Vladimir.

— Asseyez-vous, mes amis, déclara Gabriel en montrant la table à l'intérieur de sa tente de fortune, établie pour permettre aux Cyclopes de réaliser des conseils de guerre.

Chapitre 34
Le maître des morts

Alya, Viago, Valentin, Caleb et les reines du Sud avaient traversé une petite partie du royaume de Fédicia avant de parvenir au château de cristal des Fées. Ce bâtiment était réellement une splendeur, il semblait aussi fragile qu'un miroir et pourtant, il était aussi solide que du diamant. Le groupe s'arrêta derrière l'arbre le plus proche.

— Il ne faudra pas beaucoup de temps aux gardes du palais pour nous repérer aussi proches du château, c'est même étrange qu'ils ne l'aient pas déjà fait, murmura Viago.

— Comment accéder au palais ? l'interrogea Gayane.

— Sans être repérés, précisa Caleb.

— C'est impossible, à partir d'ici, la garde triple et si nous avançons, la reine le saura, expliqua Viago.

— Allons-y à découvert, suggéra Alya.

— Mais nous ne pouvons pas arrêter l'armée des Fées à nous seuls, s'inquiéta Lise.

— Notre mission est primordiale, nos peuples, nos rois, nos amis vont périr si nous n'agissons pas, déclara Alya avec conviction.

— Tu as raison, peu importe les risques, nous devons agir, la soutint Éva.

— De plus, nous n'avons pas été repérés jusqu'à maintenant. Nous n'avons vu ou croisé aucune Fée, malgré les hectares que nous avons traversés sur leurs terres, cela ne me semble pas être un bon présage, indiqua Jade.

— Cela indique surtout qu'il y a un problème dans ce royaume, en espérant que nous n'arrivons pas trop tard, s'inquiéta Valentin.

— Il n'y a qu'un moyen d'être fixé, déclara Alya en avançant sans se cacher.

— Cette reine ! dit Caleb, admiratif, en la suivant, provoquant le mouvement du groupe.

Alya avança, se rapprochant de plus en plus du palais, mais rien à l'horizon, pas une Fée. Le groupe se sépara et fouilla le château, il était entièrement vide. Les membres de la troupe se rejoignirent dans l'entrée principale.

— C'est comme si le peuple avait entièrement disparu, fit remarquer Ambre.

— J'ai déjà entendu une histoire similaire, s'inquiéta Caleb.

— Logalis nous avait parlé du village entièrement vide. Les disparitions des Elfes ayant servi de nourriture au maître des morts, comprit Alya, soudain paniquée.

— Je sais où ils sont tous passés, suivez-moi et sortez vos armes, dit aussitôt Viago.

— Cela ne me dit rien qui vaille, indiqua Jade.

— Ne fais pas ta pleureuse, un peu d'action sera la bienvenue, dit Naomie l'intrépide, en touchant son médaillon.

Viago les conduisit au cœur de la forêt bordant le château, où il avait suivi la princesse fée jusqu'à l'entrée du souterrain. Contrairement à la première fois, l'accès grouillait d'ennemis.

— Vous êtes prêts ? hurla Alya, en retirant sa capuche rouge, sortant son bâton et courant vers ses adversaires.

Le groupe la suivit, Éva envoya sa flèche, qui transperça plusieurs ennemis à la fois. Lise, Jade et Ambre sortirent leur poignard acéré et commencèrent leurs acrobaties, telle une tornade, coupant et déchiquetant tout sur leur passage. Gayane tendait et écartait les bras, pendant que sa corde s'entortillait autour de ses rivaux et se resserrait jusqu'à disparaître définitivement. Enfin Naomie chatouilla son pendentif pour invoquer Ezémira, sa jument alezane, voltigeant au rythme des claquements de ses sabots, tantôt debout sur la selle, tantôt courant à côté de celle-ci, leur coordination était simplement prodigieuse. Caleb, l'épée à la main, pourfendait ses adversaires, tandis que Valentin lançait ses potions, infligeant diverses blessures, aveuglant, explosant tout sur son passage. Viago, comme à son habitude, apparaissait et disparaissait avec une rapidité époustouflante.

Le groupe était prodigieux, mais c'est Alya qui était la plus grandiose, sa puissance était terrifiante, elle combinait les huit arts empathiques et l'énergie qu'elle dégageait était colossale. Elle était effrayante, frappant son bâton sur le sol et créant une vague protectrice s'étalant comme une bulle géante sur tous ces alliés. Puis elle l'inclinait à la verticale et envoyait des décharges, transformant en poussière tous les ennemis dans un périmètre de plusieurs mètres autour d'elle. Le groupe put rapidement entamer sa descente dans l'escalier, ils arrivèrent rapidement en bas, Viago neutralisait en amont les gardes les plus importants, ils parvinrent à se faufiler jusqu'à la salle où Tania avait discuté avec le Nécromancien, mais celle-ci était vide. Ils décidèrent de descendre l'escalier où Viago avait été repéré. Ils s'enfoncèrent encore plus profondément sous terre, tuèrent des gardes placés devant une porte fermée par une énorme poutre et entendirent des hurlements à glacer le sang juste derrière.

— Le maître des morts fait son œuvre, n'est-ce pas ? comprit Éva, les yeux affolés.

Alya hocha la tête.

— Il nous faut intervenir au plus vite, expliqua Caleb.

— Quoi qu'il se passe, je suis fière de combattre le mal à vos côtés, vous faites honneur à vos prédécesseurs liens, conclut Alya en écartant sa cape et sortant son bâton, imitée par ses compagnons.

Elle créa une bourrasque qui détruisit la porte en frappant son bâton au sol. Tania était en train d'absorber l'énergie d'une Fée et s'arrêta devant le boucan de la porte en morceau. La Fée poussa un dernier souffle et s'effondra lorsque Tania lâcha prise.

— Viago ! Je pensais avoir réussi à me débarrasser de toi, dit-elle, surprise.

— Vous êtes un monstre, dit Lise devant le corps sans vie de la Fée.

— Où est Aurore ! hurla-t-il.

— Elle est morte ! Elle s'est donné la mort après que tu as quitté le château ! Triste ironie, n'est-ce pas ? sourit-elle.

Viago vacilla.

— Elle ment pour te déstabiliser ! cria Alya.

— Toi, Chaperon blanc, je savais que tu cherchais à découvrir mon identité, mais tu as été plus rapide que je le pensais.

— Tu sais manipuler, je dois le reconnaître, constata Alya en regardant Viago.

— Qu'espères-tu faire ici ? dit Tania en souriant.

— Sauver les Fées ! cria Valentin, écœuré de voir les cages remplies de futures victimes.

Il provoqua le rire hilare de Tania.

— Toi, tu es mon prisonnier ! s'énerva la Fée maléfique.

— Pourquoi ? Qu'est-ce que je représente pour vous ? Qui suis-je ? s'énerva-t-il, voulant désespérément se souvenir.

— Tu l'ignores ? Tu ne te souviens vraiment de rien ? s'enquit-elle.

— Vous savez qui je suis. Dites-le-moi ? hurla Valentin.

— Chaque chose en son temps, dit-elle, très amusée par la situation.

— Répondez-moi ! cria l'enfant, las.

Il sortit une potion de son sac et la lança contre Tania, qui l'intercepta d'un revers.

— Tu ne peux rien contre moi et personne ne peut me contraindre.

— Assez ! Finissons-en ! Basherts, défendons nos peuples ! affirma Alya en ouvrant sa cape.

— Même toi ! Tu n'as pas assez de pouvoir ! la défia-t-elle.

— Elle n'est pas seule ! déclara Naomie, en caressant son médaillon.

Lise, Jade et Ambre sortirent leurs poignards, Éva son arc, Ezémira apparut aux côtés de Naomie et Gayane déploya sa corde. Tania lançait des attaques d'une énergie inquiétante, mais les liens étaient forts, capables de se protéger et leur atout de choc était le chaperon blanc qui leur offrait une protection sans faille. Alya était placée au centre du groupe, Caleb et Valentin étaient devant elle, ils attaquaient les ennemis arrivant de la droite et la gauche de Tania. Les quatre liens l'entouraient, deux à l'avant derrière Caleb, Valentin et Viago, puis deux placés derrière elle. Les attaques étaient terriblement puissantes des deux côtés, beaucoup de morts-vivants étaient désintégrés, leurs corps s'envolaient en poussière. Une légère supériorité semblait se profiler du côté du groupe.

— Elle recule ! s'époumona Viago.

— C'est trop facile ! s'inquiéta Caleb, tout en continuant le combat.

Alya avança encore et encore, suivie par les liens combattant sur les flancs, à chaque fois que Tania reculait, elle avançait un peu plus. Valentin lança une potion explosive et se réfugia à terre pour échapper à celle-ci. Alors qu'il observait le sol, il remarqua une marque blanche en forme de croix ou d'étoile, Alya avançait vers elle. Il chercha rapidement des yeux d'autres signes autour de la marque et remarqua quatre autres symboles similaires placés à côté des liens. Il chercha dans sa mémoire, ce dessin lui rappelant quelque chose.

Soudain, sa mémoire refit surface, une petite salle, il se souvint qu'il était allongé sur le sol. Il se levait difficilement, et avançait, cherchant une sortie, en marchant, il fut stoppé, incapable de faire le moindre pas. Lorsqu'il baissa les yeux, il vit ce symbole, cette sorte d'étoile, diffuser une lumière blanche, elle l'avait pris au piège. Aussitôt, il se leva, cependant, avant d'avoir le temps de prévenir les liens, il fut attrapé par Tania elle-même, qui le souleva par la gorge, ces pieds ne touchant plus le sol.

— Je t'emprunte ceci, dit-elle en souriant, elle sortit de la sacoche une des potions explosives qu'elle envoya sur Viago en train de combattre quatre ennemis avec hargne.

— Non ! hurla Valentin.

Mais l'explosion avait déjà atteint le guerrier lycanthrope, qui s'effondra.

Alya s'approcha en hâte, voulant le soigner avec sa magie.

— N'avance pas ! C'est un piège ! cria-t-il de toutes ses forces, pendant qu'Alya posait le pied sur le symbole qui s'illumina et l'immobilisa. La lumière blanche se diffusa jusqu'aux quatre autres marques et les reines furent figées à leur tour. Tania détruisit la sacoche de Valentin avant de le pousser violemment sur le mur. Jade et Ambre se jetèrent sur elle et furent projetées avec violence à côté de Viago. Les deux tombèrent par terre, inconscientes. Caleb, désormais seul, tenta de l'approcher, mais elle disparut et réapparut juste derrière lui en lui plantant une épine accrochée à son doigt. Il poussa un hurlement avant de s'effondrer. Alya tomba à genoux, en hurlant. Caleb agonisait sur le plancher.

— Que lui as-tu fait ? s'exclama-t-elle.

— Du venin d'amphisbène, il me semble que tu connais la mort lente et douloureuse qu'il inflige, jubila Tania.

— Comment as-tu pu nous emprisonner ?

— Disons que tu n'es pas le premier lien que je rencontre, j'ai pu m'exercer durant longtemps sur l'un des vôtres, expliqua Tania.

— Je ne comprends rien ! s'emporta Alya.

— Pas étonnant, petite gourde, j'ai dix coups d'avance sur toi. Tu croyais vraiment que je n'avais pas envisagé que tu essaierais de m'arrêter. Je commençais à préparer la vengeance de Véranem bien avant ta venue dans ce monde.

— Comment savais-tu que tu me combattrais ?

— J'ai assassiné le second chaperon rouge, une coriace que j'ai réussi à anéantir grâce à l'aide du conseil des Lycans. Dans son dernier souffle, elle m'a dit qu'un jour viendrait un chaperon blanc, que celui-ci serait unique et qu'il me détruirait. Sans même le savoir, c'est elle qui m'a donné l'occasion de t'arrêter. Tu vas être prisonnière de cette cage durant un moment, assez longtemps pour que je puisse me nourrir des armées du monde légendaire. Après ça, même toi, tu ne pourras plus rien contre moi, dit-elle, avant de partir dans une fumée noire.

— Caleb ! Caleb ! Tu m'entends ! supplia Alya, en essayant d'utiliser sa magie, mais à chaque fois qu'elle essayait, une décharge s'abattait sur elle.

— Arrête, je t'en prie, c'est inutile, murmura-t-il.

— Non, pas toi. Pitié, non, pas encore, je ne veux pas revivre ça, dit-elle en pleurant.

Les quatre reines du Sud regardaient la scène complètement impuissantes.

— Alya, dit doucement Valentin.

— Quoi ! hurla-t-elle, anéantie.

— Je me souviens de ces symboles, c'est sur moi que Tania a testé ces choses.

— Toi ? Valentin, cela signifie que tu es un lien, comprit Alya, celui des Fées, bien sûr. Je suis stupide, pourquoi t'aurait-elle gardé en vie dans ce cocon ? Tu viens du monde réel.

— Mais c'est impossible, je..., commença-t-il, mais il devait avouer que c'était la seule explication logique à toute cette histoire.

Il était blessé sévèrement à la jambe, il rampa jusqu'à Caleb en se tortillant de douleur.

— Tu dois le sauver, je t'en prie ! implora Alya.

— Mais je ne sais pas comment, j'ignore comment faire, paniqua Valentin.

— Tu dois ressentir son âme, ses douleurs et ses blessures ! lui expliqua-t-elle, essayant de garder son calme.

Valentin posa délicatement ses mains sur la blessure de Caleb et se concentra, au bout d'une minute, il la regarda.

— Je n'y arrive pas, soupira-t-il.

Caleb gémit, agonisant.

— Je t'en prie, Valentin, tu peux le faire, je t'en supplie, il va mourir, le pria Alya, agenouillée à terre, les larmes ruisselantes sur ses joues.

Valentin ferma les yeux, ses mains tremblaient. Il reprit ses esprits et se concentra à nouveau, une lumière sortit de ses mains, s'insinuant dans la plaie provoquée par la griffe, pénétrant dans l'organisme de Caleb et nettoyant son corps du venin. Il revint doucement à lui, ouvrit les yeux, provoquant un souffle de soulagement chez sa reine. Valentin s'approcha de Viago et des Nymphes.

— Toujours inconscients, mais vivants, dit Valentin provoquant un nouveau soulagement chez Alya.

— Nous ne sortirons jamais de cette prison, dit Naomie en tapant sur les barreaux blancs et en se prenant une décharge.

— Pourquoi je ne suis pas emprisonnée ? se demanda Valentin.

— Tu as perdu la mémoire, elle le savait, répondit Lise.

— Elle m'a poussé sur le mur, se rappela Valentin.

Il se leva pour observer le sol devant l'endroit où elle l'avait projeté.

— Tania ne fait rien par hasard, reconnu Alya.

— Là ! Le même symbole, Tania m'a jeté dessus. Pourquoi je n'ai pas été emprisonné ? s'interrogea-t-il à nouveau.

Le chaperon blanc réfléchit.

— Tu n'utilisais pas ta magie, lorsqu'elle t'a poussé, c'est forcément ça.

— Mais bien sûr, nous nous protégeons encore. C'est ça qui doit alimenter le piège, dit Naomie.

La Néphélé se concentra pendant de longues minutes, se terrant dans le silence, pour arrêter de s'abriter sous son bouclier et la cage faite de barreaux lumineux disparut doucement.

Les autres liens firent de même, les barreaux de lumières blanches disparurent, les uns après les autres. Le groupe était en piteux état.

— Nous avions pourtant l'avantage, dit Lise.

— Comme Tania l'a dit, elle a une longueur d'avance sur nous, indiqua Alya.

— Alya ? demanda Valentin.

— Oui ? s'enquit-elle.

— J'ai peut-être une idée.

— Je t'écoute.

Chapitre 35
La guerre des morts

Au sud-est, Dastan et Adam avaient commencé à repousser l'armée des morts, après avoir refusé de livrer les guerriers centaures au maître des morts. Les Lycanthropes avaient essuyé beaucoup de guerres et leur expérience du combat en faisait un atout certain lors des batailles. Les Centaures n'étaient pas facilement impressionnés, mais ils étaient bien obligés de reconnaître la valeur des Loups. Le but ultime de ces combats séparés était de réunifier l'armée des morts afin d'unir les forces des huit armées. Cependant, l'indomptable Sud risquait encore de résister. Les Lycanthropes s'étaient positionnés sur le flanc ouest afin de les repousser vers Fauniraëlla.

Les Centaures avaient la même mission, cependant, ils étaient placés sur le côté gauche des Lycans, afin d'empêcher les ennemis de se retirer vers l'intérieur du territoire kentoroy. Le but de la manœuvre était de protéger les peuples, regroupés vers le centre du domaine. Cette posture des deux armées ne laissait que la côte comme solution à leur adversaire. La mission était de faire reculer la troisième armée et d'éviter les pertes chez les Lycanthropes et les Centaures, de façon à rester assez nombreux pour la véritable bataille, qui devait avoir lieu sur les côtes de Visiodem et qui leur demanderait beaucoup de force. La stratégie de Tania était de diviser pour mieux régner, elle avait utilisé Agos pour semer le trouble et échauffer les esprits avec sa magie lors des assemblées des neuf royaumes, afin d'éviter toute alliance entre les créatures. Celle de Dastan était de réaliser le contraire et de mener à bien la tâche de son chaperon blanc, unifier les neuf royaumes.

À Fauniraëlla, les Corsaires avaient obtenu facilement l'accord des Satyres pour réaliser la stratégie de guerre mise en place avec les monarques du Nord. Le roi Arthur semblait avoir trouvé la foi par rapport aux créatures du Nord, ce revirement de situation permit aux Corsaires de gagner un temps précieux. Les attaques de morts-vivants étant inépuisables, le temps n'était plus à la discussion. Ils utilisèrent avec les Satyres la même méthode que les Lycanthropes et les Centaures, à ceci près que leur avancée était beaucoup plus lente. En effet, les Corsaires en ligne de front faisaient reculer l'ennemi, pendant qu'une partie des Satyres dirigeaient habilement ces pantins vers Visiodem, afin de rejoindre les armées des Cyclopes, des Appeleurs et des Nornes.

Néanmoins, un second groupe de guerriers satyres devaient habilement refermer les passages ouverts sur la frontière de Visiodem, afin que leurs adversaires ne puissent atteindre la cité principale du royaume, où le peuple avait trouvé refuge. Ce premier combat était une course contre la montre, les morts-vivants étaient des marionnettes facilement manipulables, cependant, le maître des morts, lui, était capable de contrecarrer leur plan. Alya et les liens du Sud devaient le détruire, mais si elles devaient échouer, le maître des morts ne tarderait pas à atteindre le deuxième continent. Il fallait réunifier l'armée des morts avant son retour, c'était le point essentiel du plan élaboré par les rois du Nord. Le regroupement des armées était la seule possibilité de victoire, même si, pour cela, les armées du Sud devaient prendre l'immense risque de laisser leur peuple sans protection.

La plus grande bataille était celle menée à Visiodem, car c'est là que l'assaut le plus dur avait été mené par les morts-vivants. Heureusement, le Nord avait répondu présent, deux de ses armées avaient rejoint les terres cyclopes, Ezeikiel et Elsa faisaient partie du convoi et deux empathiques représentaient un avantage singulier. Le but de cette première bataille était d'amener l'armée des morts jusqu'à un point reculé de toute population, tant le combat final allait être d'une violence rare. Il était également primordial pour que le plan fonctionne que tous les accès au domaine cyclope soient démolis, pour protéger le peuple.

Les ennemis étaient très nombreux, chaque grotte à proximité de la zone de combat grouillait de morts-vivants. Vladimir eut une idée afin de couper une fois pour toutes les souterrains des Cyclopes de ceux des morts-vivants. Les Appeleurs avaient la capacité de voir dans les endroits les plus sombres et de pouvoir voler. Valentin n'était pas le seul maître des potions, les magiciens avaient cette faculté, ils maîtrisaient l'art de la science et de la chimie. Ménard avait enseigné tout son savoir à Vladimir, ainsi qu'à certains de son espèce faisant partie de l'élite. Les Appeleurs pourraient facilement placer des potions explosives et s'enfuir à temps. Ce plan avait deux avantages, les tunnels engloutiraient une partie importante d'ennemis et l'armée cyclope pourrait choisir le point de sortie de ces adversaires, en détruisant uniquement les tunnels trop rapprochés des villes et éloignés des plages où les guerriers nornes attendaient les adversaires.

C'était étrange, la magie du monde légendaire semblait avoir quitté cet endroit autrefois splendide, beaucoup de territoires au nord du deuxième continent avaient été ravagés par les flammes. Le ciel, souvent bleu azuré dans cette partie du monde légendaire, s'était assombri, le noir avait recouvert le firmament. Une pluie diluvienne s'abattait sur les terres autrefois verdoyantes, des éclairs déchiraient le ciel, lorsque l'armée des Corsaires et des Satyres arriva par la brèche créée par les Cyclopes dans le royaume de Visiodem.

Le fait d'avoir réunifié les deux premières armées des morts s'était avéré une excellente stratégie. Il était plus facile de combattre une seule et même armée, ainsi, quand les Lycanthropes et les Centaures arrivèrent, trois jours plus tard, l'unique armée à combattre, bien que nombreuse, était plus facile à contenir. Dastan passa alors à la phase deux de son plan en formant l'armée du Nord, combinant les Lycanthropes, les Corsaires, les Appeleurs et les Nornes. La force de ces combattants aux dons divers et variés était prodigieuse, elle laissa sans voix les monarques du Sud et leurs émissaires.

— Admirez la beauté de l'union, sourit Dastan ayant rejoint Adam.

Le roi centaure ne répondit pas devant cette puissance impressionnante.

Une partie de son armée était chargée de surveiller la plage. Un des gardes centaures rejoignit les rois en hurlant, tout essoufflé.

— Seigneur ! Les armées sont arrivées par bateau ! Elles viennent de débarquer !

— Les morts-vivants ne peuvent pas naviguer, ou s'approcher de l'eau, c'est ridicule ! s'alarma Adam.

— Non, Sire ! Ce sont les armées des Fées et des Elfes, continua le garde haletant.

— Ils veulent profiter des attaques des morts-vivants pour nous combattre ! cria-t-il, fou de rage.

— Non, Sire ! Ils sont venus nous prêter main-forte.

— Quoi ? dit Adam ahuri.

— Le roi Lolyan demande à voir Dastan et le lien des Fées également.

Adam se retourna abasourdi sur ce dernier.

— Ce n'est pas tout ! indiqua le garde.

— Je t'écoute.

— Le chaperon blanc et les liens du Sud l'accompagnent, déclara le garde, provoquant le sourire de Dastan et la stupéfaction dans les yeux d'Adam.

— Allez prévenir Gabriel ! ordonna son roi.

— Bien, Sire, s'inclina le garde avant de rejoindre la direction de l'armée cyclope.

Adam resta un moment silencieux.

— Vous voilà bien pensif, constata Dastan.

— Comment ? demanda Adam.

— Qui a-t-il ?

— Comment avez-vous fait, jeune roi des Lycanthropes, pour réussir à changer ce qui est instauré depuis des centaines d'années dans votre royaume ? s'enquit-il.

Dastan sourit.

— J'ai bien peur que ce soit entièrement le fait de ma merveilleuse épouse.

— Bien sûr que non…

— Je vous demande pardon ?

— C'est autant vous, qu'elle. C'est votre comportement aidant qui a fait d'elle ce qu'elle est. C'est votre action qui a permis que son destin s'accomplisse. Vous avez été un roi et un époux intelligent. C'est ce que Naomie a essayé de m'expliquer, j'aurais dû comprendre, mais l'entêtement des Centaures est légendaire comme notre monde, ria Adam.

— Il n'est jamais trop tard. Il faut me croire, j'ai fait également des erreurs avant de trouver mon chemin, objecta Dastan.

Après quelques jours de combat, durant une accalmie temporaire, une assemblée des neuf royaumes fut convoquée, les rois laissèrent la charge des assauts à leur bras droit.

Dastan prit la parole.

— Même si nous avons l'avantage sur le plan de nos capacités, ils nous surpassent en nombre et le maître des morts n'est pas encore parmi nous. Il faut que vous adoptiez notre mode de combat, en unissant le Nord et le Sud, notre force sera unique.

— Mais c'est impossible, nos guerriers n'ont jamais combattu côte à côte. Comment vous voulez qu'ils acceptent de combattre avec des inconnus ? interrogea Arthur.

— Pas des inconnus, des alliés partageant les mêmes valeurs, expliqua Dastan.

— Pour que ça marche, il va falloir montrer l'exemple, indiqua Rosa.

— Vous voulez que nous, rois, nous lâchions nos armées pour combattre avec vous sur le champ de bataille ? questionna Gabriel.

— Oui ! Qui a-t-il de si choquant, c'est à cause de cette vieille légende sur les Corsaires, alors je vous rassure, je ne sens pas le poisson, dit Aidan, fier de sa blague.

— Vous avez ordonné cette assemblée en plein combat pour nous proposer cette manœuvre de combat, Dastan. Vous savez que mon territoire brûle ! Nous avons autre chose à faire ! Combattre par exemple ! s'emporta Gabriel.

— Ce n'est pas lui, c'est moi, s'écria Adam.

— Vraiment ! Toi ? interrogea Arthur, surpris.

— Oui ! J'approuve le plan de Dastan et mes guerriers s'uniront au Nord, déclara-t-il solennellement en plaçant au centre de la table une immense bannière trouvée dans la grotte principale de Visiodem, contenant le blason des neuf royaumes lorsqu'ils s'étaient unis pour combattre le premier maître des morts, Véranem. Chaque créature était représentée.

— Alors, Seigneurs des terres du Sud ! C'est à vous de décider ! Vous voulez être des rois parmi d'autres, ou préférez-vous être des visionnaires, en faisant évoluer la perception de votre peuple ? demanda Vladimir.

— Les Elfes sont avec vous, déclara Lolyan, provoquant l'étonnement.

— Les Fées me suivront, indiqua Valentin, il portait une étrange marque sur le cou, comme si quelqu'un l'avait violemment étranglé.

— Mais vous n'êtes qu'un lien, la reine des Fées ne s'est même pas liée à vous, s'étonna Gabriel.

— Gabriel, il est temps d'ouvrir nos esprits, les liens sont plus que des marionnettes. Nos reines ne se sont jamais contentées de faire de la figuration. Nous devons les laisser prendre leur place légitime. Désormais, je crois sincèrement que les liens sont le salut de notre monde, déclara Adam en regardant Naomie.

Alya commença à l'applaudir, suivie par les reines du Sud, puis le reste de l'assemblée. Les rois et reines présents unirent leurs mains au-dessus de l'ancienne bannière des neuf royaumes.

Chapitre 36
L'alliance des Basherts

Valentin avait souhaité prendre la tête du royaume des Fées, à l'aide d'Alya et des autres liens, il avait libéré, soigné et protégé le peuple des mains des morts-vivants encore présents sur le territoire. La reine et les princesses ayant disparu, Valentin se sentait responsable d'elles. Clarisse ne pouvait être morte puisque les Fées parvenaient encore à utiliser leur forme humaine. Les guerriers fées, abattus, désormais sans guide, avaient décidé de suivre ce jeune leader plein d'énergie et de courage.

Alya était complètement éteinte, Dastan la rejoignit sur une falaise au-dessus de la grotte principale.

— Que se passe-t-il ? demanda-t-il.

— Tu avais raison, ces pouvoirs de chaperon blanc sont dangereux, l'informa-t-elle.

— Ne t'inquiète pas, tout va s'arranger, dit-il, la serrant dans ses bras.

— Tu ne comprends pas, plus rien ne pourra m'arrêter, sanglota-t-elle.

— Il s'est passé quelque chose ? N'est-ce pas ?

— J'ai perdu le contrôle quelques heures après que Valentin a utilisé ses pouvoirs pour la première fois.

— Perdu le contrôle ? l'interrogea-t-il.

— J'ai eu une vision, une terrible vision et lorsque je me suis réveillée…, bafouilla-t-elle.

— Prends ton temps, dit-il doucement.

— J'étais en train d'absorber une partie des pouvoirs de Valentin, les mains autour de son cou, je connais l'art empathique des Fées, je n'ai même plus besoin de les apprendre, je me sers à la source. Le pire, c'est que les autres liens étaient comme des catalyseurs, elles étaient comme en transe autour de moi, si Caleb et Viago n'avaient pas été là, je l'aurais sûrement tué, pleura-t-elle.

— Calme-toi. Tout va s'arranger, la consola Dastan, en espérant que le magicien ait rempli sa mission.

Une agitation en bas de la falaise retint son attention. En descendant, le couple fut attiré par le vacarme des troupes s'unissant, l'effervescence habitait les créatures. Adam s'avança vers lui.

— Où étais-tu ?

— Que se passe-t-il ? s'enquit Dastan.

— Le maître des morts ! Il est sur nos terres ! s'alarma-t-il.

— Alors, c'est le moment qui va marquer notre histoire. Nous allons sombrer en guerriers pour nos valeurs ou sauver notre monde, mais quoi qu'il se passe, nous le ferons ensemble, dit-il en tendant son bras à Adam.

Il eut un moment de réflexion puis tendit son bras à son tour.

— Ensemble, déclara le Centaure.

Alya et les liens se réunirent à leur tour pour former l'alliance ultime des Basherts. Cette fois, Ezeikiel, Elsa et Rosa étaient de la partie.

Dastan était entouré par les rois et reines natifs du monde légendaire, ils formaient la première ligne. Ils devaient ouvrir la voie vers le maître des morts. Les Basherts étaient en seconde ligne, protégeant les natifs jusqu'à ce que le chemin vers Tania soit accessible. Les groupes de guerriers combinés formaient la troisième et dernière ligne. Ils avançaient à une centaine de mètres d'écart, chargés de détruire les adversaires.

L'armée des ennemis avait subi des pertes importantes en combattant les créatures, la légion des neuf royaumes semblait avoir l'avantage, mais cela n'était pas fait pour durer. Tania, au sommet de la falaise, surplombait tout, folle de rage en voyant les royaumes unis. Elle hurla de colère d'avoir laissé des pantins réaliser ses desseins et encore plus, qu'ils se soient laissé abuser par l'intelligence des rois de ce monde. Elle avait disparu durant quelques jours après avoir été démasquée, ce qui avait permis aux liens de rejoindre leur époux, elle ignorait que les monarques du Nord préparaient une unification avec le Sud, Dastan avait réussi sa mission. Tania n'aurait pas dû rester dans l'ombre durant cette précieuse semaine, cependant, elle devait absorber les cristaux d'énergie volés aux créatures. Elle avait perdu du temps, mais cela valait la peine, elle était invincible, ses pouvoirs étaient terrifiants, infinis. Levant les bras au ciel, une fumée noire l'enveloppa et ses yeux noircirent, la fumée foula le sol et des milliers de morts sortirent de la terre, grossissant encore et encore l'armée noire.

— C'est impossible ! s'alarma Gabriel.

— Leur nombre augmente de seconde en seconde, s'inquiéta Arthur.

— Nous ne pourrons jamais arriver jusqu'à Tania, s'affola Adam.

— Il faut y croire, nous avons l'union. C'est ça qui la rend furieuse, sourit Dastan.

— Tu es en train de nous dire que le fait qu'elle déchaîne toute sa puissance est un bon signe, dit Vladimir.

— Exactement, cela veut dire qu'on a une chance, affirma-t-il.

— Cet optimisme m'avait manqué, dit Caleb en riant.

L'immense armée des créatures unies commença son ascension vers le maître des morts. La première ligne avança et fut immédiatement transformée. La combinaison de ce groupe était simplement unique, à l'image des liens combattant en parfaite harmonie. La confiance et la solidarité s'étaient enfin invitées dans les relations interroyaumes. Cependant, c'est l'intervention des liens qui permettaient à la première ligne d'avancer, un guérisseur était un don précieux, préservant de la mort, mais l'alliance des Basherts était carrément une garantie d'immortalité. La puissance de la vie, sa force et sa volonté, à l'état brut. Alya au centre était sur son cheval, accompagnée de tous les liens du monde légendaire, même Valentin. Les guerriers étaient portés par l'héroïsme de leur monarque, chacun acclamait avec hargne et fierté ses dirigeants, au courage sans faille.

La première et la seconde ligne progressèrent bien, mais le nombre d'ennemis étaient trop important, ils étaient encerclés. C'est là que la troisième et plus grande ligne lança l'assaut, afin de protéger les précieuses premières lignes. Le combat était lancé, au bout de quatre longues heures, Alya et les liens n'étaient plus qu'à quelques mètres de Tania. Le maître des morts détestait l'eau, c'est pourquoi le lieu de la bataille finale choisi par Dastan était les plages de Visiodem. Tania était encerclée, piégée, elle avait utilisé à plusieurs reprises ses pouvoirs pour faire venir à elle l'ensemble des morts ayant foulé ces terres et utilisait les victimes du combat sanglant. Néanmoins, malgré tous ces efforts, elle devait reculer encore et toujours pour éviter d'affronter l'alliance des Basherts. Sans ces pièges pour les stopper, elle savait qu'elle perdrait le combat, les pouvoirs de la vie des liens, alliés à l'union de toutes les créatures, ceux de la mort n'avaient pas de sens sans la vie.

Tania n'était plus très loin des Basherts et la plupart de ses défenses étaient coincées par la troisième ligne. Mais alors qu'Alya pensait pouvoir rejoindre enfin son ennemi, Tania, juste à quelques centimètres des vagues de la mer, créa une épaisse fumée qui s'approcha de l'eau et plongea, provoquant la peur des guerriers. Des bruits de tonnerre et des éclairs grondaient dans le ciel désormais noir. Des cadavres de Flibustiers et de Filles de Calliope remontèrent à la surface en nombre. Soudain un mât de navire émergea de l'océan, petit à petit, il sortit entièrement de l'eau, poussé par les innombrables cadavres pour qui l'eau était une force. Un cadavre de Flibustier vint à la rencontre de Tania à bord d'une barque et sortit de celle-ci en s'allongeant sur le sable, afin que le maître des morts puisse rejoindre la barque sans que son corps touche l'eau. Le cadavre remonta ensuite dans l'embarcation pour l'emmener jusqu'au gigantesque bateau.

— Elle s'enfuit ! hurla Valentin.

— Il faut que je l'arrête ! cria Alya, en courant vers la plage à toute vitesse.

Les ennemis arrivèrent sur elle, par centaines, elle s'illumina, l'ensemble des liens eut soudain les yeux incandescents et leurs lumières pointaient vers elle.

Le loup blanc la poursuivit, inquiet de voir Tania voguer vers la mer Denosta. Il s'arrêta près d'elle, Alya colla son visage sur son museau.

— Je t'aime, murmura-t-elle avant de reculer d'un pas, créant une bulle géante autour d'elle, éloignant toute personne.

— Pardonne-moi, je n'ai pas d'autre choix ! Tu sais que j'ai raison, mais tes sentiments t'aveuglent. Je suis un danger pour notre monde, dit-elle doucement, les larmes ruisselaient sur ses joues.

Le loup majestueux hurlait, affolé, tapant inlassablement sur la bulle.

Il avança, mais au fur et à mesure qu'il contournait la bulle pour la rejoindre, elle s'élargissait, il courut encore et encore si bien qu'elle s'étendait désormais sur toute la plage.

Alya marchait sur l'eau utilisant les pouvoirs de l'Alizée, elle appela à elle l'*Herevor*, une fois à bord, elle envoya le vent dans les voiles afin de rejoindre rapidement le bateau de Tania. L'ensemble des liens sur le champ de bataille était protégé, ils ne bougeaient plus, leur énergie convolait vers le chaperon blanc. Dastan, sur la plage, observait la scène, impuissant. Caleb, Liloa, Arcos, Farissa et Viago combattaient à côté de lui, le protégeant tant bien que mal des ennemis. Aidan et Liam détruisaient les morts-vivants avec le reste des rois et reines natifs et de la troisième vague. Le souverain des loups aboyait de toutes ses forces.

L'*Herevor* n'était plus très loin du vaisseau de Tania. Alya manœuvrait seule le navire à l'aide de ses pouvoirs, la maîtresse des morts utilisait l'ensemble de l'équipage des Flibustiers revenus à la vie sous forme de zombies. Tania leur hurlait d'aller plus vite, néanmoins, le chaperon blanc était puissant. La colère et la rage étaient le moteur de Tania. Cependant, elle commençait à sentir la peur monter en elle, devant l'accrochage inévitable de l'*Herevor* et du vaisseau sorti des mers. Elle voulait éliminer celle qui s'était acharnée à détruire tous ses plans, voulant lui ôter la vie pour tous ces affronts.

L'*Herevor* s'écrasa sur le navire sorti des eaux, perçant sa coque, l'eau commençait doucement à s'engouffrer lorsqu'Alya monta à bord en lévitant. Tania l'attendait de l'autre côté, prête au combat. Les deux élus du bien et du mal se livrèrent un combat épique.

Chapitre 37
Le duel du chaperon blanc

Le tonnerre grondait, la pluie tombait comme des cordes sur la mer Denosta. Les vagues déchaînées venaient se fracasser sur la coque de l'*Herevor*. Alya, portée par les pouvoirs immenses des Basherts, l'emprisonna dans une boule d'énergie et la jeta à l'eau. Faiblesse ultime des Nécromanciens et des Fées, Tania était coincée dans la boule d'énergie sous le seuil de la mer. Son visage se figea, au fur et à mesure que la boule descendait au fond de l'eau.

Dastan avait réussi à se frayer un chemin jusqu'à la plage, mais alors qu'il allait toucher les vagues, il se heurta à un mur invisible, il lui était impossible de passer. Alya, pensa-t-il en colère, pourquoi m'empêches-tu de te rejoindre ? Des ennemis derrière lui arrivèrent en groupe, ne lui permettant pas de penser plus à elle.

— Non ! Non ! hurla Tania en tapant sur les parois impénétrables de la boule.

— Au nom des peuples libres du monde légendaire, Tania, je te condamne à mort ! dit froidement Alya, définitivement happée par l'immensité de ses pouvoirs.

— C'est impossible ! Cela ne peut finir ainsi ! cria Tania en utilisant toute la puissance de sa magie pour briser la boule en vain.

— Adieu, créature néfaste ! s'égosilla Alya, avant de faire disparaître la boule d'énergie.

L'eau pénétra d'abord doucement dans celle-ci, avant de submerger totalement le maître des morts. Tania s'indigna dans un dernier souffle avant de disparaître dans les eaux profondes et noires de Denosta.

L'ensemble des morts-vivants tomba après quelques minutes sans énergie vitale. Dastan s'approcha de nouveau de la barrière d'énergie invisible sur la plage et insista encore et encore, mais elle était impossible à franchir.

— Alya ! Alya ! hurla-t-il, en s'abîmant les mains sur la paroi transparente, devant les yeux désemparés de la meute, placée juste derrière lui, impuissante.

— Je suis désormais un danger pour le monde légendaire ! dit-elle, la puissance lui permettait désormais de parler par la pensée à toutes les créatures, à des kilomètres à la ronde.

— Alya ! Je t'en prie ! s'égosilla Dastan.

— Dès que je ne serai plus, vos liens vous seront rendus, expliqua-t-elle, pour les rois et reines natifs du monde légendaire, devant la bulle enveloppant leur moitié, dont les yeux lumineux convergeaient toujours vers elle.

— Alya ! Tu vas m'écouter ! hurla-t-il une nouvelle fois.

— Mon amour, je sais que tu ne pourras jamais comprendre ma décision, mais je te demande de me pardonner. Bientôt, Aléone aura complètement pris le contrôle de mon esprit, je suis condamnée à disparaître, que tu l'entendes ou non, c'était écrit, mais je ne les laisserai pas me prendre mon corps, je veux être maître de mon destin et par la mort, je choisis la délivrance, dit-elle doucement.

— Au moins, je te suivrai dans la mort ! se résigna Dastan, posant sa tête sur la paroi.

— Je suis désolée, mais notre peuple a besoin de son roi.

— Quoi ? Mais qu'as-tu fait ? Je ne t'ai pas sacrifiée ? s'étonna-t-il, complètement perdu, avant de regarder sa main gauche.

L'anneau avait disparu.

— Je n'avais aucun autre choix, ta vie est essentielle, ta mère m'a dit que tu accomplirais de grandes choses, mon roi, mon ami, mon âme-sœur, affirma-t-elle doucement.

— Je ne peux pas vivre sans toi ! J'en suis incapable ! dit-il en s'agenouillant.

— Tu peux vivre même si je meurs désormais, tu as un destin à accomplir, expliqua-t-elle, calmement résignée.

— Non ! Je ne veux pas te perdre !

— Je suis déjà perdue, tu le sais bien.

— Non, il y a forcément un moyen, supplia Dastan.

— Laisse-moi partir, s'il te plaît. Je ne veux pas être prisonnière à l'intérieur de mon propre corps, la voir détruire tout ce que je chéris. Je t'en prie, comprends-moi, déclara Alya.

— Je te pardonne, mon amour, je n'ai aucune haine pour toi, juste un amour immortel, finit-il par déclarer, effondré.

— Tu dois me promettre de tout faire pour retrouver le bonheur, peu importe le temps que cela te prendra, l'implora-t-elle.

— Alya... prononça-t-il avec tristesse.

— Tu as été ma plus belle aventure, Dastan, je remercie mon destin pour ça, murmura-t-elle, reconnaissante.

Avant de lâcher l'ensemble de ses pouvoirs et de faire une chute libre de plusieurs dizaines de mètres, elle entra avec une rare violence dans les vagues et perdit connaissance. Son corps s'enfonça, encore et encore, dans l'eau ténébreuse de la mer Denosta.

Au bout de quelques minutes interminables, la barrière devant Dastan disparut et l'ensemble des liens retrouva ses esprits, même s'ils étaient tout de même un peu sonnés. Le roi des Lycans s'élança vers la mer. Viago, Caleb et Arcos coururent derrière lui pour le retenir.

— Lâchez-moi ! Que faites-vous ? Il faut la sauver ! cria-t-il en s'effondrant une nouvelle fois sur le sol trempé.

— Elle est morte ! Je suis désolée, mon frère ! Je suis tellement désolée ! J'ai échoué ! déclara Caleb.

— Non, tu mens ! Tu mens !

Il était inconsolable.

— Dastan, il faut que tu l'acceptes, si la barrière protectrice est tombée, c'est parce ses pouvoirs de chaperon blanc ne sont plus et qu'elle est… commença Viago.

— Stop ! Ne dis rien, je vais la ramener ! dit-il en forçant ses compagnons à le lâcher pour rejoindre la mer sans succès.

— Je comprends ta douleur, mais l'océan est trop grand, on ne pourra jamais retrouver son corps. Tu sais parfaitement que ce secteur, c'est la mort assurée pour les nôtres. Les Filles de Calliope dévorent toutes les âmes qui se perdent sur leur territoire ! Je suis sincèrement désolé, mon frère ! expliqua Caleb.

— Papa ? Que se passe-t-il ? demanda Elsa, encore vaseuse. Dastan regarda sa fille, incapable de trouver les mots.

— Papa ? Où est Maman ? demanda Ezeikiel, devant l'air affligé des membres de la meute, d'Aidan, de Vladimir, de Vidgis et de son propre père.

— Il est arrivé malheur à votre mère, je n'ai pas pu la sauver, finit-il par répondre.

— Maman ! cria Elsa en larmes.

— Que s'est-il passé ? dit Ezeikiel, paniqué.

— Pas elle, murmura Viago, sous le choc, se collant à Caleb, dans le même état d'incompréhension.

— Comment est-ce arrivé ? demanda Ezeikiel à nouveau en colère.

— Elle s'est noyée dans la mer Denosta, dit tristement Liloa, se sentant impuissante.

— Non ! Non ! C'est impossible, c'est le chaperon blanc ! Cela ne se peut pas ! pleura Elsa.

Ezeikiel tomba un genou à terre, devant cette nouvelle tragique.

— Pas elle ! Surtout pas elle ! s'indigna Vladimir, ayant l'impression d'avoir perdu le phare du monde légendaire.

Vidgis et Farissa se regardèrent sans pouvoir prononcer un mot. Tandis que Liam déplorait l'état de la famille des Loups, le chagrin gagna son cœur, sa tante n'était plus. Rosa et Aidan le serrèrent dans leur bras, sous le choc, incapables du moindre son.

Les rois du Sud accompagnés des Nymphes rejoignirent lentement la royauté du Nord, endeuillée. Des chants mélodieux s'élevèrent dans les airs, chantant les louanges de ce chaperon blanc, ce bout de femme courageuse, ayant sacrifié sa vie pour le monde qu'elle avait apprivoisé et appris à aimer. Ce soir-là, aucune fête ne fut donnée, on n'avait pas le cœur à célébrer la victoire, il y avait eu tant de pertes chez les créatures. Une grande partie du monde légendaire avait été décimée, des alliés étaient devenus des ennemis à abattre sans posséder le luxe d'hésiter. Mais la douleur la plus forte était pour la meute, une fois de plus amputée d'un membre, leur souffrance était partagée avec force par les rois et reines du Nord, au vu des liens tissés avec eux. Mais également, par la royauté du Sud, éprouvant un profond respect pour son sacrifice et ce qu'elle avait accompli.

Chapitre 38
Les adieux

Le lendemain de la bataille, les monarques se réunirent dans la salle de guerre des Cyclopes. Le comble de l'ironie, l'ensemble des rois du royaume légendaire était enfin uni sous une même bannière, une alliance profonde avait été scellée par la guerre contre les morts, mais Alya n'était plus là pour le voir. Cela rendait Dastan encore plus maussade...

— Ils se sont servis d'elle et, maintenant que son destin a été accompli, ils l'ont tuée, bredouilla-t-il à Caleb en observant l'assemblée des neuf devant lui.

Seule Elsa manquait à l'appel, trop effondrée pour répondre présente, Vladimir semblait totalement abattu. Ezeikiel faisait peine à voir lui aussi, ce guerrier solide et sans peur se sentait comme un petit garçon abandonné. Ce n'était pas la première fois qu'il ressentait ça, il y a très longtemps, il avait connu cette blessure, lorsque sa tante Méline avait donné sa vie pour lui et sa sœur. Malheureusement, cette fois, la douleur était encore pire.

La meute ne ressemblait plus à ce qu'elle était à l'origine. Elle avait perdu sa grandeur et sa force d'autrefois. C'est Alya qui avait apporté le plus grand changement dans celle-ci. Durant des dizaines d'années, les batailles contre les Appeleurs faisaient rage dans le royaume des Lycanthropes. La meute avait dû prouver sa valeur lors de nombreux combats, Dastan était de loin le plus fort d'entre eux. Son père était dur avec lui, d'une exigence impressionnante, beaucoup n'auraient pas été capables de survivre aux épreuves que le roi avait imposé à son fils, mais lui était une force de la nature. Il menait toujours les siens à la victoire, sans se soucier de sa propre vie. Le roi des Lycans aimait profondément son fils unique, il voulait, par son engagement, lui enseigner la rudesse qu'imposait la vie des chefs. Dastan était fort, solide, possédant un courage hors norme, juste et de tempérament orgueilleux.

Mais un soir de bal, Mila s'était effondrée sur le sol, en seulement trois jours, elle avait rendu l'âme, emmenant avec elle le roi des Lycanthropes. Une mystérieuse jeune femme avait fait son entrée dans le domaine des Loups, néanmoins, contrairement à ce que Dastan avait imaginé, ce n'était pas lui qui avait pris le dessus sur cette demoiselle d'apparence si fragile, mais bien l'inverse, un changement important était apparu chez le prince des hurleurs. Le destin incroyable d'Alya, par son poids, avait écrasé son héritage. Cependant, le chaperon blanc n'était plus, un grand vide avait gagné le cœur du dernier roi.

Les liens étaient en deuil, celle qui les avait unis n'était plus désormais, malgré tout, l'alliance des Basherts était restée soudée, ils avaient pris la juste mesure de leur rôle. Alya serait pour toujours un modèle à suivre. L'alliance qu'elle avait créée serait honorée en hommage à sa mémoire.

Une cérémonie d'adieux fut organisée par l'ensemble des royaumes, sur le domaine magnifique de Kentoroy, conçu dans le magique jardin nommé Eden, en raison de sa grande beauté. Il n'y avait aucun corps à enterrer, les morts avaient été brûlés, pour ne pas devenir des armes à la solde de Tania. La cérémonie représentait donc l'essence du culte. Tout le monde légendaire était réuni en ce lieu unique pour célébrer ces êtres exceptionnels ayant perdu la vie dans la bataille contre les morts. Arthur, Lise, Jade, Ambre, Lolyan, Éva, Gabriel, Gayane, Adam et Noémie firent les éloges tour à tour de leurs disparus. La peine était trop grande pour les monarques du Nord et les magiciens, qui ne prononcèrent aucun discours. Elsa était inconsolable dans les bras d'Ezeikiel, qui essayait de toutes ses forces de rester digne, soutenu par Liam. Aidan, Rosa, Vidgis soutenaient malgré leur propre peine Vladimir, la meute et Dastan. Les magiciens, en retrait, semblaient porter le poids du monde.

Les chants, l'encens, les lanternes s'envolaient dans les cieux, les témoignages durèrent presque deux jours. Puis les monarques et les peuples du Nord et du Sud se saluèrent, unis par ce combat qui leur avait tant pris, le Sud n'oublierait jamais comment le Nord était venu à son secours et avait sacrifié beaucoup pour les sauver. Les bateaux de Corsaires reprirent la mer avec les peuples du Nord et du Sud-Est.

Les magiciens, ayant échoué à protéger la vie de l'élue, décidèrent de se retirer du monde légendaire. L'harmonie et la paix ayant gagné l'univers des créatures, leur présence n'était de toute façon plus utile.

Chapitre 39

Les larmes d'Elsa

Les mois passèrent dans les différents royaumes et bientôt, ce fut l'anniversaire funèbre d'Alya...

Dans le territoire de Vamord, la jolie Elsa restait inconsolable depuis la disparition de sa mère, malgré les jours et les mois passés. Elle restait de longues heures au temple des Appeleurs, à méditer pour oublier son chagrin. Cette guerre était finie, la paix s'était installée partout dans le monde légendaire, sauf dans le cœur de la fille du chaperon blanc. Comment dire au revoir à celle qui lui avait donné la vie, celle qui l'avait élevée et lui avait tout appris ? Pourquoi le destin lui avait-il arraché sa mère sans prévenir, elle n'avait même pas pu lui dire au revoir. Elsa l'avait toujours pensée immortelle, elle aurait donné n'importe quoi pour la revoir. Alors que ses pensées voguaient vers sa mère. Elle perdit toute notion du temps et d'espace.

Elle s'éveilla, allongée sur le parvis au beau milieu des jardins, entendit Vladimir scander son nom sans relâche et ouvrit doucement les yeux, le roi des Appeleurs était penché sur elle, accompagné par deux guerriers de la garde royale et de Liam, il venait régulièrement la visiter, surtout depuis le décès d'Alya.

— Que s'est-il passé ? demanda la jeune femme en se relevant légèrement, aidé par Vladimir.

— Tu ne te souviens de rien ? l'interrogea-t-il inquiet.

— Non... je... j'étais en train de méditer dans le temple et ensuite je... je ne me souviens plus, expliqua la demoiselle.

— Tu étais comme sur la plage dans le royaume de Visiodem, lors de la guerre contre les morts-vivants. Tes yeux étaient incandescents et une bulle protectrice s'est formée autour de toi, on ne pouvait pas t'approcher, expliqua Vladimir angoissé.

— C'est vraiment étrange, déclara Elsa, perplexe.

— Ce n'est pas tout, avoua-t-il d'abord hésitant, mais il ne voulait pas avoir de secrets pour son épouse.

— Vraiment ?

— Tu hurlais, Elsa, encore et encore la même phrase, expliqua-t-il, pâlissant.

— Quelle phrase ?

— Elle est prisonnière du règne des mers, libérez-la des eaux, dit l'Appeleur, conscient de chaque mot qu'il prononçait.

— Cela ne peut-être une coïncidence, il y a précisément un an aujourd'hui qu'elle s'est noyée dans les eaux sombres du monde légendaire, déclara-t-elle.

— Ma douce, tu sais à quel point je voudrais croire en son retour, mais même Alya n'a pas pu survivre là-bas. Je ne veux pas te perdre toi aussi, dit Vladimir, désespéré.

— Je comprends, mais elle ne nous aurait jamais abandonnés, je ne peux ignorer cet appel. Faites seller mon cheval ! indiqua Elsa à un des gardes en caressant le visage de son époux, puis en s'éloignant vers les écuries.

Vladimir savait qu'elle ne lâcherait jamais, mais il avait promis à Alya de protéger sa fille quoi qu'il en coûte.

— Je ne la laisserai pas risquer sa vie pour des chimères, s'agaça Liam.

— Mais si elle avait raison ? Pourquoi cette vision ? Pourquoi maintenant ? l'interrogea Vladimir.

— Elle est la fille du chaperon blanc, le lien qu'elle a établi avec sa mère est unique, ses pouvoirs sont grands. Elsa a toujours eu le don de voir les morts à travers les miroirs de Mélusine. Elle a sûrement ouvert un lien avec l'au-delà, il faut trouver un moyen de la retenir, aucune humaine ne peut respirer sous l'eau, pas même Alya. Il faut que je voie Ezeikiel ! dit fermement Liam, prêt à tout pour sauver son amie.

— C'est à moi de la protéger, c'est mon rôle. Vous n'avez pas à risquer votre vie, déclara Vladimir.

— Vous êtes un roi, je suis un prince, votre royaume, votre épouse réclament votre présence, vous avez assez combattu et sacrifier pour apporter à ce monde la paix. Laissez-moi agir, je suis un Corsaire, la mer coule dans mes veines, elle m'appelle. Ce combat est le mien, je découvrirai si ces visions valent quelque chose. Depuis le début, je me sens impuissant devant leur souffrance et je cherche comment les aider. J'ai enfin trouvé, j'ai la conviction que c'est mon devoir et ma chance, expliqua Liam, en implorant Vladimir.

— Décidément, les créatures de ce monde m'étonneront toujours. Tu es un véritable ami et mon épouse a une chance inouïe de t'avoir auprès d'elle, répondit-il en mettant sa main sur l'épaule du jeune Corsaire.

— Trouvez un moyen de la retenir, Vladimir. Peu importe lequel. Je vous en prie, il faut préserver sa vie coûte que coûte. Protégez-la même contre sa volonté, demanda-t-il avant d'étreindre virilement l'Appeleur et de quitter le château.

Chapitre 40
La colère d'Ezeikiel

La rage avait envahi le cœur d'Ezeikiel, ne pouvant pas se résoudre à pleurer sa mère et à lui dire au revoir. Le guerrier se reprochait de ne pas avoir été présent. Comment avait-elle pu l'abandonner ? Elle n'avait jamais été destinée à périr dans ces eaux, pourquoi elle ? Ce destin immense qu'elle portait avait été un tel fardeau.

Cela faisait déjà un an que sa mère avait perdu la vie. Ezeikiel se sentait impuissant, c'était terrible comme sentiment, surtout pour un homme courageux. Il n'y avait plus rien à faire, il était définitivement trop tard. Lui qui avait un tempérament calme d'ordinaire ressentait en lui une colère démesurée, qui se déversait dans son âme. Il n'arrivait pas à lui dire au revoir, il aimait cette femme qui lui avait donné la vie et tellement plus, il ne pensait jamais avoir à subir sa perte et qu'elle serait toujours présente pour le guider. Néanmoins, tout était terminé, le choc étant passé, il ne lui restait désormais que l'aigreur pour masquer sa peine.

Il vivait, depuis le retour du Sud, en retrait de la société norne. Vidgis, ayant traversé cette période de doutes après les innombrables guerres et les nombreuses pertes d'êtres chers à son cœur, respectait totalement son exil. Elle avait attendu de pouvoir retrouver l'amour durant si longtemps, l'immortalité n'était pas à quelques années près. Sa sagesse était importante pour Ezeikiel, il pouvait être lui-même, lui parlait de ses plus grosses angoisses, elle comprenait toujours. Mais il lui arrivait souvent d'avoir besoin de s'isoler totalement. À l'approche de la date anniversaire de l'anéantissement du maître des morts, il avait rejoint sa cabane à la cime des arbres tropicaux.

La nuit qui suivit ce fameux anniversaire, Ezeikiel entendit sa sœur l'appeler, il existait entre eux une connexion depuis l'enfance. Il prit la route de Vamord sans même attendre le petit matin. Alors qu'il était déjà sur les terres des Appeleurs et que l'aube se levait à peine, il vit Liam venir à sa rencontre.

— Je savais qu'elle t'appellerait, dit ce dernier en descendant de son cheval pour aller à la rencontre de son ami.

— Tu venais me rejoindre à Espéria, n'est-ce pas ? l'interrogea Ezeikiel en faisant de même.

— Effectivement, je ne pensais pas que tu serais aussi rapide.

— C'est ma sœur, le sang de notre mère coule dans nos veines, je ne veux pas la perdre elle aussi, elle ne m'appellerait pas si ce n'était pas important.

— Je comprends ça, je n'ai pas eu la chance d'être béni par une sœur, néanmoins, je vous considère, toi et Elsa, comme tels, tu le sais bien.

— Je le sais, c'est réciproque, répondit-il avant d'étreindre son ami d'enfance.

— Je vais tout te raconter, mais tu dois me promettre de ne pas t'emballer et de m'aider à convaincre ta sœur de ne pas nous suivre, demanda Liam à Ezeikiel, provoquant un éclat de rire chez lui.

— Ne me dis pas que tu ne connais pas encore les femmes de la famille, on ne leur donne pas d'ordre.

— Je vous demande simplement d'avoir confiance en moi, je ne veux pas vous perdre.

— Raconte-moi tout, s'il te plaît, s'enquit Ezeikiel.

Chapitre 41
La douleur de Dastan

Aidan et Rosa avaient rendu visite à Dastan comme chaque mois depuis la mort d'Alya. Aidan ne reconnaissait pas son ami, il ne savait pas comment lui rendre le sourire. Caleb, Arcos, Liloa et Farissa ne quittaient jamais le château, ils étaient d'une grande aide pour le peuple lycanthrope et jouaient un rôle important, notamment pour seconder leur roi. Viago était resté auprès des Fées, la reine, ainsi que les princesses du royaume, étant toujours introuvables, malgré les recherches depuis un an, dans les souterrains construits par les morts qui marchent.

Valentin, qui n'avait pas quitté les Fées jusqu'alors, avait décidé de rejoindre également celui qui l'avait recueilli et qui lui avait tout appris. Tout comme Aidan et Rosa, il savait que cette date anniversaire représentait une épreuve de plus pour Dastan.

Mila essayait de rentrer en contact avec lui. Il avait cherché des réponses auprès d'elle dès son retour des royaumes du Sud, les magiciens lui ayant juré ne pas être responsables de la disparition de son anneau. Sa mère avait alors expliqué qu'il s'agissait de son idée et qu'Alya devait mourir pour que sa destinée s'accomplisse. Dastan, fou de rage contre Mila, avait alors fait rapatrier l'ensemble des miroirs de Mélusine, afin de les enfermer dans le tombeau de sa mère qu'il avait scellé, empêchant quiconque de s'en approcher.

L'anniversaire du décès d'Alya passa, une semaine s'écoula, la saison des pluies avait recouvert la vallée, si joyeuse d'ordinaire. Une délégation arriva, chevauchant sur la frontière est, provenant de Vamord, quatre cavaliers, encapuchonnés pour se protéger de la pluie battante. À leur approche, on pouvait deviner à leurs habits qu'il y avait des Appeleurs, des Corsaires et des Nornes, parmi eux. Ces mélanges de créatures étaient devenus courants dans le Nord, depuis la chute du conseil. Les gardes accueillirent les hôtes et les escortèrent, Elsa se découvrit, suivie par Vladimir, Ezeikiel et Liam.

— Liam, te voir ici fait chaud au cœur, déclara Aidan en attrapant le cheval de son fils.

— Papa, content de te voir également, dit-il en descendant de sa monture.

— Vous n'êtes pas ici en visite, n'est-ce pas ? demanda Rosa.

— Maman, tu as ressenti quelque chose, n'est-ce pas ? l'interrogea Liam.

— Menez-nous à mon père, demanda respectueusement, mais sèchement Elsa au chevalier de la porte.

— Suivez-moi, indiqua celui-ci, en les conduisant jusqu'à Dastan, qui se trouvait dans la tour d'Herold, désormais vide.

— Ma fille, mon fils, Vladimir, dit ce dernier en serrant chacun d'entre eux dans ces bras.

— Nous devons te parler, Père, déclara Ezeikiel l'air grave.

— Je vous écoute, affirma-t-il, quelque peu intrigué.

Quelques minutes plus tard, Dastan aidait le personnel du château à déblayer l'entrée du tombeau de ses ancêtres.

— Es-tu sûr de vouloir faire ça ? lui demanda Vladimir, inquiet de voir l'espoir consumer son ami.

— Mon ami, il faut que je sache, tu comprends, c'est Alya, notre Alya, dit-il simplement.

— Je comprends, je t'aiderai, assura-t-il en portant une des immenses pierres.

— Reculez ! leur demanda Rosa, accompagnée d'Elsa et d'Ezeikiel, en s'approchant de la porte.

Dastan et les autres s'éloignèrent. Depuis l'alliance des Basherts, les liens avaient acquis une force colossale, en particulier lorsqu'ils s'alliaient. Les trois réunis créèrent une bourrasque qui ouvrit le passage.

Les pierres et la porte du tombeau s'envolèrent et se brisèrent, libérant l'entrée. Dastan avança alors que la poussière blanchissait encore l'air, le reste du groupe le suivit. Il était ivre de colère, l'ensemble des miroirs de Mélusine se trouvait devant lui, au pied du cercueil de Mila.

— Mère ! Parle bien et vite ! hurla le roi des Lycanthropes.

Après seulement quelques secondes, Mila apparut dans le plus grand miroir en contre bas.

— Mon fils ! Tu m'accordes enfin audience ! déclara-t-elle.

— Mon fils ? Tu oses m'appeler mon fils ! Comment as-tu pu me faire ça ? Toi, ma propre mère ! Pourquoi ? Toute ma vie, tu m'as appris le respect des liens ! Tu m'as préparé à sa venue durant toute mon enfance ! Pourquoi ? Tu avais lu son chapitre dans le grimoire d'Elnora, tu l'as conduite à la mort ! Tu l'as manipulée ! cria-t-il, fou de rage et de douleur.

— As-tu fini ! Alya devait mourir ! dit-elle froidement, provoquant la colère d'Ezeikiel et les larmes d'Elsa.

— Pourquoi ? demanda Liam.

— Bien, enfin une question intelligente.

— Réponds ! s'égosilla Dastan.

— Alya n'est pas n'importe quel lien ! Elle ne peut pas mourir, déclara Mila.

— Mais arrête de mentir, elle est toujours dans la mer Denosta. Comment peut-elle être encore en vie sous l'eau ? s'énerva-t-il.

— Elle devait mourir en tant qu'humaine pour pouvoir entrer en contact avec le dixième royaume.

— Le dixième royaume ? répéta Aidan.

— Celui qui autrefois était le plus lié au vôtre, Corsaire, expliqua-t-elle.

— De quoi parlez-vous ? demanda Rosa.

— Le royaume des mers ! Celui des Filles de Calliope.

— Mais les Filles de Calliope sont des créatures incapables de se métamorphoser ! objecta Liam.

— La magie noire peut être puissante... commença Mila.

— Cela suffit ! Alya, où est-elle ? hurla Dastan.

— Elle a été transformée en l'une des leurs.

— Elle a été mordue, comprit-il, désespéré.

— Depuis qu'Alya est arrivée, tu es complètement perdu, mon fils. Tu penses qu'elle est la clé de tout, cependant, tu oublies une chose primordiale. Un lien ne peut exister que pour que le prince d'un royaume devienne un roi. Il est temps, Dastan, de montrer pourquoi c'est toi qui as été choisi pour être le roi du chaperon blanc. Elle aurait très bien pu être une Nymphe blanche, ou encore une Enetary blanche, néanmoins, c'est en chaperon blanc, lien des Lycanthropes, le double parfait de la jeune Aléone revenue. Tu as été choisi autant qu'elle. Tu peux la sauver. Toi seul en as le pouvoir. Le fait que la malédiction n'est plus là pour vous unir dans la mort te permettra de prouver que votre destin est lié bien au-delà, et ce, depuis toujours. Tu possèdes en toi une force qu'il est temps de réveiller. Roi des Loups, fier et courageux. C'est désormais à ton tour de jouer, déclara Mila avant de disparaître des miroirs.

Dastan hurla, sortant toute la rage en lui, il tomba les deux genoux à terre. Elsa s'approcha de son père et s'agenouilla.

— Je pense qu'elle a raison, Père, dit-elle.

— Pardon ! s'indigna Ezeikiel derrière elle.

— Grand-mère est ce qu'elle est, et je ne suis pas d'accord avec sa façon d'agir. Néanmoins, elle a raison, je pense qu'il peut la ramener, déclara Elsa.

— Il va mourir s'il s'aventure dans ces eaux ! Et même s'il parvient à retrouver Maman, comment la ramènera-t-il ?

— D'après Mila, lui seul peut la ramener et trouver la solution, il est temps qu'il croie en lui, répondit-elle.

— En risquant sa vie, je ne veux pas le perdre lui aussi, déclara Ezeikiel, chamboulé.

— Tu ne me perdras pas, affirma Dastan en se relevant.

— Père, et si elle mentait, si elle voulait votre mort à vous aussi, la manipulation est courante chez Grand-mère, fit remarquer Ezeikiel.

— Si Mila voulait ma mort, elle n'aurait simplement pas rompu le lien entre ta mère et moi. Le lien est d'une puissance telle qu'il modifie une partie de notre personnalité, on devient deux, en oubliant son être profond. Mais aujourd'hui, mon être entier est réveillé, la fureur du loup en moi a refait surface.

— Que vas-tu faire ? demanda Aidan.

— Je vais aller pêcher de la Fille de Calliope ! déclara Dastan, déterminé.

À suivre...

Biographie

Enfant à l'imagination débordante, en particulier pour les bêtises, j'ai grandi en développant ce don afin de rendre notre monde plus attrayant.

A l'âge adulte, j'ai développé d'autres talents, tels que la patience et l'empathie en choisissant de travailler auprès de personnes handicapées. En tant que mandataire judiciaire à la protection des majeurs, j'ai la lourde responsabilité de la gestion des personnes et de leurs biens. Ce travail m'a enseigné l'humilité, le respect et m'a appris à cultiver la différence. J'ai appris que, peu importe son handicap, toute personne peut vous surprendre par ses dons.

Lorsque je suis devenue mère, sûrement portée par l'incroyable aventure de la maternité, le besoin d'écrire s'est imposé à moi, j'avais besoin de partager toutes ces histoires qui apparaissaient dans mon esprit comme un héritage de ce qui est pour moi, ma précieuse progéniture.

L'arrivée de la trentaine m'a donné la force d'aller au bout de mes rêves, en réalisant mon tout premier manuscrit. Aujourd'hui, j'espère de tout cœur qu'un portail s'ouvrira entre mon livre et les lecteurs.

Mentions légales

ISBN : 979-10-348-1042-0
ISSN : 2608-8665

Evidence Editions
ZAI Bel Air
17230 Andilly

Site Internet : www.evidence-editions.com
Boutique : www.evidence-boutique.com

Dépôt légal janvier 2019

Imprimé sur papier **Clairefontaine** fabriqué dans les Vosges.

Achevé d'imprimer par C.L.I.P

9 791034 810420